Jo C. Parker

595 Stunden Nachspielzeit

Humorvoller Roman

Taschenbuch, 1. Auflage, März 2014
© Jo C. Parker
jocparker@outlook.de

Herausgeber:
Marcus Hünnebeck
Hegelstraße 11
40789 Monheim

Layout: ebokks
www.ebokks.de
Covererstellung: New eBook Media Ltd.
www.newebookmedia.com

ISBN-13: 978-1497362871
ISBN-10: 1497362873

Dieses Werk ist urheberrechtlich geschützt. Jegliche Vervielfältigung und Verwertung ist nur mit schriftlicher Zustimmung des Autors zulässig.

Die in diesem Roman geschilderten Ereignisse sind frei erfunden. Personen, ihre Handlungen und Äußerungen sind frei gestaltet und in keinem Fall als Abbilder lebender oder verstorbener Personen gedacht. Etwaige Ähnlichkeiten sind rein zufällig und unbeabsichtigt.

Das Buch

Als der Kinderbuchautor Sven Frost an einem Herzinfarkt stirbt, werden ihm 595 zusätzliche Stunden unter den Lebenden eingeräumt. Anfangs weiß er allerdings nicht, wie er die Zeit sinnvoll nutzen soll. Doch nach einem Wochenende, das er mit einer atemberaubenden Escort-Dame verbringt, hat Sven eine Idee. Plötzlich überschlagen sich die Ereignisse, was nicht nur an seiner bezaubernden Nachbarin Katharina liegt …

Prolog

Schlaftrunken öffne ich die Augen. Durch die Ritzen des Rollladens dringt Licht, ich höre das Zuschlagen einer Autotür, kurz darauf das Starten eines Motors. Als ich mich umdrehe, vernehme ich einen Morgengruß. Gähnend werfe ich einen Blick auf den Wecker. Vermutlich lohnt es sich nicht mehr, wieder einzuschlafen. Die blinkende, rote Anzeige signalisiert mir, dass es zehn Minuten nach zwei ist.

Also lohnt es sich ja doch.

Bevor ich einnicke, wundere ich mich wegen der Helligkeit im Zimmer. Um diese Uhrzeit müsste es stockdunkel sein. Dann erinnere ich mich an die morgendliche Begrüßung. Welcher Spinner ruft um zehn nach zwei nachts ›Guten Morgen‹?

Und außerdem: Warum blinkt mein Radiowecker?

Die Informationen verdichten sich in meinem Gehirn zu einem unangenehmen Resultat.

»Verdammt!«

Mit einem Mal hellwach schlage ich die Bettdecke beiseite und stehe hektisch auf. Ich sprinte ins Badezimmer, wo eine batteriebetriebene Uhr an der Wand hängt. Schonungslos offenbart sie mir die wahre Zeit: 7.59.

»Verfluchter Mist!«

Um neun habe ich einen Lesetermin in einer Schule. Für den Weg dorthin bräuchte man normalerweise eine Dreiviertelstunde, wenn er nicht über mehrere stauanfällige Autobahnen führen würde. Um diese Uhrzeit benötige ich bestimmt doppelt so lange und müsste bereits seit einer halben Stunde im Auto sitzen.

Ich entledige mich des Schlafanzugoberteils, verreibe Wasser unter die Achselhöhlen und wische mit einem Handtuch drüber. Die mangelhafte Körperpflege kompensiere ich mit überdurchschnittlichem Deoeinsatz. Danach renne ich in die Küche, in der die ebenfalls blinkende Mikrowellenuhr meine Mutmaßung bezüglich eines nächtlichen Stromausfalls bestätigt. Weil sich mein Kopf bei Koffeinentzug rasch in ein dumpf pochendes Folterinstrument verwandelt, starte ich den Kaffeeautomaten. Während die Maschine vorheizt, eile ich ins Schlafzimmer und ziehe mich an. Zurück im Bad beseitige ich mit der Zahnbürste den schalen Geschmack im Mund. Zuletzt begebe ich mich noch einmal in die Küche, stelle eine Kaffeetasse bereit, drücke den Startknopf und nutze die folgenden vierundzwanzig Sekunden, um dem Kühlschrank die Toastpackung zu entnehmen. Ich hole einen einzelnen Toast heraus, den ich trocken hinunterwürge. Hauptsächlich dürstet es mich ohnehin nach Kaffee. Hastig blase ich in die Tasse, trotzdem verbrenne ich mir beim ersten Schluck die Zunge.

»Autsch!«

Weiteres Pusten, der nächste Zug ist erträglich. Kurz darauf spüre ich den Koffeinschub. Achtlos stelle ich das Porzellangefäß in die Spüle, das Brot bleibt auf dem Tisch liegen.

Um zehn nach acht öffne ich die Wohnungstür. Glücklicherweise habe ich gestern Abend die Bücherboxen im Wagen gelassen und muss mich nun nicht mit ihnen abplagen.

Ausgerechnet jetzt läuft die Wagner die Treppe hinunter, nachdem wir erst am Vortag wegen ihres Kindes aneinandergeraten sind.

»Morgen!«, brummt sie mürrisch.

Hektisch drängle ich mich an ihr vorbei.

»Hey«, beschwert sie sich, als ich sie versehentlich anremple.

»Hab's eilig!«, verteidige ich mich und verlasse das Haus, ohne ihr die Tür aufzuhalten.

»Was für ein Gentleman!«, ruft sie mir hinterher. »Aber meinen Sohn verhaltensgestört nennen.«

Ich sprinte zu meinem Pkw, der immerhin sofort anspringt. Für die Strecke stehen mir achtundvierzig Minuten zur Verfügung.

»Sei bitte auf meiner Seite«, flehe ich das Schicksal an und ignoriere die stechenden Brustschmerzen ebenso wie die Kurzatmigkeit.

Eine Viertelstunde später lande ich bei der Zufahrt zur zweiten Autobahn im Stau.

»Das kann nicht wahr sein!«, fluche ich. Die anderen

Verkehrsteilnehmer zeichnen sich zu allem Überfluss durch besondere Unfähigkeit aus; meinem Vordermann reicht ein drei Wagenlängen großer Raum nicht zum Einfädeln aus. Dass er einen altmodischen Hut trägt, erklärt seinen Fahrstil. Statt seiner nutze ich die Gelegenheit, was der Hintermann mit einem Hupton quittiert.

»Schnauze!«, brülle ich.

Der Verkehr kommt fast vollständig zum Erliegen. Am zügigsten geht es auf der linken Spur voran, allerdings muss ich demnächst erneut die Autobahn wechseln.

Nun zwängt sich der Hutträger doch noch vor mich, ich steige in die Bremsen und hupe meinerseits. Schwarze Flecken tanzen wie ein Mückenschwarm vor meinen Augen. Ich blinzle, ohne dass sie verschwinden.

Da man auch in der Mitte schneller vorankommt, ziehe ich rüber. Als ich mich kurz darauf wieder rechts einordnen will, fährt ein Spasti die Lücke zu. Ich blicke ihn wütend an, er grinst hämisch zurück. Zornig zeige ich ihm den ausgestreckten Mittelfinger. Daraufhin spitzt er seine Lippen zum höhnischen Kuss.

Plötzlich fällt mir das Atmen unsagbar schwer. Ich kriege keine Luft mehr. Als hätte sich ein Elefant auf meinen Brustkorb gesetzt. Schweißperlen rinnen mir das Gesicht hinab. Ein unerträglicher Schmerz durchzuckt mich. Ich höre leiser werdende Hupgeräusche, ehe ich das Bewusstsein verliere.

Ein Körperfunktionscheck signalisiert die Wiederherstellung in allen Bereichen: Atmung normal, Schmerzen verblasst, Sehstörung beseitigt. Jedoch sitze ich nicht in meinem Auto, sondern stehe allein in einem Tunnel. An dessen Ende entdecke ich ein zügig näher kommendes Licht, in dem sich eine Gestalt befindet. Sie trägt ein helles Gewand, ihre langen, blonden Haare fallen ihr bis über die Schultern. Anhand der Gesichtszüge erkenne ich nicht, ob es sich um einen Mann oder eine Frau handelt. Stattdessen bemerke ich auf dem Rücken zwei weiße Flügel aus Federn.

Oh nein! Bitte nicht!

Oder fängt die Karnevalssession dieses Jahr extrem früh an?

»Willkommen!«, werde ich freundlich begrüßt. Selbst die Stimme bietet keinerlei Anhaltspunkte für die Geschlechtsbestimmung.

»Wer bist du?«, frage ich.

»Sascha, dein persönlicher Jenseitsbegleiter.«

Sascha!

Klar. Warum nicht Jens oder Jasmin? Dann wäre wenigstens ein Punkt geklärt. Doch ausgerechnet mein Begleiter trägt einen Namen, den es für Männer und Frauen gibt.

Moment!

Die Gestalt hat sich als *Jenseitsbegleiter* vorgestellt. Wäre sie weiblichen Geschlechts, hätte sie sich als *Begleiterin* bezeichnen müssen.

Andererseits: Wer garantiert mir, dass im Himmel auf solche sprachlichen Feinheiten Wert gelegt wird?

Also gelange ich zu der Auffassung, in dieser Hinsicht keine endgültigen Schlüsse ziehen zu können, ehe mir bewusst wird, gestorben zu sein.

Was unmöglich sein kann! Ich bin siebenunddreißig!

»Das ist ein Irrtum«, informiere ich Sascha, ohne ihm

die Schuld an diesem Schlamassel zu geben. Soll er es halt in Ordnung bringen.

»Was ist ein Irrtum?«, fragt er begriffsstutzig. Ich habe für mich entschieden, dass es ein Er ist.

»Ich bin nicht tot!«

»Bist du wohl!«

»Unmöglich!«

»Weshalb bist du dann hier?«

»Weshalb bist du dann hier?«, äffe ich seine affektierte Sprachmelodie nach, die mir allmählich auf den Sack geht.

So gekünstelt hat zuletzt der Priester bei der Beichte vor der Erstkommunion mit mir gesprochen.

»Natürlich war es falsch, Isabel so feste an den Haaren zu reißen, dass sie geweint hat. Falls du es ehrlich bereust, verzeiht dir Gott.«

Sascha blickt mich erwartungsvoll an.

»Meine Zeit ist noch nicht gekommen«, kläre ich ihn auf.

»Wir irren uns nie«, beharrt Sascha.

»Ich bin erst siebenunddreißig!«, teile ich ihm triumphierend mit. Damit ist ja wohl alles gesagt.

»Du warst ein siebenunddreißigjähriger Mann mit stark erhöhtem Blutdruck und schwachem Nervenkostüm, der sich zu wenig bewegt hat«, kontert er.

»Stark erhöhtem Blutdruck? Du übertreibst!«, wende ich ein. »Bei der letzten Untersuchung hatte ich einen Blutdruck von einhundertfünfundvierzig zu neunzig.«

»Das waren deine Werte vor zwölf Monaten. Seitdem hast du deinen Arzt nicht mehr aufgesucht«, tadelt er mich.

»Als dir gestern schwindelig wurde und du dich in der

Diele hinsetzen musstest, lagen sie bei einhundertneunzig zu einhundertzehn.«

Stehen dem Himmel drahtlose, unsichtbare Messgeräte zur Verfügung? Wie werden die Daten wohl übermittelt? Über W-LAN, dem UMTS-Netz oder dem Wolkenbreitbandnetz?

»Ich hatte noch so viel vor«, beschwere ich mich. »Heute Abend wollte ich beispielsweise mit einem Kinderroman anfangen. Deinem Boss gefällt es bestimmt, wenn Kinder lesen.«

»Die Idee für den Roman hattest du bereits vor einem Vierteljahr. Bist du dir sicher, dass du ausgerechnet heute Abend mit dem Schreiben begonnen hättest?«

Seine unerbittliche Art, mit der er die Einwände pariert, nervt. Ich erinnere mich an meine letzten Lebensminuten, die ich im Stau verbracht habe. Was für ein unwürdiger Abgang!

»Was ist mit der Zeit, die mir auf Erden gestohlen worden ist?«, frage ich ihn.

Zum ersten Mal wirkt er leicht unsicher. »An welche Zeit denkst du?«

»Wie oft habe ich in meinem Leben im Stau gestanden? Wenn ich das zusammenzähle, komme ich wahrscheinlich auf zwei Jahre.«

Neben Sascha taucht unvermittelt ein aus Wolken geformter Aktenschrank auf. Der Jenseitsbegleiter öffnet eine Schublade und holt etwas heraus, das wie ein Wolken-iPad aussieht.

Verehrte Engelschar, Steve Jobs präsentiert euch das iPad der neuesten Generation. So leichtes Material wurde nie zuvor für ein modernes Elektronikgerät verwendet.

»Hm«, murmelt Sascha. »Für dein Alter hast du wirklich schon zahlreiche Stunden durch Verkehrsbehinderungen verloren.«

»Genau! Richtig behindert war das!«, bestätige ich ihm. »Deswegen habe ich den Job als Transporteur an den Nagel gehängt.«

»Vierundzwanzig Tage, neunzehn Stunden, achtzehn Minuten und dreißig Sekunden«, stellt Sascha fest.

»Rechne das nach!«, fordere ich ihn auf. »Gefühlt waren es mindestens zwei Jahre.«

»Vierundzwanzig Tage, neunzehn Stunden, achtzehn Minuten und dreißig Sekunden«, wiederholt Sascha.

Besserwisserischer Korinthenkacker!

»Was würde der Boss wohl dazu sagen, wenn ich dir quasi eine Nachspielzeit gewähre? Lustige Vorstellung! Bringt ein wenig Pfeffer in den Alltag! Ist eh alles so eingefahren hier. Aber eigentlich entspricht es nicht den Regeln.«

Seine nachdenklich geäußerten Worte wecken Hoffnung in mir, jedoch finde ich vierundzwanzig Tage zu wenig.

»Moment!«, wende ich mit erwachender Selbstsicherheit ein. »Wir sollten über alle gestohlenen Jahre reden! Die ganze Schulzeit beispielsweise.«

Sascha sieht mich kopfschüttelnd an. »In der Schule lernt ihr Menschen fürs Leben.«

»Nicht bei den langweiligen Lehrern. Von denen hatte ich einige.«

»Auch bei diesen hast du gelernt.«

»Meine Beziehung mit Simone!«, fällt mir ein. Simone war die zweite Freundin, die ich ins Bett bekommen hatte.

Zu meinem Verdruss dauerte es acht Monate, sie zu überreden, und dann floppte der Sex gewaltig. Da die Wiederholung keinen Deut besser war, trennte ich mich anschließend von ihr.

»Niemand hat dich gezwungen, Zeit mit ihr zu verbringen.«

»Na ja«, widerspreche ich. »Ich bin kein Experte bezüglich des Sexualtriebs von Engeln, doch junge Männer werden von den Hormonen zu so manchen Sinnlosigkeiten angestiftet.«

In seinen Augen erkenne ich, dass er dieses Argument nicht gelten lässt. Hektisch suche ich nach weiteren Zeitverschwendungen.

»Familienfeste!«, rufe ich. »Was habe ich mich dort gelangweilt!«

»Familienfeste dienen dem Wachsen der Seele«, klärt er mich auf.

»Die Anfänge des Internets!«

»Was?«

»Weißt du, wie langsam früher eine Modemverbindung war?«

Er schüttelt den Kopf.

»Schlechte Kinofilme! Mieses Fernsehprogramm! Niederlagen meines Fußballvereins!«

»Mein Entschluss steht fest«, teilt er mir mit. Der Aktenschrank und das Wolken-iPad lösen sich in Luft auf. »Du hast unangemessen viel Erdzeit durch Verkehrsbehinderungen eingebüßt. Daher biete ich dir an, diese auf der Erde nachzuholen. Weil ich in Spendierlaune bin, bekommst du sie sogar komplett erstattet, obwohl fast jeder

Mensch in den Industrienationen etwas Zeit im Stau verliert. Von jetzt an stehen dir noch fünfhundertfünfundneunzig Stunden, achtzehn Minuten und dreißig Sekunden zur Verfügung. Allerdings muss ich dich warnen. Dein Karmapunktekonto war nur knapp im positiven Bereich; gerade in den letzten Jahren hast du reichlich Negativpunkte gesammelt. Bei unverändertem Verhalten läufst du in der Nachspielzeit Gefahr, die Zutrittsberechtigung zum Himmelsreich einzubüßen. Deswegen lautet mein Rat, auf eine Rückkehr in deine menschliche Hülle zu verzichten und mir diskussionslos zu folgen.«

Tatsächlich denke ich kurz über die Alternativen nach. Was bringen mir knapp fünfundzwanzig Tage? Eine prinzipielle Erwägung gibt den Ausschlag: Ich will nicht mitten im Berufsverkehr sterben.

»Die Nachspielzeit wird angenommen«, kläre ich ihn auf.

Im gleichen Moment verschwindet Sascha und alles um mich herum wird schwarz.

Tags zuvor

Etwa vierundzwanzig Stunden vor meiner denkwürdigen Begegnung mit Sascha verdiente ich auf für mich alltägliche Weise Geld: Eine Grundschule hatte mich für zwei Lesungen gebucht.

Ich saß in einem stickigen Raum, mein Vortrag näherte sich einem Spannungshöhepunkt, mit einem Cliffhanger beendete ich diesen Teil der Veranstaltung und schlug effektheischend das Buch zu. Der Knall schien eine der Lehrerinnen aus ihrem Halbschlaf zu reißen, denn sie zuckte zusammen und blinzelte wie ein Autofahrer, den der Sekundenschlaf übermannt hatte.

»Ob es Tamara gelingt, die Kobolde aus der Gefangenschaft der hässlichen Warzenhexen zu befreien, erfahrt ihr in meinem Roman. Ich danke euch fürs Zuhören.«

Wie eine Trophäe hielt ich das Hardcover in die Höhe, um das Verlangen zu wecken, dieses Meisterwerk im Anschluss käuflich zu erwerben. Die beiden anwesenden Lehrerinnen klatschten und animierten die vierundfünfzig

Schüler, ihrem Beispiel zu folgen. Der Applaus endete rasch, was ich als schlechtes Omen für den späteren Buchverkauf wertete.

Die Pädagogin, die beinahe eingedöst war, erhob sich von ihrem Stuhl. »Jetzt hat uns der Herr Frost nicht nur so wundervoll vorgelesen«, sagte sie mit pathetischer Stimme, »sondern sich auch bereit erklärt, eure Fragen zu beantworten. Was wollt ihr also von einem echten Autor wissen?«

Schüchtern hoben die ersten Kinder ihre Arme in die Höhe.

Ich wählte ein Mädchen in der zweiten Reihe aus, das ein gelbes T-Shirt trug. Auf diesem schlug ein Comicgirl einen Strichmännchenjungen mit der rechten Faust nieder. ›Frauenpower‹ stand unter dem Bild. Vor meinem geistigen Auge sah ich ihre Eltern Eva und Judith beim Vorgespräch für die künstliche Befruchtung.

»Wollten Sie schon immer Bücher schreiben?«, erkundigte sie sich.

»Nein«, antwortete ich. »Als ich in eurem Alter war, hasste ich Aufsätze.«

Die Pädagogin sah mich tadelnd an. Von Wahrheitsliebe hielt sie wohl nicht viel.

»Warum sind Sie denn dann Schriftsteller geworden?«, rief ein Schüler, der hinten saß.

»Vor etwa zehn Jahren fing ich an, mir Geschichten für einen Jungen auszudenken. Weil ihm meine Ideen gefielen, schrieb ich sie irgendwann auf und schickte sie an Verlage. Einer dieser Verlage hatte Interesse und knapp zwölf Monate später erschien mein erster Roman. Das war ein tolles Gefühl!« Die zwanzig Standardabsagen, die ich vorher erhalten hatte, erwähnte ich nicht.

»Wie heißt Ihr Sohn?«, fragte ein Mädchen mit zum Zopf geflochtenen, blonden Haaren und einem roten Brillengestell auf der Nase.

»Ich habe keine Kinder.«

»Wer war dann dieser Junge?«, bohrte sie nach.

»Der Sohn meiner damaligen Lebensgefährtin.«

»Wie alt sind Sie?«

»Siebenunddreißig.«

»Was hast du gemacht, bevor du Autor geworden bist?«

»Ich besaß ein Transportunternehmen und fuhr mit einem kleinen Lkw Pakete von einem Ort zum anderen.«

»Cool!«, sagte ein Junge. »Warum machst du das heute nicht mehr?«

»Bücher schreiben und sie netten Kindern wie euch vorzulesen, ist viel schöner«, schleimte ich mich ein. »Außerdem hat es mich genervt, die Hälfte meiner Arbeitszeit im Stau zu stehen.« Und die Verdienstmöglichkeiten waren mit jeder Gesetzesänderung geschrumpft. Doch vor allem hatten mir irgendwann meine Kniegelenke Schwierigkeiten bereitet. Das ständige Kuppeln, Bremsen, Gas geben war Gift für sie gewesen.

»Sind Sie reich?«, fragte ein Mädchen.

Die Lehrerinnen und zahlreiche Schüler kicherten.

»Leider nicht«, erwiderte ich wahrheitsgemäß.

Ein Mädchen in einer weißen Bluse hob schüchtern ihre Hand. Aufmunternd nickte ich ihr zu. Sie gehörte bei der Lesung zu denjenigen, die mir positiv aufgefallen waren, weil sie die ganze Zeit aufmerksam zugehört und am Ende frenetisch applaudiert hatte.

»Ich finde Sie voll toll«, sagte sie zuckersüß. »Und das Buch war so spannend. Meine Eltern lesen mir nie vor.«

»Schade«, entgegnete ich mit einem tröstenden Lächeln. Wenn die Mehrzahl der jungen Zuhörer wie sie wäre, würden mir diese Schulveranstaltungen mehr Spaß bereiten.

Zehn Minuten später beendete ich die Fragerunde. Auf dem Tisch lag eine Plastikbox mit Postkarten, die meine aktuellsten vier Romane bewarben. Ich hielt eine der gelben Karten in die Höhe. »Hierauf findet ihr ein paar Hinweise, die euch bei einer Bestellung in der Buchhandlung oder im Internet helfen. Wer Geld mitgebracht hat, kann *Tamara und der Fluch der hässlichen Warzenhexen* jetzt bei mir kaufen, ich schreibe gerne eine Widmung hinein. Außerdem freue ich mich über Gästebucheinträge auf meiner Homepage; die Adresse ist ebenfalls auf der Postkarte vermerkt.«

Eine Schülerin schnippte aufgeregt mit ihren Fingern. »Was kosten die Karten?«

»Nichts.«

Die Kinder jubelten laut. Ehe ich sie bitten konnte, sich anständig in einer Reihe anzustellen, drängelten sie sich um mich herum. Im Kampf um die besten Plätze schubsten sie sich gegenseitig weg und streckten mir ihre Hände entgegen. In meiner Bewegungsfreiheit eingeschränkt, fiel es mir anfangs schwer, meinen Namenszug auf die Postkarten zu setzen. Manchmal rempelte mich jemand an und die Unterschrift wurde krakelig. Ich spürte eine seltsame

Beklemmung in der Brustgegend, als litte ich unter spontaner Klaustrophobie. Doch je kürzer die Schlange wurde, desto mehr entspannte ich mich.

Zur Pause nahm mich eine der Pädagoginnen mit ins Lehrerzimmer. In der Mitte des Raumes standen sich zwei längliche, mit Papieren übersäte Tische gegenüber und ich zählte insgesamt vierzehn Stühle, von denen vier bereits besetzt waren.

»Ich hoffe, es frustriert Sie nicht, nur drei Bücher verkauft zu haben.«

»Nein«, täuschte ich Gelassenheit vor. »Nach Lesungen zieht oft der Buchverkauf in Buchhandlungen an.«

Sie deutete auf eine Sitzgelegenheit. »Die Kollegin ist seit ein paar Wochen im Mutterschutz. Setzen Sie sich. Möchten Sie einen Kaffee?«

»Gerne.«

Meine Ansprechpartnerin ging zu einer Kaffeepadmaschine. Unterdessen betraten weitere Lehrerinnen den Raum, von denen mir manche zunickten und einige sich erkundigten, ob ich der Autor sei, der heute hier vorlas.

Auf das Getränk wartend, musterte ich die Lehrkörper. Sie bildeten einen Durchschnitt der Fachkräfte, die ich regelmäßig an Grundschulen antraf. Zwei Frauen sprangen mir jedoch durch ihre Attraktivität ins Auge. Die erste war ziemlich groß und hatte braune, bis zu den Hüften reichende Haare. Ihre Kleidung erinnerte mich an die wilden Sechziger; besonders auffällig waren die zehn Ringe, die sie an den Fingern trug. Außerdem hatte sie ihre Fingernägel schwarz lackiert. Die andere war optisch ihr komplettes Gegenteil: kleiner, zierlicher, zu einem Dutt gewundenes blondes Haar, eine weiße Bluse und einen grauen Rock tragend. Ihr Gesicht wies Ähnlichkeiten mit Meg Ryan auf. In einem völlig unpassenden Moment – allein unter Frauen im Lehrerzimmer einer Schule – wurde mir schmerzhaft bewusst, wie lange ich inzwischen Single war. Eigentlich wollte ich mir keine Hoffnungen machen, dass eine der beiden Lehrerinnen Interesse an mir zeigen könnte, aber entstand Liebe nicht manchmal bei den seltsamsten Gelegenheiten? Warum also nicht in einer Pause nach einer Lesung?

Die Zimmertür öffnete sich schwungvoll und ein Mann kam herein.

»Gibt's ja gar nicht«, rief er laut. »Wer stiehlt mir den Platz als Hahn im Korb?« Er trat auf mich zu und begrüßte mich mit übertrieben festem Händedruck.

»Sven Frost«, stellte ich mich vor. »Ich bin der Autor.«

»Alexander Siebert. Dann lesen Sie gleich bei uns. Ich bin der Klassenlehrer der Drei a.«

Ich taxierte ihn, während er den freien Stuhl zwischen den hübschen Lehrerinnen ansteuerte. Er war ein gut aussehender Endzwanziger. Bestimmt äußerst beliebt bei seinen Kolleginnen.

Ich sah meine Vermutung bestätigt, als ihm das Hippiemädchen eine Keksdose reichte.

»Die habe ich gestern Abend gebacken. Hoffentlich schmecken sie dir.«

»Hier ist das versprochene Cocktailrezept«, sagte die blonde Lehrerin und schob ihm einen Zettel zu. Es hätte mich nicht gewundert, ein rotes Herzchen darauf zu entdecken.

Der Lehrer fing meinen Blick auf und zwinkerte mir zu. Ob er wohl ahnte, wie sehr ich ihn beneidete?

***

Am frühen Nachmittag steckte ich auf dem Weg zu einer weiteren Lesung in einer Light-Version der Hölle: auf einer Autobahn in Richtung der alten Heimat.

Wochen zuvor hatte ich in gefühlsduseliger Stimmung meiner ehemaligen Grundschule per E-Mail angeboten, honorarfrei bei ihnen zu lesen. Wahrscheinlich hatte ich unterbewusst geahnt, etwas für mein Karma tun zu müssen. Oder ich hatte gehofft, mich in das Kind zurückzuversetzen, das neugierig auf seine Zukunft war.

Honorarfrei!

Gibt es ein schrecklicheres Wort für einen Schriftsteller, der es gerade eben schafft, von der Kombination aus Tantiemen, Bücherverkäufen bei Veranstaltungen und Lesungsvergütungen zu leben? Deswegen hatte ich die Nachricht schnell bereut und auf ausbleibende Resonanz gesetzt.

Fünf Tage später hatte die Direktorin jedoch geantwortet, um auf meinen Vorschlag einzugehen und mich um zwei Lesungen im Rahmen des jährlichen Sommerfestes zu bitten. Statt mich damit herauszureden, dass mein E-Mail-Account von Hackern gekapert worden sei, und auf meinen üblichen Honorarsatz zu verweisen, hatte ich zugesagt. Daher befand ich mich nun auf dem Weg in die Stadt, in der ich meine ersten einundzwanzig Lebensjahre verbracht hatte.

Auf der Autobahn behinderten wie immer zahlreiche Baustellen den fließenden Verkehr. Beim Einsetzen leichten Nieselregens leuchteten reflexartig rote Bremslichter auf.

»Leute! Leute! Leute!«, fluchte ich nach einem Blick auf die Uhr. »Es sind bloß ein paar Tropfen Wasser. Ihr müsst nicht für jeden einzelnen in die Bremsen steigen!«

Meine Belehrungsversuche brachten nichts. Es bildete sich ein Stau, der mich zum Anhalten zwang.

»Verdammter Mist!« Wütend schlug ich aufs Lenkrad. Ich hatte nur noch sechzig Minuten Zeit bis zum Beginn des Schulfestes.

Vor mir stand ein blaues Fahrschulauto. Als sich die Blechkarawane wieder in Bewegung setzte, würgte der Fahrschüler den Motor ab. Das Auto blieb ruckelnd stehen.

»Das darf nicht wahr sein!«, brüllte ich. »Wie kann man so einen blutigen Anfänger auf die Bahn lassen?«

Der Schüler schaffte es, den Motor anzulassen und ihn beim Anfahren erneut abzuwürgen.

»Flasche!«

Hinter mir hupte jemand. Um meine Solidarität kundzutun, drückte ich ebenfalls fest auf die Hupe. Genervt blickte der Fahrlehrer über die Schulter. Mit seinem Zeigefinger gab er mir zu verstehen, was er von so viel Ungeduld hielt.

»Was willst du von mir?« Ich gestikulierte mit meinen Armen, um darauf hinzuweisen, dass die Blechlawine inzwischen gut dreihundert Meter vorwärtsgekommen war. Während dieser dezenten Informationsvermittlung spürte ich einen heftigen Stich in der Brustgegend.

»Puh«, stöhnte ich gepeinigt auf und massierte meinen Brustkorb.

Das Fahrzeug rollte endlich los und der Lehrer hatte ein Einsehen mit den staugeplagten Menschen. Der Blinker leuchtete auf, kurz danach verließ der Pkw die Autobahn. Im Nu fand ich Anschluss an die anderen Wagen.

Mit vierzig Stundenkilometern quälte ich mich durch die Baustelle und wählte unterdessen mittels der Freisprecheinrichtung die Telefonnummer meiner Mutter an.

»Frost«, meldete sich eine erkältet klingende Stimme.

»Bist du krank?«, fragte ich ohne Umschweife.

»Hallo, mein Sohn. Ich war letzte Woche krank. Jetzt geht es einigermaßen. Du solltest öfter anrufen, falls dich mein Gesundheitszustand interessiert.«

»Du kannst dich ja auch melden. Oder gilt deine Flatrate ausschließlich für ankommende Gespräche?«

»Als du noch mit Melanie zusammen warst, haben wir uns häufiger gesehen.«

»Melanie ist seit zwei Jahren Geschichte«, erinnerte ich sie.

»Wird Zeit für eine neue Frau. Das Alleinsein tut dir nicht gut.«

Warum bloß bohrte sie in dieser Wunde? Ich wusste selbst, dass ich nicht fürs Alleinsein geschaffen war. Andererseits gehörte eine Menge Glück dazu, die richtige Partnerin zu finden und sie nicht wieder zu verlieren.

»Bist du gleich da?«, erkundigte sie sich.

»Ich schaffe es nicht, dich abzuholen. Ich stehe im Stau.«

»Wie soll ich dann zur Schule kommen?«

»Indem du fünf Minuten läufst!« Nach dem Tod meines

Vaters war meine Mutter in der alten Wohnung geblieben, in der sie seit nunmehr zweiundvierzig Jahren lebte.

»Ich fühle mich heute nicht so gut«, stöhnte sie.

»Ein kurzer Spaziergang wird dir nicht schaden.« Ihre Wehleidigkeit war äußerst anstrengend. Als ich ein kleiner Junge war, hatte sie mir regelmäßig Angst eingejagt, weil sie in jedem stärkeren Kopfschmerz die Symptome eines Gehirntumors zu erkennen glaubte. Zumindest war es mir in der Pubertät gelungen, mich davon nicht mehr tangieren zu lassen. Meine Abneigung gegen Vorsorgeuntersuchungen hing bestimmt mit ihrer überproportionalen Inanspruchnahme dieser Leistung zusammen.

»Wenn du mich nicht abholst, muss ich wohl zu Fuß gehen.«

»Ich habe mir den Stau nicht ausgesucht. Die Lesung fängt um Viertel nach drei an. Sei ausnahmsweise pünktlich!«

Ohne ein weiteres Wort legte sie auf.

Erneut massierte ich mir meine Brust und versuchte, meine verkrampfte linke Schulter zu lockern. Wunderte sie sich wirklich über unseren seltenen Kontakt? Stets sprach sie mich darauf an, dass zu Melanies Zeiten alles schöner gewesen war. Als würde ich das nicht selbst wissen.

Wenigstens löste sich die Autoschlange endlich auf. Ich wechselte die Spur und gab Gas.

Eine halbe Stunde später tauchte das dreigeschossige, rote Backsteingebäude vor mir auf. Die Direktorin hatte mir in der E-Mail-Konversation die Erlaubnis gegeben, den auf dem Schulgelände befindlichen Parkplatz zu benutzen. Also rollte ich vorsichtig durch das geöffnete Tor und überfuhr dabei fast einen übergewichtigen Mann, der sich mir überraschend behände in den Weg stellte. Mit einer Handbewegung im Stil eines Verkehrspolizisten forderte er mich zum Halten auf. Abrupt bremste ich, da ich mir nicht sicher war, ob mein Wagen einen Zusammenprall mit seinem Fettairbag schadlos überstanden hätte.

Er rief etwas, das ich wegen der geschlossenen Seitenscheibe nicht verstand. Gereizt kurbelte ich das Fenster hinunter. »Warum versperren Sie die Zufahrt?«

»Das ist ein Lehrerparkplatz. Sie sind kein Lehrer!«, klärte er mich dankenswerterweise auf.

»Ich bin der Autor, der beim Schulfest liest. Frau Schreiters hat mir erlaubt, hier zu parken.«

»Welcher Autor? Welche Lesung?«

»Wer sind Sie überhaupt?«

»Frank Fischer. Der Schulhausmeister. Ich bin auf diesem Gelände für Recht und Ordnung zuständig. Wie lautet Ihr Name?«

»Sven Frost.«

»Sven Frost? Nie gehört!«

Super! Für meinen Auftritt schien ja reichlich Werbung gemacht worden zu sein. Ich kramte in meiner Tasche nach dem Ausdruck der E-Mail. Wortlos drückte ich dem Hausmeisternazi das Papier in die Finger. Er überflog es und trat enttäuscht beiseite.

»Das wird ja dann seine Richtigkeit haben«, murmelte er. »Vorausgesetzt, Sie haben das nicht gefälscht.«

Ich fühlte mich ertappt, denn natürlich fälschte ich solche

Nachrichten, um stundenweise exklusive Parkmöglichkeiten in Anspruch nehmen zu können.

»Passen Sie ja auf, dass Sie keine Macken in die Lehrerautos fahren!«

»Jawohl, mein Führer!« Ich salutierte mit der rechten Hand und ließ den Wagen anrollen. Grimmig schaute er mir hinterher.

***

Erinnerungen an die Grundschulzeit tauchten aus den Tiefen meines Gedächtnisses auf, während ich mich dem Eingang näherte: Auf dem Platz links von mir hatten meine Freunde und ich in den großen Pausen mit einem Tennisball Fußball gespielt. Meistens hatte meine Mannschaft gewonnen, oft dank meiner Tore. Zur Eingangstür führte eine Treppe mit insgesamt zwölf steinernen Stufen. Ich entsann mich an die zittrigen Beine, mit denen ich diese bei der Einschulung erklommen hatte, unsicher darüber, was für Erfahrungen dieser Lebensabschnitt bereithalten würde.

Hinter mir liefen ein paar Kinder leichtfüßig den Aufgang hoch. Unterdessen zog ich erfolglos an der geschlossenen Holztür.

»Wird erst um drei aufgemacht«, klärte mich ein blondes Mädchen in einem bunten Blumenkleid auf.

»Und wie komme ich jetzt hinein?«, fragte ich.

Sie sah mich an, als sei ich vom Himmel gefallen. »Sie müssen einfach klingeln.«

Die hochbegabte Schülerin übernahm das für mich. Wenige Sekunden später öffnete uns eine ältere Frau, die ein graues Kostüm und farblich abgestimmte Schuhe trug. Ihre grauweißen Haare waren kurz geschnitten.

»Herr Frost!«, begrüßte sie mich mit einem Lächeln und einem unangenehm schlaffen Händedruck. »Schön, Sie zu sehen! Ich dachte schon, Sie hätten es sich anders überlegt.«

»Auf der Autobahn war ein kilometerlanger Stau«, rechtfertigte ich mich. Warum fühlte ich mich getadelt wie ein einfältiger Junge?

»Ich zeige Ihnen den für Sie vorbereiteten Raum.«

Beim Betreten des Gebäudes kam mir das schwarz-weißkarierte Bodenfliesenmuster ungemein vertraut vor. Uns unterhaltend liefen wir die Stufen bis zum Dachgeschoss hinauf. Selbst an das Treppenhaus konnte ich mich deutlich erinnern. Die Grundschulzeit hatte sich unauslöschlich eingeprägt. Allerdings hatte mir früher das Treppensteigen nicht den Atem geraubt. Schließlich erreichten wir den obersten Absatz und betraten ein geräumiges Zimmer, in dem die Tische an den Rand gestellt und circa dreißig Kinderstühle in einem Halbkreis aufgebaut waren. Für mich hatte man einen Erwachsenenstuhl und einen hölzernen Tisch vorgesehen.

»Ich organisiere Ihnen Mineralwasser. Wenn Sie ein Stück Kuchen möchten, sagen Sie einfach am Kuchenstand Bescheid. Als unser Ehrengast benötigen Sie keine Wertmarken. Gleich erfolgt übrigens der Startschuss in der Turnhalle. Darf ich Sie dort begrüßen?«

»Wird ziemlich knapp. Ich muss meine Tasche und die Bücher aus dem Auto holen. Wahrscheinlich muss ich sogar zweimal gehen.«

»Dann viel Glück! Plaudern wir nach Ihren Lesungen.«

Der Grund, warum ich mich letztlich auf die honorarfreien Auftritte bei diesem Schulfest eingelassen hatte, war die Anwesenheit der Eltern mit hoffentlich prall gefüllten Geldbörsen. Gewiss würden sie ihren kleinen Lieblingen das Werk eines Autors kaufen, der diese Schule besucht hatte und damit den lebenden Beweis antrat, dass sich Schulbildung lohnte.

In meinem Wagen befanden sich zwei große Plastikboxen mit Konstantin-Klever-Romanen. Ich brauchte fünf Minuten, um sie nacheinander die Etagen in den Vorleseraum zu tragen. Als das erledigt war, setzte ich mich nach Luft ringend auf den Stuhl. Möglicherweise sollte ich doch regelmäßig Sport treiben, was mir mein Hausarzt bei einem Termin im letzten Jahr im Hinblick auf erhöhte Blutdruckwerte empfohlen hatte.

Nach einer kurzen Verschnaufpause holte ich die Bücher aus den Kisten und stapelte sie ordentlich auf einem Beistelltisch.

Kurz vor dem geplanten Lesungsbeginn war ich noch immer allein in dem Klassenzimmer. Wo blieb eigentlich meine Mutter?

»Hereinspaziert«, forderte ich schließlich die ersten Kinder auf, die ihre Köpfe durch den Türspalt reinsteckten.

»Was findet denn hier statt?«, fragte ein Mädchen.

»Eine coole Bücherlesung.«

»Langweilig«, sagte der ungefähr zwölf Jahre alte Junge, der sie begleitete. »Lass uns weiter!« Er zog an ihrem Ärmel, woraufhin sie ihm unwillig folgte.

Um zwanzig nach drei hielten sich fünf Kinder und drei Erwachsene bei mir auf, meine Mutter gehörte nicht zu ihnen. Ich versuchte, den Start etwas hinauszuzögern. Würden sich die Besucher etwa auf die zweite Veranstaltung stürzen?

Als um halb vier die Tür aufging, hatte ich mich sowie den Roman vorgestellt und die erste Seite rezitiert. Meine Mutter trug einen fliederfarbenen Blazer kombiniert mit einer schwarzen Hose. Sie lächelte mir zu, während sie eintrat, mein Gesicht hingegen entsprach einer eingefrorenen Maske. Ich konzentrierte mich wieder auf den Text. Kaum hatte ich den nächsten Satz gelesen, stöhnte ein Junge schmerzerfüllt auf. Aus nicht nachvollziehbaren Gründen quetschte sich meine Mutter ausgerechnet in die Reihe, in der bereits drei Leute saßen, obwohl zwei Stuhlreihen völlig leer waren. Zu allem Überfluss trat sie dabei einem Schüler auf den Fuß.

»Oh weh«, bedauerte sie ihn in nicht unerheblicher Lautstärke. »Ist es sehr schlimm?«

»Geht schon«, presste dieser zwischen den Zähnen hervor.

Sie ließ sich auf dem Platz neben ihm nieder.

Die Zuhörer erlebten im Folgenden Auszüge aus der abenteuerlichen Reise des zwölfjährigen Konstantin Klever, wobei die Lesung jedoch mehrfach durch eine sich öffnende Tür unterbrochen wurde, weil sich Schulfestbesucher vergewisserten, was in diesem Raum stattfand.

Gerade als sich der Roman einem Spannungshöhepunkt näherte – der Heißluftballon von Konstantin wurde von einem Blitz getroffen und trudelte dem Erdboden entgegen – schob jemand einen Stuhl nach hinten. Beim Aufblicken stockte mir für einen Moment der Atem.

Es war meine Mutter, die sich nach draußen zwängte. Fassungslos starrte ich ihr hinterher. Diese Pause nutzten zwei andere Besucher, um ihrem Beispiel zu folgen.

Ich räusperte mich und schaffte es irgendwie, den Vortrag zu Ende zu bringen.

»Wenn ihr wissen wollt, wie die Geschichte weitergeht, könnt ihr das Buch heute signiert bei mir erwerben«, beendete ich diesen Teil meiner Darbietung schließlich. Ich klappte das Hardcover zu. »Habt ihr Fragen an einen Autor, der hier zur Schule gegangen ist?«

Ein Vater verließ mit seinen beiden Töchtern wortlos das Klassenzimmer. Ich schaute erwartungsvoll in das verbliebene Publikum, doch niemand meldete sich mehr oder erweckte den Eindruck, ein Exemplar kaufen zu wollen.

Frustriert zuckte ich mit den Achseln. »Dann wünsche ich euch noch viel Spaß auf dem Fest.«

***

Die zweite Lesung sollte um halb fünf starten. Spätestens drei Minuten nach der angekündigten Zeit wurde mir bewusst, dass auch diese Veranstaltung nicht gut besucht sein würde. Vor mir saßen zwei acht- oder neunjährige Jungen.

»Wann fangen Sie endlich an?«, fragte einer von ihnen ungeduldig.

»Jetzt sofort!« Ich ging zur Tür und warf einen Blick hinaus. Im Treppenhaus befand sich keine Menschenseele.

Hatte ich wirklich vierzig Bücher drei Etagen hinaufgeschleppt, in der Hoffnung, sie alle zu verkaufen?

Seufzend schloss ich die Tür und hockte mich auf meinen Platz. Wenigstens blieben die Jungen bei mir. Fasziniert lauschten sie meinen Worten. Als ich den Buchdeckel zuklappte, strahlten sie mich an.

»Eigentlich finde ich Lesen langweilig, aber das war der Hammer!« Mit dieser Feststellung stürmte der Größere aus dem Raum. Sein Freund folgte ihm.

Nach einer Weile raffte ich mich auf und packte die Druckwerke zurück in die Plastikboxen. Im Grunde waren sie zu schwer, um zusammen getragen zu werden. Doch irgendwie schaffte ich es, die Boxen gleichzeitig ins Auto zu laden, ohne einen Leistenbruch zu erleiden.

Während ich die Kofferraumklappe zuwarf, fiel mein Augenmerk auf die Fenster der Schule, hinter denen sich hektisch Menschen bewegten. Der Anstand verlangte es, mich auf die Suche nach der Direktorin zu begeben, um mich von ihr zu verabschieden. Außerdem war ich noch nicht auf ihr Angebot eingegangen, mich von der Kuchentheke zu bedienen.

In diesem Moment war mir schickliches Benehmen jedoch völlig egal. Und auf den Kuchen konnte ich pfeifen. Ich stieg in meinen Wagen, startete den Motor und fuhr vom Parkplatz meiner Grundschule. Als ich in die nächste Straße bog, verschwand das Gebäude aus dem Rückspiegel. Ich schwor mir, nie wieder hierhin zurückzukehren.

***

Zu Hause angekommen setzte ich mich ächzend auf die schwarze Ledercouch und starrte vor mich hin.

Was für ein mieser Tag!

Nachdem ich genug Trübsal geblasen hatte, schlurfte ich in mein Arbeitszimmer. Ich betrat den mit hellbraunem Parkett ausgelegten Raum, der mit einem gläsernen Schreibtisch und einem alufarbenen Rollcontainer nur spärlich möbliert war. Mein Arbeitsplatz befand sich genau vor dem Fenster, sodass ich mich beim Schreiben von einer Birke inspirieren lassen konnte. Sattgrüne Blätter wogen sich sanft im Wind. Tatsächlich war mir eines Tages die Idee für einen Roman gekommen, als ein Eichhörnchen den Baumstamm hochgeflitzt war. Ich riss das Fenster auf. Eine leichte Brise kühlte meine verschwitzte Haut, während von draußen die Geräusche spielender Kinder zu mir drangen.

Beim Hochfahren des PCs öffnete ich eine Schublade des Containers, in dem ich meine Bankunterlagen aufbewahre.

Bumm.

Ich betrachtete den aktuellsten Kontoauszug. Mein Girokonto wies einen Saldo von neunhundert Euro auf.

Bumm.

Darüber hinaus hatte ich mir einen Dispositionskredit mit einem Verfügungsrahmen von zehntausend Euro bei einer anderen Bank einräumen lassen. In Anspruch nahm ich davon derzeit lediglich eintausendzweihundert. Als selbstständiger Transporteur hatte sich mein Kontostand stets im Habenbereich befunden. Wahrscheinlich war der Jobwechsel ein Fehler gewesen, doch ich erinnerte mich daran, wie sehr ich meine vorherige Tätigkeit gehasst hatte. Außerdem hatten mich meine schmerzenden Kniegelenke zuletzt stark gepeinigt, und ich entsann mich an das angenehme, schmerzfreie Erwachen einige Wochen nach der Aufgabe des Transportgewerbes.

Bumm.

Der Computer war betriebsbereit und ich startete den Browser.

Bumm.

»Verdammt!«, brüllte ich genervt. »Kann der Junge nicht auf dem Rasen spielen?«

Bumm.

Über mir wohnte die Wagner mit ihrem etwa achtjährigen Sohn. Mein Arbeitszimmer befand sich unter seinem Kinderzimmer.

Bumm. Bumm.

Offenbar spielte er Prellball.

Bumm.

Mein Puls beschleunigte sich, während ich versuchte, die Geräusche zu ignorieren. Die beiden konnten mich eh nicht leiden, weil wir schon öfter aneinandergeraten waren.

Bumm.

Und mein Hunger nach Ärger war eigentlich gestillt.

Bumm. Bumm.

Bumm.

»Das darf nicht wahr sein!«

Im Stechschritt lief ich nach oben und drückte zweimal auf die Klingel. Danach klopfte ich energisch gegen die Tür. Es dauerte nur wenige Sekunden, bis mir geöffnet wurde. Die Wagner war Anfang dreißig, hatte langes, braunes Haar, das ihr über die Schultern reichte, braune

Augen und schmale Augenbrauen. Sie war einen halben Kopf kleiner als ich und schlank. Ihre Lippen hatte sie zusammengepresst, was den Leberfleck unterhalb des Mundes betonte.

»Herr Frost!«, sagte sie in einer Tonlage, die zu meinem Namen passte.

»Frau Wagner! Warum vergnügt sich Ihr Sohn bei diesem Wetter indoor mit einem Ball?« Mit jedem Wort wurde meine Stimme etwas lauter. Sie setzte zu einer Erwiderung an, aber ich gab ihr keine Gelegenheit. »Die anderen Kinder spielen doch auch draußen auf der Wiese! Können die Ihren Sohn nicht ausstehen? Was stimmt nicht mit ihm? Ist er verhaltensauffällig? Prügelt er sich ständig mit ihnen?«

»Noah ist nicht –«

»Mein Arbeitszimmer liegt genau unter Noahs Zimmer und ich arbeite von Zuhause. Mir fällt es schwer, wenn Ihr gestörtes Kind –«

»Noah ist nicht –«

»Wenn Ihr gestörtes Kind wie ein Geisteskranker einen Ball aufprallen lässt. Warum schenken Sie ihm nicht einfach einen Computer und lassen ihn Killerspiele zocken? Dann kann er seinen Frust anderweitig abreagieren!«

»Was sind Sie von Beruf?«

»Ich bin ein Kinderbuchautor, der gerade versucht, einen neuen Roman zu schreiben!«

Sie nickte bedächtig. »Ich werde ihn bitten, Sie nicht weiter zu belästigen.«

»Das wäre herzallerliebst!« Mit diesem ironischen Dank wandte ich mich ab und betrat den Treppenabsatz.

»Ich habe gedacht, als Kinderbuchautor müsste man Kinder mögen«, sagte sie, während ich mich bereits auf dem Weg nach unten befand.

Die sich schließende Wohnungstür verhinderte eine Fortsetzung unseres Disputs.

In meinen vier Wänden wurde mir plötzlich schwindelig. Die Diele schwankte vor meinen Augen und ich befürchtete, gleich umzukippen. Vorsichtig drückte ich die Tür zu und setzte mich auf den Boden. Mein Puls beruhigte sich langsam, gleichzeitig verschwand das Schwindelgefühl.

Schließlich stand ich auf und ging zurück ins Arbeitszimmer, den Blick zur Decke gerichtet. So wartete ich ungefähr eine Minute auf einen provozierenden Ballaufpraller, doch offenbar hatte meine Nachbarin ihren Sohn einigermaßen unter Kontrolle. Also setzte ich mich an den Schreibtisch und rief mein E-Mail-Programm auf, als das Telefon klingelte. Das Display übertrug die Nummer meiner Mutter. Ich überlegte, den Anruf nicht entgegenzunehmen. Nach dem vierten Klingeln hatte ich mich anders entschieden.

»Ja?«, meldete ich mich mit bewusst nüchterner Stimme.

»Bist du gut nach Hause gekommen?«

»Hm-mh.«

»Hast du viele Bücher verkauft?«

»Wie denn, wenn die Hälfte des Publikums angestachelt von meiner Mutter den Raum vor dem Ende der Lesung verlässt?«, fuhr ich sie an. Jede Emotionslosigkeit war verschwunden.

»Ich hatte Rückenschmerzen. Diese kleinen Kinderstühle waren Gift für meine Bandscheibe. Bestimmt lande ich bald im Rollstuhl, so schlimm ist es in letzter Zeit.«

»Die Lesung war fast beendet. So lange hättest du ja wohl aushalten können!«

»Mein Rücken hat übel wehgetan. Aber du hast dich ja schon früher nicht für meine Krankheiten interessiert.«

»Und wie kam deine Verspätung zustande? Warum bist du dem Jungen auf den Fuß getrampelt?«

»Tante Martha hatte angerufen, gerade als ich –«

»Ständig redest du davon, wie toll du meine Bücher findest. Wie gerne du mich mal live lesen hören würdest. Dann hast du mal die Chance und kommst zu spät und gehst zu früh?«

»Mein Rücken!«

»Und Tante Martha! Das erwähntest du bereits.« Ich spürte einen erneuten Schwindelanfall, der meinen Redefluss stoppte. Für eine Weile schwiegen wir uns an.

»Du bist sauer auf mich«, stellte sie schließlich fest.

Ich sagte gar nichts.

»Bist du noch dran?«

»Ja.«

»Tut mir leid, doch mein Rücken war wirklich schlimm.«

Darauf antwortete ich ebenfalls nicht.

»Außerdem rufe ich an, um mich zu verabschieden.«

»Verabschieden?«, wunderte ich mich. Was kam jetzt? Die nach Mitleid heischende Ankündigung, in vier Wochen zu sterben?

»Übermorgen trete ich eine sechswöchige Kreuzfahrt über den Atlantik an.«

Sechswöchige Kreuzfahrt über den Atlantik? Vor meinem inneren Auge tauchte eine höhere vierstellige Zahl auf, die ein solcher Urlaub sicherlich kostete.

»Darüber hast du bislang nichts erzählt.«

»Wir haben ganz kurzfristig gebucht. War ein Schnäppchen.«

»Wir?«

»Karl-Günther und ich. Du kennst ihn nicht. Ich habe ihn vor zwei Monaten beim Seniorentreff kennengelernt.«

»Du machst mit einem quasi fremden Mann eine sechswöchige Kreuzfahrt?«, fragte ich fassungslos. »Vater liegt erst seit drei Jahren im Grab!« Was erlaubte sich meine Mutter, einen neuen Partner zu finden, während ich erfolglos auf der Suche war?

»Wie lange soll ich denn allein die trauernde Witwe mimen?«

»Zumindest solltest du keinen Dauerurlaub mit einem anderen Mann antreten.«

»Er würde dir gefallen«, versuchte sie meinen Segen zu erhalten.

»Na ja, du bist alt genug. Du kannst tun und lassen, was du willst.«

Auf meinem Bildschirm poppte ein Fenster auf, das mir den Eingang einer E-Mail signalisierte.

»Ich melde mich nach dem Urlaub.«

»Bis dann.« Ich öffnete die Nachricht.

Lieber Herr Frost,
anbei eine aktuelle, betrüblicherweise negative Rezension.
Ich hoffe, Ihre heutigen Lesungen waren erfolgreich.
Herzliche Grüße
Justus Wirth

Justus Wirth war der Verleger meiner beiden letzten Bücher und hatte vor einigen Jahren den ambitionierten Kinderbuchverlag Galaxia gegründet, der sich derzeit sehr positiv entwickelte. Er sah in mir einen aufsteigenden Stern am Kinderbuchhimmel und hatte mich bisher vorbehaltlos unterstützt. In jüngster Zeit gewann ich allerdings immer öfter den Eindruck, dass sein Glaube an meine Karriere durch die geringen Verkaufszahlen geschmälert wurde. Von Konstantin Klever waren im ersten Jahr nach dem Erscheinen lediglich eintausendvierundfünfzig Exemplare verkauft worden. Der Absatz von Tamara und der Fluch der hässlichen Warzenhexen bewegte sich in einem ähnlichen Bereich. Wahrscheinlich waren meine Romane ein Verlustgeschäft und er reagierte deswegen so wenig euphorisch, sobald sich unsere Konversation um ein neues Projekt drehte.

Ich klickte auf die angehängte Datei.

Schade eigentlich.
Kinderbücher müssen vor allem eins bieten: Lesespaß. Sven Frosts Buch ›Tamara und der Fluch der hässlichen Warzenhexen‹ klingt nach einer amüsanten, wenn auch nicht sonderlich originellen Idee. Ein guter Autor hätte aus der Grundidee sicherlich ein schönes Buch für Kinder ab acht geschaffen. Sven Frost hingegen scheitert weitestgehend.
Schade eigentlich.
Die Geschichte beginnt spannend und verpulvert ihre Höhepunkte bereits auf den ersten Seiten. Als die Koboldfreunde der Hauptfigur in Gefahr geraten, bricht Tamara zu einer Rettungsaktion auf, die sich langatmig über ein-

hundert Seiten erstreckt. Spannung ist Mangelware, Humor und Fantasie sucht man vergeblich. Die lieblosen schwarz-weißen Illustrationen tragen ebenso zum schlechten Gesamtbild bei. Obwohl das Druckwerk aus dem aufstrebenden Galaxia-Verlag stammt, erhält es keine Empfehlung.
Schade eigentlich.
Ursula Rehbein

Die Rezension war in der vorigen Woche erschienen. Auf der Suche nach Rehbein-Artikeln surfte ich zur Homepage der entsprechenden Zeitung. In den letzten Tagen hatte sie zwei Theateraufführungen, einen Kinofilm, drei Bücher und zwei CDs besprochen. Vor allem an den Theateraufführungen und dem Kinofilm hatte sie keinen Gefallen gefunden.

Mit einer E-Mail-Adresse, die keinen Rückschluss auf meine Identität zuließ, sendete ich ihr eine Nachricht:

Wenig geehrte Frau Rehbein,
ich frage mich, wie oft der Verleger Ihrer Zeitung Sie noch Ihren Schmutz ausschütten lässt.
Früher setzten sich Ihre Einschätzungen kritisch, aber wohlwollend mit der Kunst auseinander. Seit einigen Wochen jedoch machen Sie alles schlecht. Die Theatervorstellungen, die Sie verrissen haben, bescherten meinem Mann und mir herrliche Abende. Der Kinofilm ›Glaskugelsommergewitter‹ war ebenfalls jeden Cent der Eintrittskarte wert. Das von Ihnen geschmähte Kinderbuch ›Tamara und der Fluch der hässlichen Warzenhexen‹ hat meine acht-

jährige Tochter verschlungen und zu ihrem Lieblingsbuch erklärt.

Warum nehmen Sie nicht einfach ein entspannendes Rosenduftbad, sofern Sie das nächste Mal das Bedürfnis verspüren, uns mit ihrer Meinung zu behelligen? Zwischen den Zeilen Ihrer Texte ist deutlich zu erkennen, dass Sie unter Depressionen leiden. Wie lange hält dieser Zustand, alles schlecht zu finden und kein Interesse an den schönen Dingen des Lebens zu haben, bei Ihnen schon an? Vielleicht ist Ihre Krankheit noch heilbar, ehe Sie in eine psychiatrische Anstalt zwangseingewiesen werden müssen.

Ich möchte nicht in der Haut der Schauspieler stecken, wenn sie Ihre abstrusen Kritiken lesen. Was stimmt nicht mit Ihnen? Hat Ihr Mann Sie verlassen und wollen Sie es nun der ganzen Welt heimzahlen?

Wie soll sich ein Kinderbuchautor fühlen, der sein Herzblut in seine Geschichten steckt und dann von Ihnen bepöbelt wird?

Ihretwegen werden mein Mann und ich unser Abonnement kündigen!

Ohne die besten Wünsche für Ihre Zukunft
Rosalinde Schulz

Bevor ich den Sende-Button drückte, vergewisserte ich mich ein weiteres Mal, nicht die falsche E-Mail-Adresse ausgewählt zu haben. Diesen Leserbrief wollte ich ungern von *sven@svenfrost.de* losschicken.

Danach vertrödelte ich den Rest des Abends, ehe ich ins Bett ging, um ein paar Stunden später einem metrosexuellen Jenseitsbegleiter zu begegnen.

Anpfiff

Eine über mich gebeugte Notärztin leuchtet mir mit einer kleinen Taschenlampe ins rechte Auge und überprüft meine Pupillenreaktion.

»Sie bleiben schön bei mir«, verlangt sie erschöpft.

Nachdem mein Kreislauf stabilisiert ist, werde ich von zwei Rettungssanitätern vorsichtig auf eine Bahre gelegt.

»Was ist mit meinem Auto?«, flüstere ich dabei matt.

»Darum kümmert sich die Polizei«, antwortet die Ärztin beruhigend.

Ich versuche, ihr ein dankbares Lächeln zu schenken, doch sie reagiert erschrocken.

»Haben Sie einen neuen Anfall?«, fragt sie besorgt angesichts meines anscheinend verzerrten Gesichtes.

»Alles gut.« Ich mustere ihre hübschen, aber abgekämpft wirkenden Züge. Ist nicht in manchen Kulturen der Lebensretter für das Leben der Geretteten verantwortlich? Allerdings wäre sie dann wahrscheinlich für das Seelenheil vieler Menschen zuständig. Da will ich mich ihr nicht aufdrängen.

Die Sanitäter rollen die Transportbahre bis zum Krankenwagen und nach einem Ruck befinde ich mich im Inneren. Die Ärztin verkabelt sogleich meinen Brustkorb, kurz darauf signalisiert ihr ein gleichmäßiger Herzschlag, dass ich transportfähig bin.

»Ihre Halskette musste ich Ihnen abnehmen.«

»Halskette?«, wispere ich.

»Ein schönes Teil. Ist mir anfangs gar nicht aufgefallen. Bis es bei der Wiederbelebung gestört hat. Ich habe es in Ihre Hemdtasche gesteckt.«

Der Krankenwagen setzt sich mit Martinshorn in Bewegung. Mir ist es wegen dem lauten Signalton zu mühsam, ihr zu erklären, dass ich außer einer Uhr keinen Schmuck besitze.

***

Am frühen Abend steht ein Halbgott in Weiß an meinem Bett und mustert mich zufrieden.

»Sie haben nur einen leichten Herzinfarkt erlitten«, gratuliert er mir.

»Was bin ich für ein Glückspilz!«

»Mehr als Sie ahnen!«, erwidert er schmunzelnd.

»Wieso?«

»Selbst Ihr leichter Herzinfarkt hätte aufgrund der äußeren Umstände tödlich verlaufen können. Beim nächsten Mal bemühen Sie sich, ihn nicht mitten im Berufsverkehr zu erleiden.«

»Was wären denn geeignetere Orte?«

»Beispielsweise die Praxis eines Kardiologen. Oder ein

Herzspezialistenkongress. Im Stau würde ich mich hingegen nicht darauf verlassen, lediglich vierzehn Wagenlängen vor einem Notarztwagen zu stehen.«

»Werde ich zukünftig berücksichtigen.« Ich bin versucht, ihm von der Begebenheit zu berichten, die mir den ganzen Tag keine Ruhe gelassen hat und an die ich mich sehr lebhaft erinnere. »Ist es normal, während eines Infarkts zu halluzinieren?«

Spöttisch betrachtet er mich. »Haben Sie das Licht am Ende des Tunnels gesehen? Oder ist Ihr Leben rückwärts vor Ihren Augen abgelaufen?«

Seine Reaktion hält mich davon ab, ihm von meiner Begegnung zu erzählen. »Nein. Ich stand mit der Nationalmannschaft im Weltmeisterschaftsfinale und schoss das entscheidende Tor.«

»Ungewöhnliche Fantasie«, lacht er. »Um auf Ihre Frage einzugehen: Ja, einige Patienten halluzinieren in dieser Ausnahmesituation. Wahrscheinlich lenkt der Verstand so von den Schmerzen ab.«

Also habe ich mir das Zwiegespräch mit meinem Jenseitsbegleiter nur eingebildet, denke ich erleichtert.

»Wir werden Sie eine Woche hierbehalten«, fährt er mit seinen Erläuterungen fort. »Ein paar Untersuchungen durchführen, erste Rehamaßnahmen einleiten. Für die Zeit danach empfehle ich bereits jetzt weniger Stress, mehr Bewegung und eine gesündere Ernährung. Dann können Sie sehr alt werden.«

Dankbar nicke ich. Das klingt viel besser als vierundzwanzig Tage!

***

Nachdem ich am folgenden Morgen den Gang zur Toilette bewältigt habe, erinnere ich mich an die Worte der Notärztin. Sie hat von einer Kette gesprochen, die sie in meine Hemdtasche gesteckt habe. Neugierig trete ich an den Schrank, in dem meine Kleidung liegt, und schaue in die Tasche. Darin befindet sich ein feingliedriges, silbernes Schmuckstück. Überrascht hole ich es heraus. An der Halskette baumelt ein Amulett. Wo kommt dieses Teil her?, wundere ich mich, als ich es betrachte.

Die Antwort erschließt sich mir beim Umdrehen des Anhängers. Ein gütig dreinblickender Sascha ist darauf abgebildet. Sein Porträt wirkt wie von einem Großmeister der Renaissance gemalt. Eine sehr imagefördernde Marketingmaßnahme, solche Amulette zu verteilen. In der Realität sah er nicht so glorreich aus.

Plötzlich werden meine Knie schwach. Deswegen setze ich mich aufs Bett, während wirre Gedanken in meinem Kopf Purzelbäume schlagen. Ich war nie ein sonderlich religiöser Mensch. Das katholische Pflichtprogramm aus Taufe, Kommunion und Firmung habe ich auf Verlangen meiner Eltern absolviert. Seit dem letzten Gotteshausbesuch sind Jahre vergangen. Nun soll ausgerechnet ich der lebendige Beweis für die Existenz des Paradieses und von Engeln sein?

Damit muss ich erst einmal klarkommen.

Je länger ich darüber nachdenke, desto mehr beruhigt mich das Wissen, dass nicht jeder Zutritt zum Himmel erhält, falls er nur früh genug seine Sünden beichtet. Wäre doch höchst ungerecht, wenn Investmentbanker, die Rentner um ihre Ersparnisse betrogen haben, kurz vor dem Ableben in den Beichtstuhl rennen könnten und halleluja – nach sechs *Ave Maria* ist alles in bester Ordnung. Wahrscheinlich würden sie den Pfarrer zu allem Überfluss auf drei Gebete herunterhandeln. Stattdessen steht von der Geburt an das gesamte Tun auf dem Prüfstand. Eine faire Ausgangssituation, obwohl dadurch meine Himmelszukunft ungewiss ist.

Fragt sich bloß, wie ich in den Folgewochen gutes Karma sammeln kann. Nach reichlicher Überlegung lauten meine ersten Vorsätze: Ausgiebig die Pfleger, Krankenschwestern, Ärzte und Therapeuten für ihre tolle Arbeit loben sowie mich stets über das mittelmäßige Essen anerkennend äußern.

Für eine Weile spiele ich mit dem Gedanken, den Aufenthalt abzubrechen, um auf eigenes Risiko entlassen zu werden. Mit jedem Tag im Krankenhaus verkürzt sich meine Nachspielzeit beträchtlich. Ich bin überzeugt, Sascha hält sein Versprechen und räumt mir genau den zugesagten Zeitraum ein. Aber eigentlich ist es witzlos gewesen, diese zusätzlichen Tage auf der Erde auszuhandeln, da ich eh nicht weiß, was ich mit ihnen anfangen soll. Daher beschließe ich, im Hospital zu bleiben, um eine Antwort auf die Frage zu finden, wie ich die Verlängerungstage sinnvoll nutzen kann.

Wieder zu Hause

Sechs Tage später schließe ich die Tür zu meiner Wohnung auf und bin kein Stück schlauer.

Ein hilfsbereiter Freiwilligendienstleistender hat mich eine Stunde zuvor zur Polizei gefahren, wo mein Wagen auf dem Verwahrplatz stand. Nach Erledigung des Papierkrams konnte ich mich auf den Heimweg machen. Nun betrete ich meine Bleibe, in der ein faulig-muffiger Gestank wabert. Auf dem Tisch in der Küche liegt eine verschimmelte Toastpackung, die ich in den stinkenden Müll werfe, bevor ich das Fenster aufreiße.

Sobald ich die E-Mails der vergangenen Woche geprüft habe, will ich eine Liste erstellen, was ich noch erleben möchte. Eine Idee, auf die mich ein Fernsehfilm während des Krankenhausaufenthalts gebracht hat. Also begebe ich mich ins Arbeitszimmer, wo ich den Computer starte. Kurz darauf signalisiert mir das E-Mail-Programm den Eingang von dreiundzwanzig neuen Mails – das meiste davon Spamschrott. Die Schule, bei der ich niemals angekommen bin, hat mir wegen meines unentschuldigten Fernbleibens eine unfreundliche Nachricht geschickt. Wahrheitsgemäß informiere ich die Direktorin über den Grund meines Nichterscheinens und teile mit, in absehbarer Zeit für eine Neuterminierung nicht zur Verfügung zu stehen. Anschließend sage ich die Veranstaltungen der nächsten Wochen ab. Meine Vorlesekarriere ist beendet, mein Leben hingegen dümpelt noch siebzehn Tage vor sich hin.

Nach einer Weile dumpfen Vor-mich-Hin-Starrens löse ich ein weißes Blatt von einem Block und notiere die Worte ›To-do-Liste‹.

Was will ich unbedingt vor meinem Tod erleben?

Zuerst schießt mir ein Fallschirmsprung durch den Kopf. Ist das der Klassiker von Leuten, die wissen, dass ihnen nur wenige Tage bleiben?

Aber würde es mir wirklich gefallen, aus einem kleinen Flugzeug in die Tiefe zu springen, per Klettverschluss mit einem professionellen Fallschirmspringer verbunden?

Ganz sicher nicht.

Meine nächsten Gedanken kreisen um eine Reise ans Meer. Irgendwo im sonnigen Süden. Diese Eingebung beschäftigt mich lange, denn ich liebe das Meer und die Wärme. Meine von den Banken eingeräumten finanziellen Reserven würden ausreichen, um mir eine Luxusreise zu gönnen. Ich müsste nicht in der Pauschaltouristenklasse sitzen, sondern könnte mir ein Flugticket für die erste Klasse leisten und mich von einem Limousinenservice in ein Luxushotel chauffieren lassen.

Und dann?

Als Alleinreisender hätte ich wahrscheinlich ständig das Gefühl, von Paaren oder Kellnern bemitleidet zu werden. Im besten Fall würde ich die Bekanntschaft einer hübschen Frau machen, die zwecks Jagd auf einen solventen Mann im Hotel abgestiegen ist. Spätere Schwangerschaft sehr erwünscht. Ließe ich mich darauf ein, ohne sie über mein bevorstehendes Schicksal und meine wahre Finanzlage zu informieren, würde meine Minusseite überquellen.

Folglich streiche ich diesen Punkt.

Als Drittes kommt mir der Besuch eines Fußballspiels meines Vereins in den Sinn, im Idealfall unter Anmietung einer VIP-Lounge. Wie dumm, dass die Bundesligasaison mit dem Abschlussspieltag voriges Wochenende zu Ende gegangen ist.

Einer meiner nie realisierten Wünsche ist die Teilnahme an einer exklusiven Pokerrunde. Ich halte mich für einen passablen Pokerspieler und besaß eine Zeit lang ein Konto auf einer Internetseite, das sich stets im Plus befand. Doch irgendwann reizten mich die Onlineduelle nicht mehr. Da meine monetären Möglichkeiten nicht ausreichen, um das Startgeld für ein gehobenes Pokerturnier in einem Kasino aufzubringen, fliegt diese Alternative ebenfalls von der Liste.

Die Vorstellung, bei einem Urlaub eine junge, hübsche und vor allem willige Frau kennenzulernen, klingt in einer körperlichen Reaktion bei mir nach. In der Klinik hatte sich trotz einiger attraktiver Krankenschwestern nichts geregt und ich hatte befürchtet, Sascha hätte meine Manneskraft als Pfand einbehalten. Mit drei Großbuchstaben schreibe ich SEX auf das Papier.

Wann habe ich das letzte Mal gevögelt? Ist es schon wieder fünfzehn Monate her, als ich einen One-Night-Stand mit einer Kellnerin hatte? Funktioniere ich seit fünfzehn Monaten im Handbetriebsmodus? Wundere ich mich wirklich über mein streikendes Herz?

Mit noch größeren Buchstaben schreibe ich erneut das Wort SEX auf den Zettel.

Leider bin ich nicht der größte Charmeur auf dieser Welt; das erfolgreiche Abschleppen der Kellnerin war eher einem Zufall geschuldet. Vielleicht gelänge mir das noch mal, vielleicht auch nicht.

Ich stelle mir vor, Erfolg zu haben und mit einer Frau im Bett zu landen, mit der der Sex furchtbar schlecht ist. Das würde bestimmt gegen ein menschliches Grundrecht verstoßen. Artikel Ultimo: Der ultimative Akt im Leben soll dir ein Lächeln auf die Lippen zaubern.

Wer garantiert guten Sex? Frauen, die damit Geld verdienen. Ich ersetze die Großbuchstaben durch ›Sex mit einer Prostituierten‹.

Diese Lösung spart zudem erheblich Zeit.

Allerdings habe ich in meinen siebenunddreißig Jahren niemals eine Professionelle in Anspruch genommen. Nicht wegen moralischer Bedenken, sondern weil ich den Gedanken eklig fand, welcher schwitzende, stinkende Fettsack möglicherweise vor mir an der Reihe gewesen ist. Folglich sollte die Nutte ein Niveau besitzen, das sich nicht jeder leisten kann. ›Sex mit einer Prostituierten‹ wird daher in ›Sex mit einer Edelnutte‹ geändert.

Warum sich nur einmal dieses Vergnügen gönnen? Finanzielle Limitierungen spielen in gewissen Grenzen keine

Rolle. Deswegen ersetze ich die aktuelle Version durch ›Ein Wochenende mit einer Edelprostituierten verbringen‹. Um mich abzulenken, überprüfe ich meinen Kühlschrank. Dabei stelle ich fest, dass er nach dem Wegwerfen der verdorbenen Lebensmittel leer ist und dringend einer Auffüllung bedarf. Statt die Liste zu verfeinern, fahre ich erst mal zum Supermarkt.

***

Abends surfe ich im Internet und stoße auf eine Seite mit der eindeutigen Domain *terminfrauen365.de*. Dahinter verbirgt sich ein Etablissement, in dem insgesamt vierzehn Damen ihre Dienste anbieten. Man kann sie für sechzig Minuten, zwölf oder vierundzwanzig Stunden oder für ein ganzes Wochenende in Anspruch nehmen. Die Preise beginnen bei zweihundert Euro, gewisse sexuelle Wünsche kosten dann extra, ein komplettes All-inclusive-Wochenende schlägt mit viertausend Euro zu Buche. Und das Beste daran: Die im Kontaktbereich angegebene Adresse ist nur dreißig Kilometer von mir entfernt.

Damit der solvente Kunde nicht die Katze im Sack kauft, sind von allen Mädchen Fotos hinterlegt. Sie scheinen dem Pirelli-Kalender entsprungen zu sein.

Unterhalb der Bilder führen die Frauen auf, zu welchen Dienstleistungen sie sich bereit erklären.

Jelena beispielsweise ist vierundzwanzig Jahre alt, im Sternzeichen Zwilling geboren – eine wichtige Info, denn ich will keinen Sex mit einer Nutte, die aus astrologischer Sicht so gar nicht zu mir passt – und hat die Maße 92-60-

90. Sie ist einhundertdreiundsechzig Zentimeter klein und wiegt dreiundfünfzig Kilo. Ihre Haarfarbe ist blond, auf den Fotos trägt sie entweder nichts oder rote Dessous. Ihr Angebot umfasst laut der Homepage: alle GV-Positionen, Oralverkehr ohne Kondom, GF6, Zungenküsse, Position 69, erotische Massagen, Dildospiele, Spanisch, Facesitting, NS Aktiv, Körperbesamung, Striptease, Masturbation, bizarre Spiele & Fetisch Outfit, Foto & Film, lesbische Spiele mit Freundin Natascha.

Was ist eigentlich GF6?

Google klärt mich auf. Mit GF6 ist Girlfriendsex gemeint. Wenn ich also um GF6 bitte, wird sie sich wohl mit Kopfschmerzen entschuldigen, jedoch von mir erwarten, ihr den Rücken zu kraulen.

Als nächstes betrachte ich Lauras Angebot. Sie ist siebenundzwanzig, Sternzeichen Widder, Maße 91-61-90, dunkelblonde Haare, Gewicht dreiundfünfzig Kilo, Größe einhundertsiebenundsechzig Zentimeter. Zu ihren Spezialitäten zählen: alle GV-Positionen, Oralverkehr ohne Kondom, GF6, Zungenküsse, Position 69, erotische Massagen, Dildospiele, Spanisch, Facesitting, NS Aktiv, Körperbesamung, Striptease, Masturbation, Foto & Film, Analsex, Prostatamassagen.

Prostatamassagen? Damit assoziiere ich einen Urologen, der sich einen Handschuh überstreift und mir empfiehlt, mich zu entspannen.

Das dritte Bild haut mich um. Ihr Name lautet Arabella. Sie ist achtundzwanzig, hat schwarze Haare, die Traummaße 90-60-90 und sie ist die erste Frau, bei der explizit darauf hingewiesen wird, dass sie Naturbrüste hat. Ihr

Sternzeichen ist Steinbock (was perfekt zu mir passen würde), mit einhundertvierundsiebzig Zentimetern ist sie fünf Zentimeter kleiner als ich und wiegt lediglich vierundfünfzig Kilo. Ihr Angebot umfasst mit allen GV-Positionen, Oralverkehr ohne Kondom, Oralverkehr mit Aufnahme, Zungenküssen, erotischen Massagen, Dildospielchen, Spanisch, Körperbesamung, Gesichtsbesamung, Striptease, Position 69 und Analsex weniger Spezialitäten als das der anderen. Trotzdem entscheide ich mich für sie. Lediglich der Vollständigkeit halber überfliege ich die übrigen Fotos. An meiner Wahl ändert dies nichts.

Mit Arabella will ich das kommende Wochenende verbringen. Daher muss ich Kontakt zu ihr aufnehmen. Auf der Homepage ist eine Rufnummer veröffentlicht. Wünscht man sich einstündigen Spaß, ist es erforderlich, nach telefonischer Anfrage zur angegebenen Adresse zu fahren. Möchte man ein Mädchen für einen längeren Zeitraum nach Hause bestellen, ist es ebenfalls zwingend notwendig, vorher zu der Adresse zu fahren. Ob Arabella mir ihre Dienste zur Verfügung stellt, bleibt laut der hinterlegten Information ihr überlassen.

Karmatechnisch ist das bestimmt eine saubere Lösung! Den Rest des Abends versuche ich erfolglos, den Mut aufzubringen, die Nummer anzuwählen. Ich traue mich jedoch nicht, weil ich fürchte, kurz vor meinem Tod von einer Edelnutte abgelehnt zu werden. Deshalb verschiebe ich den Anruf auf morgen und lege mich erschöpft ins Bett.

Ex-Freundinnen

An einem runden Holztisch sitzen drei Frauen, die eine große Bedeutung für mein Leben besaßen: Nicole, Frauke und Melanie. Mit jeder von ihnen hatte ich eine längere Beziehung. Allerdings sind sie riesengroß, ich muss zu ihnen aufblicken und fühle mich von ihrer Präsenz eingeschüchtert. Nicoles Hand greift nach mir, Panik erfasst mich. Beim Bemühen, vor ihr zu fliehen, stelle ich fest, mich nicht bewegen zu können. Erschrocken schaue ich mich um. Mein Körper steckt in einem gusseisernen Korsett, aus dem es kein Entrinnen gibt. Ich stehe auf einem Holzbrett mit einigen bemalten Feldern. Ich erkenne einen Bereich mit lodernden Flammen, einen weiteren mit einer Foltermaschine und zudem ein Bild von einem Sarg. Nicoles Hand streift unterdessen knapp an mir vorbei und nimmt drei schwarze Würfel auf, die direkt neben mir liegen.

»Er verließ mich ohne ein erklärendes Wort«, sagt sie mit einer normalen, nicht riesenhaft dröhnenden Stimme.

»Ich kam in eine halb leer geräumte Wohnung und war wie vor den Kopf gestoßen. Ich hatte sogar den irrationalen Gedanken, er sei von einem ausländischen Geheimdienst entführt worden. Er hinterließ keine Telefonnummer, wo ich ihn erreichen konnte. Ich zahlte bis zu meinem Auszug die Miete allein, was mir verdammt schwerfiel. Als ich dank eines gemeinsamen Freundes endlich etwas von ihm hörte, erfuhr ich, dass ich in seinen Augen die Schuld an unserem Ende trug, weil ich mich für andere Männer interessiert hätte. Dabei gab es damals nur ihn.«

Sie lässt die Würfel fallen, die ein wenig auf dem Spielfeld rollen, ehe sie zum Stillstand kommen. Grob packt sie mich und stellt mich auf ein weißes Feld. Den Sarg habe ich glücklicherweise übersprungen, dafür nähere ich mich der Foltermaschine und dem Feuer.

Frauke sammelt die Spielwürfel ein.

»Er nahm nie Rücksicht auf meine Bedürfnisse oder Gefühle«, erinnert sie sich. »Manchmal gewann ich den Eindruck, er würde mich nur lieben, wenn ich mich seinen Wünschen entsprechend verhielt. Er versuchte, mich in ein bestimmtes Schema zu pressen. Ich sollte seine Märchenprinzessin sein. Hatte ich nach einer anstrengenden Arbeitswoche keinen Sinn für Romantik, machte er mir haltlose Vorwürfe – dann war ich für alles Schlechte in seinem Leben verantwortlich.«

Nach ihrem Wurf hebt auch sie mich in die Höhe. Den Bruchteil einer Sekunde schwebe ich über dem Foltergerät, bevor sie mich dahinter absetzt.

Melanie greift nach den Würfeln. Ehe sie die Mitspielerinnen an meinen charakterlichen Schwächen in unserer

Beziehung teilhaben lässt, befinde ich mich bereits in ihrer Hand. Das Feuerfeld nähert sich bedrohlich. Plötzlich lecken echte Flammen an mir. Ich spüre, wie sich Melanies Finger von mir lösen, erfolglos versuche ich, mich an ihnen festzuhalten, und stürze schreiend in das Flammenmeer.

Schweißgebadet erwache ich in meinem Bett.

Mir ist sofort klar, was mir der Traum mitteilen will. Versöhne ich mich mit diesen Frauen, werden dadurch einige der Minuspunkte auf meinem Karmakonto gelöscht. Da meine Ex-Partnerinnen in einem Umkreis von fünfzehn Kilometern wohnen, würde ich für diese Mission lediglich einen Tag benötigen.

Eine Stunde später breche ich frisch geduscht auf. Ich werde sie in der chronologischen Reihenfolge unserer Partnerschaften besuchen.

***

Nicole wohnt in einem Vierfamilienhaus. Sie war die Frau, die mich aus meiner Heimatstadt fortgelockt hat. Wir lernten uns in einer Diskothek kennen, weil ich sie unabsichtlich beim Pogen zu Boden rempelte. Nachdem ich ihr auf die Beine geholfen und zur Wiedergutmachung ein Getränk ausgegeben hatte, war sie mir nicht mehr von der Seite gewichen. Aus diesem Abend entwickelte sich eine einundzwanzigmonatige Liaison, während der ich bei meinen Eltern auszog und mit ihr eine gemeinsame Bleibe anmietete. Anfangs war es sehr aufregend. Die ersten Wochen befürchteten die Nachbarn wahrscheinlich das Allerschlimmste, da wir nach dem Einzug mindestens dreimal täglich Lust aufeinander hatten. Im Laufe der Zeit regulierte sich das, bis wir auf eine Frequenz von höchstens zweimal wöchentlich kamen. Damit begannen unsere Probleme.

Ich fand einen Hinweis, dass sie sich für einen anderen Mann interessierte, und machte ihr diesbezüglich Vorwürfe. Sie stritt zwar alles ab, aber die Beziehung war in meinen Augen nicht zu retten. Um meine Angst, von ihr verlassen zu werden, zu besiegen, vollzog ich den einzig logischen Schritt: Ich verließ sie, bevor sie mir das Herz brechen konnte. Heimlich räumte ich mein Eigentum aus der Wohnung und meldete mich nicht mehr bei ihr. Von Freunden erfuhr ich, dass sie durch die Hölle gegangen war, weil sie das Ende lange nicht akzeptieren konnte. Laut diesen Freunden war der Kerl, der meine Eifersucht ausgelöst hatte, ihr neuer, attraktiver, stockschwuler Chef gewesen. Ich glaube ihnen nicht.

Doch falls mir Nicole heute diese Erklärung bestätigt, werde ich alles daransetzen, dass sie mir verzeiht. Ihr Name steht auf dem Klingelschild unten links. Ist sie an einem Freitagvormittag überhaupt zu Hause? Oder arbeitet sie und mein Auftauchen stellt sich als vergeblich heraus? Es wäre schön, mich bei ihr entschuldigen zu können, sofern mein damaliges Misstrauen unbegründet und mein plötzliches Verschwinden somit unangemessen war. Natürlich drehe ich mit einer solchen Abbitte die Uhr nicht zurück und tilge meinen Fehler. Wenn ich ihr jedoch erläutern könnte, wie ich mich aufgrund meines Verdachtes gefühlt hatte, wird sie möglicherweise Verständnis aufbringen und mir vergeben.

Um meine Nervosität zu bekämpfen, pfeife ich eine Melodie, während ich auf die Klingel drücke. Der Summer ertönt, ich lehne mich gegen die Tür, die nach innen aufspringt. Ein vierstufiger Treppenabsatz führt in das Hochparterre. Gerade in dem Moment, als ich vor der grauen Wohnungstür ankomme, öffnet sie sich. Ich erkenne Nicole sofort wieder, obwohl ihre Haare kürzer sind und ihr Gesicht etwas mehr Falten hat, da sie sich ansonsten kaum verändert hat.

»Hallo«, begrüße ich sie lächelnd.

Sie reißt ihre Augen auf. »Sven?«, fragt sie ungläubig.

Ich nicke. Mein Lächeln fällt in sich zusammen, als sie die Tür zuknallt.

»Verpiss dich!«, äußert sie ihr Bedürfnis nach meiner räumlichen Abwesenheit sehr deutlich. Immerhin gedämpft durch die unüberwindliche Barriere zwischen uns.

»Können wir reden?«, bitte ich sie.

»Scher dich zum Teufel, Arschloch! Lass dich hier nie wieder blicken!«

Vor allem ihr Tonfall signalisiert mir, dass sie es sich nicht anders überlegen wird. Wie ein geprügelter Hund verlasse ich das Haus.

Nach dem Aufwachen hatte sich die Idee großartig angefühlt und mich mit Enthusiasmus beseelt. Ein Teil dieser Begeisterung verfliegt wegen Nicoles Reaktion. Trotzdem begebe ich mich auf den Weg zu Frauke.

***

Ich lernte sie anderthalb Jahre nach Nicole kennen, beim abendlichen Joggen im Park. Nachdem sie mir innerhalb von zwei Wochen viermal aufgefallen war, sprach ich sie bei nächster Gelegenheit an. Es folgten drei Wochen gemeinschaftliche Runden, gegenseitiges Beschnüffeln und die Feststellung, dass selbst ihre Transpiration angenehm roch. Zudem teilten wir einige Interessen. Ihre Wohnung lag näher an der Laufstrecke als meine, daher wagte sie eines Tages den entscheidenden Schritt und lud mich zu sich ein. An diesem schwülen Sommertag schwitzten wir beide stark, was uns allerdings nicht davon abhielt, nach dem Schließen ihrer Wohnungstür in der Diele übereinander herzufallen. Die Schweiß- und Spermaflecken verunzierten bis zu ihrem Auszug den Korkboden und kosteten einen Kautionsanteil.

Das zweite Mal fand unter der Dusche statt. Aber schon da hätte mir klar werden müssen, dass wir trotz der übereinstimmenden Hobbys nicht zusammenpassten. Eine Frau, die den Wasserstrahl dermaßen heiß einstellte, dass ich mir wie ein lebendiger Krebs im Kochtopf vorkam, harmonierte nicht mit einem Lauwarmduscher. Immerhin hielten wir es siebenundzwanzig Monate miteinander aus, inklusive eines gemeinsamen Zuhauses. Das Auseinanderleben begann jedoch bereits mit dem Einzug; der finale Streit entzündete sich an einer Stromnachzahlung, für die ich sie verantwortlich machte. Ich rechnete ihr die Energie vor, die der Durchlauferhitzer verbrauchte, während sie duschte. Ein Wort gab das andere, bis ich an diesem Abend meine Sachen packte. Einen raschen Schlussstrich zu ziehen, schien zu meinen besonderen Fähigkeiten zu gehören. Letztlich diente die Stromrechnung nur als Vorwand, weil ich nicht mehr glücklich mit ihr war. Vielleicht hätte ich mir größere Mühe geben können, um unsere Liebe am Köcheln zu halten, und genau dafür will ich mich nun entschuldigen.

Nachdem ich meinen Wagen in eine Parklücke manövriert habe, sehe ich sie aus einem altersschwachen Kombi aussteigen. Sie ist etwas fülliger geworden und übertüncht dies mit einem weit geschnittenen Kleid. Doch ich erkenne die üppigeren Proportionen, als sie die hintere Tür auf der Fahrerseite öffnet und sich hineinbeugt, um einem etwa vierjährigen Mädchen aus dem Kindersitz zu helfen.

Ein gut zehn Jahre alter Junge steigt eigenständig aus dem Auto aus. Mit beiden Kindern an den Händen steuert sie auf ein Mietshaus zu. Ich laufe ihr hinterher.

»Frauke?«, rufe ich überrascht wegen unserer scheinbar zufälligen Begegnung.

Sie dreht sich sofort um. »Sven?«, fragt sie verwundert. Sie schmeißt nicht mit dem Schlüsselbund nach mir, was ich als gutes Omen deute.

»Wie geht's dir?«

Ihrem Gesicht nach zu urteilen ist sie müde und überfordert.

»Super!«, behauptet sie.

»Wer ist der Onkel?«, mischt sich ihre Tochter ein.

»Das ist Sven Frost«, erklärt sie ihrem Nachwuchs. »Ein früherer Freund von mir. Sven, das sind Frederik und Lilly.«

»Hallo«, begrüße ich sie.

»Sven Frost?«, hakt Frederik nach. »Haben Sie Konstantin Klever geschrieben?«

Aha, denke ich zufrieden. Frauke hat meine Karriere verfolgt und ihrem Sohn mindestens eines meiner Bücher geschenkt.

»Das habe ich!«

»Fand ich das Buch scheiße!«

Sie lädt mich zu einem Kaffee in der Küche ein, nur ein richtiges Gespräch entwickelt sich nicht. Frederiks Bemerkung hat mich tief getroffen, außerdem wuselt Lilly ständig um uns herum.

»Was für ein Zufall, dass wir uns hier begegnen«, stellt Frauke fest. Lilly sitzt unterdessen auf ihrem Schoß, meine Ex wippt sie auf und ab.

»Ja«, bestätige ich knapp. Die Gelegenheit, mich bei ihr zu entschuldigen, ergibt sich nicht, zumal ihr Erstgeborener in den Raum trampelt und triumphierend ein abgegriffenes Taschenbuch in die Höhe hält.

»Das ist eine tolle Geschichte! So eine sollten Sie schreiben!«

Seine Hände verdecken den Titel, doch die Lieblingslektüre dieses unverschämten Bengels interessiert mich ohnehin nicht. Fünf Minuten später verabschiede ich mich.

***

Bleibt also Melanie übrig, die einen so nachhaltigen Eindruck bei meiner Mutter hinterlassen hat.

Ich lernte sie im Rahmen meiner Transporteurtätigkeit

kennen. Sie arbeitete vormittags als Sekretärin für eine Firma, die regelmäßig meine Dienste in Anspruch nahm. Irgendwann kamen wir ins Plaudern, während ich die Pakete mit Aufklebern versah. Aus dem ersten kurzen Plausch entstanden längere Unterhaltungen, in denen ich von ihrem siebenjährigen Sohn erfuhr und dass sie genauso alt war wie ich: siebenundzwanzig.

Nach ein paar Wochen erwähnte sie, in Scheidung zu leben, daraufhin bat ich sie beim folgenden Aufeinandertreffen um ein Date. Sie sagte ohne ein Zögern zu. Wir verabredeten uns in einem Restaurant, ihre Eltern passten auf den Enkel auf. Es wurde ein wunderschöner Abend, dem vier weitere folgten, bevor sie mir ihr Kind vorstellte. Mit Daniel verstand ich mich auf Anhieb, was mir schließlich die Eintrittskarte in ihr Bett bescherte. Ich hatte das Gefühl, zu Hause angekommen zu sein.

Ein halbes Jahr danach zog ich zu ihnen. Daniel und ich unternahmen rasch allein etwas zusammen, aber vor allem liebte er es, wenn ich ihm vorlas. Aus Büchern, die ich oft furchtbar fand, ihm jedoch gefielen. Eines Tages – ich steckte auf dem Weg zu einem Kunden im Stau –, hatte ich die Idee für eine Kindergeschichte. Nachdem ich mich wieder einmal über einen schlechten Plot geärgert hatte, schrieb ich meinen Einfall nieder und las ihm die zehnseitige Abenteuergeschichte vor. Er war begeistert. Auch Melanie beeindruckte meine Fantasie. Ich entdeckte ein neues Hobby. Zu seinem neunten Geburtstag schenkte ich ihm einen achtzigseitigen Roman, den ich in einem Zeitraum von sechs Wochen in den Computer getippt hatte. Er und seine Freunde spielten neben zahlreichen Dinosauriern die Hauptrollen und es wurde für eine ganze Weile sein Lieblingsbuch. Als Melanie mich aufforderte, meine Geschichte an Buchverlage zu schicken, zierte ich mich zuerst, bis ich ihrem sanften Drängen nachgab.

Die Absagen frustrierten mich, doch das war nichts im Vergleich zu dem Hochgefühl, als ein kleinerer Verlag zusagte. Meine Kinderbuchschriftstellerkarriere stand in den Startblöcken, damals schien es mir der beste Beruf der Welt zu sein. Mein Leben war perfekt. Ich hatte die tollste Frau an meiner Seite, als Zugabe quasi einen liebenswerten Sohn erhalten, und lebte meine Kreativität aus. Leider hielt dieses Glück nicht ewig.

Sie wohnt in einer Dreizimmereigentumswohnung, die sie bei Daniels Geburt von ihren Eltern geschenkt bekommen hatte. Mit unsicheren Schritten nähere ich mich der Haustür. Soll ich meine Versöhnungstour lieber abbrechen? Melanie hatte mir sehr viel bedeutet, ein Fehlschlag wie zuvor würde mich schwer treffen. Trotzdem bringe ich die Kraft auf, die Klingel zu betätigen. Kurz darauf erkundigt sie sich durch die Gegensprechanlage, wer vor der Tür steht.

Panik erfasst mich. Ich bin versucht, einfach fortzulaufen.

»Hallo?« Ungeduld schwingt in ihrer Stimme mit.

Ich räuspere mich. »Sven hier. Hallo Melanie.«

»Sven?«

Ehe ich erklären kann, was ich mit meinem Überraschungsbesuch bezwecke, drückt sie mir auf.

Die Wohnung befindet sich in der zweiten Etage, vom letzten Treppenabsatz aus sehe ich sie bereits. In den zurückliegenden vierundzwanzig Monaten hat sie sich nicht verändert. Ihre kupferroten, gelockten Haare reichen ihr über die Schulter, ihre sommersprossige Haut hat einen hellen Teint, sie trägt eine pastellfarbene Bluse und eine enge Jeans, die ihre sportliche Figur unterstreicht.

Zur Begrüßung nimmt sie mich in den Arm. Ich atme ihren Duft ein, den ich immer gemocht hatte.

»Können wir reden?«

Sie zögert einen Moment, ehe sie mich mit einer Handbewegung hereinbittet. »Tritt ein.«

Ich folge ihr in die Wohnung, die ich fast sieben Jahre selbst bewohnt habe. Ähnlich wie in meiner Grundschule überfluten mich beim Betreten unzählige Erinnerungen. Bei Melanie hatte ich geglaubt, die Frau meines Lebens getroffen zu haben: hübsch, intelligent, einfühlsam und an ihren Mitmenschen interessiert. Ich hatte meine Königin gefunden.

»Ist Daniel da?«, löse ich mich aus der Vergangenheit, weil ich spüre, wie Schwermut mein Herz lähmt.

»Nein. Trifft sich mit Freunden.«

Ich nehme einen sorgenvollen Unterton wahr.

»Ich muss dir was zeigen!« Sie führt mich in sein Zimmer. Früher klebten an den Wänden Poster unseres Fußballvereins – eine Leidenschaft, mit der ich ihn infiziert hatte. Nun hängen dort Plakate von martialisch aussehenden Männern in Kampfsportposen.

»Er entgleitet mir«, seufzt sie. »Willst du einen Kaffee?«

»Du bist gar nicht sauer auf mich«, stelle ich bei der zweiten Tasse fest.

Sie schmunzelt, was ihre Lachfältchen an den Augen betont. Was bin ich bloß für ein Narr gewesen! Warum habe ich diese Frau verlassen? Warum ließ ich zu, dass auch diese Partnerschaft nicht von Dauer war?

»Die ersten Monate habe ich dir die Pest an den Hals gewünscht. Dann ist mir klar geworden, warum du diese Streitigkeiten provoziert hast und gegangen bist. Außerdem war ich nicht ganz unschuldig an der Trennung. Du hättest mich so gern geheiratet. Aber meine Ehe mit Carlo hat mich zu sehr versaut, um das Wagnis ein weiteres Mal einzugehen. Das war dir gegenüber unfair. Vielleicht wärst du geblieben, wenn ich deinen Ring getragen hätte.«

Drei Heiratsanträge hatte sie auf charmante Art abgelehnt. So charmant, dass ich ihr trotz der Enttäuschung nicht einmal böse war. Damals war alles gut gewesen. Bis eine permanente Unzufriedenheit meine Gefühlslage beherrschte.

»Keine Ahnung, was zwischen uns beiden schiefgelaufen ist«, suche ich nach Erklärungen. »Ich war so glücklich mit dir und plötzlich, fast über Nacht, fehlte mir etwas.«

»Du wurdest immer verdrossener«, erinnert sie sich. »Du hast es hinterher gehasst, in Schulen Lesungen zu halten, hast dich maßlos wegen frecher Kinder aufgeregt.«

»Manche Schüler sind so schlecht erzogen. Ich würde meinem Nachwuchs mehr Respekt beibringen.« Für einen Moment frage ich mich, wie unsere Beziehung verlaufen wäre, falls wir ein gemeinsames Kind in die Welt gesetzt hätten. Aufgrund von Komplikationen bei Daniels Geburt hatte sich Melanie schon vor langer Zeit sterilisieren lassen.

»Warum hast du dich stets nur geärgert, statt dich über diejenigen zu freuen, die fasziniert von dir waren? Zuletzt erzähltest du mir nur von den negativen Erlebnissen. Von unbefriedigenden Verkaufszahlen. Von Lehrern, die sich bei der Vorbereitung des Lesetermins keine Mühe gaben. Du hättest diesen Teil des Jobs ausklammern müssen. Glaubst du, mein Chef und meine Kunden sind ständig nett zu mir? Weit gefehlt! Das blende ich einfach aus. Deswegen macht mir der Job auch nach zwölf Jahren noch Spaß.«

»Trotzdem hatte das nichts mit unserer Partnerschaft zu tun.«

»Doch«, widerspricht sie mir. »Deine Verbitterung hast du auf mich projiziert. Kleinigkeiten führten zu Streitereien, deine Ansprüche an uns wuchsen ins Unendliche. Wir sollten für einen Ausgleich sorgen. Sobald uns das nicht gelang, gab es Stress. Selbst mit Daniel gerietest du hinterher viel zu häufig aneinander.«

Ich blicke in die leer getrunkene Tasse, an deren Boden sich schwarzer Kaffeesatz abgesetzt hat.

»Es tut mir so leid«, flüstere ich, da ich die Wahrheit hinter ihren Worten erkenne. »Ich hätte meinen Groll nicht an euch auslassen dürfen.« Tränen steigen mir in die Augen. Zärtlich legt mir Melanie eine Hand auf die Wange und streichelt mich. Diese Berührung stimmt mich noch trauriger. Vor zwei Jahren habe ich das Wichtigste in meinem Leben grundlos weggeworfen. Danach ging alles in die Brüche. Wahrscheinlich, weil ich unbewusst ahnte, etwas verloren zu haben, was ich nie wieder zurückbekommen würde.

»Geschehen ist geschehen«, tröstet sie mich. »Pass bloß auf, dass dich dieser Missmut nicht von innen zerfrisst!«

Arabella

Aufgewühlt kehre ich in meine Wohnung zurück. Melanie hat mir bei der Verabschiedung das Versprechen abgerungen, mich zukünftig regelmäßig zu melden oder bei Gelegenheit ein Bier mit Daniel trinken zu gehen. Ich brachte es nicht übers Herz, ihr dies abzuschlagen.

Nach einer ausgiebigen Dusche und einer kleinen Mahlzeit fühle ich mich bereit, mit Arabella in Kontakt zu treten. Also öffne ich die Homepage und wähle die angegebene Rufnummer von meinem Handy aus an.

»Schönen guten Tag«, meldet sich eine markante, weibliche Stimme. »Was kann die Gudrun für dich tun?«

Mein Blick fällt auf die vierzehn Frauen, von der keine Gudrun heißt. Folglich rede ich wohl mit der Telefonistin des Etablissements.

»Hallo! Sven hier.«

Ich wechsle die Telefonhand, um mir die schweißnassen Finger am Hosenbein abzuwischen. Wie dämlich! Ich will viertausend Euro ausgeben und bin nervös wie ein

Teenager vor seinem ersten Date.

»Hallo Sven.« In der Betonung meines Namens schwingt Zweifel mit, ob ich mich mit meinem richtigen Vornamen vorgestellt habe. »Womit kann ich dir helfen?«

»Ja, ich, ähm, ich würde, hm, ich würde gerne, äh, Arabella fürs Wochenende buchen. Ist sie frei?«

»Du warst noch nie bei uns?«

Verriet mich mein Stammeln? »Nein.«

»Arabella ist noch buchbar«, erklärt sie mir. »Aber vorher muss sie dich in unseren Räumlichkeiten kennenlernen. Meine Mädchen dürfen selbst entscheiden, auf welche Angebote sie eingehen.«

Meine Mädchen? Spreche ich etwa mit der Puffmutter?

»Kein Problem. Ich wohne nicht weit entfernt.«

»Schaffst du es, in einer Stunde bei uns zu sein?«

»Ja.«

»Die Bezahlung erfolgt übrigens im Voraus. Bar, per EC- oder Kreditkarte.«

»Kein Problem«, weise ich erneut auf meine grundsätzliche Unkompliziertheit hin.

»Wir freuen uns auf deinen Besuch.«

Zweiundfünfzig Minuten später parke ich meinen neun Jahre alten Polo vor einem Gebäude, das wie ein geräumiges Einfamilienhaus wirkt, sich allerdings am Rande eines Industriegebietes befindet. Auf dem Weg hierhin kam ich ein paar Hundert Meter vorher an einem Indoorspielplatz für Kinder vorbei. Ob wohl manch sexuell frustrierter Vater seinen Nachwuchs dort abgibt, um sich anschließend auf einer speziellen Spielwiese zu tummeln?

Sechs Parkboxen stehen zur Verfügung, ein blaues Schild weist darauf hin, dass der Parkplatz nur für Kunden gedacht ist. Ich blicke mich auf der Straße um, ob irgendjemand mit einer Kamera Fotos von den Freiern schießt, um sie an den Internetpranger zu stellen. Im Hinblick auf mein baldiges Ableben wage ich zu bezweifeln, dass mir die Schlagzeile ›Kinderbuchautor bei Anbahnung von käuflichem Sex erwischt‹ schaden kann.

Das Haus hat eine Klinkerfassade und ein schwarzes Satteldach. Auf der einzigen Klingel steht der Name ›Lustvergnügen Entertainment‹. Ich drücke sie und nach kurzer Zeit öffnet mir eine Frau, die wie eine Operndiva aussieht.

Sie ist groß, überragt mich um einige Zentimeter in der Höhe und ist vom Körperumfang doppelt so breit wie ich. Ihre schulterlangen, gewellten Haare sind blondiert, sie trägt ein wallendes, dunkelblaues Kleid und an jeder Hand vier goldene Ringe. Ihr Gesicht ist übertrieben stark geschminkt, mit besonderer Betonung der vollen Lippen.

»Du bist vermutlich der Sven«, begrüßt sie mich. Ihre markante Stimme erkenne ich vom Telefonat wieder.

»Der bin ich.«

Ihr Augenmerk fällt auf meinen fahrbaren Untersatz. Missfällig hebt sie ihre Augenbrauen.

»Komm herein«, fordert sie mich auf. Gudrun führt mich in einen großen Empfangsraum, dessen Boden ockerfarben gefliest ist. An den Fenstern hängen weiße, blickundurchlässige Gardinen, an den hellgelb gestrichenen Wänden erotische Fotografien, auf denen ich unter anderem Arabella wiedererkenne, die nackt am Rande eines Bettes sitzt. Die Empfangsdame bittet mich, auf der cremefarbenen Ledercouch Platz zu nehmen.

»Ich werde Arabella über deine Ankunft informieren.«

»Vielen Dank«, flüstere ich, ohne mich von dem Bild abzuwenden. Erst ein Räuspern löst den Bann.

»Sie wird gleich hier sein«, teilt mir Gudrun mit. »Zuvor sollten wir uns unterhalten. Viertausend Euro ist eine Menge Geld. Zahlst du bar?«

»Visa«, erkläre ich, die Karte aus meinem Portemonnaie ziehend.

»Willst du dich nicht besser mit einer Stunde zufriedengeben?«, schlägt sie vor.

»Nein!«, antworte ich entschieden. »Ich verstehe deine Sorge um meine Finanzen, versichere dir jedoch, es mir leisten zu können. Ich lege bloß keinen Wert auf protzige Autos.«

Sie schenkt mir ein geheimnisvolles Lächeln, gleichzeitig höre ich das unverkennbare Geräusch, das hohe Absätze auf Stufen produzieren. Arabella betritt den Raum.

»Da bist du ja, meine Liebste. Darf ich dich mit Sven bekannt machen?«

In meinem Kopf explodiert eine Supernova.
Wow!
Sie ist die mit Abstand hübscheste, perfekteste –
Wow!
Ich blinzle, um mich zu überzeugen, keiner Fata Morgana auf den Leim zu gehen.

»Sven.« Sie haucht meinen Namen und ich spüre das Verlangen, mich vor ihr hinzuknien, um meine Sklavendienste anzubieten. Arabella trägt ein schwarzes Negligé, das ihren vollendeten Körper wunderbar betont. Ihr Gesicht ist makellos, die leicht gebräunte Haut ebenso. Aufgrund der weißen Stilettos wirkt sie größer als ich.

»Hallo«, presse ich mit brechender Stimme hervor.

»Du möchtest also das Wochenende mit mir verbringen?«

Beim Nicken bemerke ich meinen offen stehenden Mund. Wahrscheinlich wirke ich wie ein Bauerntrottel auf sie.

Allerdings lässt sie sich davon nichts anmerken. »Gefällt dir, was du siehst?«, fragt sie und dreht sich einmal um ihre Achse.

Mir fallen ihre Beine auf. Die schönsten Beine, die ich mir bei einer Frau vorstellen kann.

»Ja«, flüstere ich.

»Dann sehen wir uns morgen früh.« Mit diesen Worten entschwindet sie.

Erst allmählich wird mir bewusst, von ihr akzeptiert worden zu sein. Sie akzeptiert mich! Ein Strahlen erfasst mein Inneres, ich könnte die Welt umarmen.

»Die Visakarte?«, holt mich Gudrun zurück in die schnöde Wirklichkeit.

Ich gebe ihr die Karte, mit der sie den Raum verlässt. Mein Kopf ist gedankenbefreit, was mich nicht weiter verwundert, weil sich mein Blut derzeit in einem anderen Körperteil sammelt.

Als die Puffmutter zurückkehrt, reicht sie mir die Kreditkarte, einen Beleg, einen Zettel und einen Kugelschreiber. Ich quittiere die Viertausend-Euro-Rechnung und notiere ihr meine Adresse.

»Sie wird morgen früh um zehn bei dir vor der Tür stehen und am Sonntag um zweiundzwanzig Uhr fahren.«

»Okay.«

»Ich verspreche dir in ihrem Namen das unvergesslichste Abenteuer deines Lebens.«

Daran zweifle ich nicht eine Sekunde.

Auf dem Rückweg verfahre ich mich dreimal, da das Blut nur langsam ins Gehirn zurückfließt und Arabella mein Denken ausfüllt, neben der es keinen Platz für die nötige Konzentration auf den Straßenverkehr gibt.

Zu Hause angekommen wird mir im Bad plötzlich klar, sie auf jedem Foto mit rasiertem Intimbereich gesehen zu haben.

Oh nein!

Eigentlich halte ich nichts von dieser Mode. Doch ich kann nicht von ihr erwarten, mich in den Mund zu nehmen und sich dabei eventuell an einem Schamhaar zu verschlucken. Das würde das komplette Wochenende ruinieren.

Entschlossen entkleide ich mich und probiere erstmalig den Langhaarschneider am Rasierer aus.

Das Viertausenddreihundertzwölf-Euro-Wochenende

Ein beunruhigender Gedanke reißt mich um kurz vor sechs aus dem Schlaf. Wie viele Minuspunkte bringt der Kauf einer Frau ein, wenn diese Transaktion dazu dient, das eigene sexuelle Verlangen zu stillen?

Mit einem Schlag hellwach versuche ich, mein Gewissen zu beruhigen. Immerhin hätte sie mich ablehnen können, außerdem verdient sie in sechsunddreißig Stunden mehr als ich in drei Monaten.

Trotzdem erinnere ich mich lebhaft an Saschas Warnung. Muss ich den Termin absagen? Soll ich ihr am besten nachher nicht öffnen? Das Geld kann ich notfalls entbehren, mein überzogenes Konto spielt in den letzten zwei Wochen keine Rolle.

Aber ein Verzicht auf dieses Vergnügen ist einfach unmöglich. Ich will das Wochenende mit Arabella verbringen, ihre wundervollen Lippen küssen, ihre perfekte Haut liebkosen, sie nackt auf meinem Bett liegend betrachten dürfen. Und ich will mir einbilden, von einer solchen Traumfrau gemocht zu werden.

Ein Anruf zur Rückgängigmachung der Vereinbarung kommt also nicht infrage. Sie vor der Tür stehen zu lassen ebenfalls nicht. Wie verhindere ich die ewige Verdammnis und genieße dennoch die Zeit mit ihr ohne Konsequenzen?

Unruhig laufe ich durch meine Wohnung, um schnell eine Lösung zu finden. Gefällt es ihr bei mir, dann hat sie neben der Bezahlung ihren Spaß gehabt. Andererseits bin ich nicht überzeugt, mich mit meinen unzähligen Vorgängern messen zu können. Bestimmt waren hübschere oder muskulösere Männer dabei. Auf jeden Fall reichere Typen und wahrscheinlich auch bessere Liebhaber.

Wie schaffe ich es, dass sie sich wohlfühlt?

Nach einer Weile emsigen Nachdenkens komme ich der Problembewältigung näher. Zum einen werde ich höchstens einmal pro Tag um Sex bitten. Zweimal Sex in sechsunddreißig Stunden sollte akzeptabel sein und mich nicht zum Ausbeuter machen. Zum anderen darf ich nicht vergessen, dass sie eine Frau ist. Perfekt, aber nichtsdestotrotz ein weibliches Wesen. Frauen lieben kleine Aufmerksamkeiten und bevorzugen Sauberkeit. Wie oft habe ich mich früher mit Ex-Freundinnen wegen der Erledigung von Hausarbeit gestritten, da ich ein typischer Vertreter des männlichen Hygienestandards bin: Krümel treten sich fest, über Socken stolpert man nicht, ein hochgeklappter Toilettendeckel rechtfertigt kein Kriegsverbrechertribunal.

Entsetzt reiße ich die Augen auf. Von diversen verstreuten Kleidungsstücken abgesehen: Wann habe ich eigentlich das letzte Mal die Fußböden oder Staub gewischt, wann die Teppiche gesaugt? Ich kann mich nicht daran erinnern. Außerdem muss ich die Bettwäsche wechseln und überall saubere Handtücher aufhängen. Zudem benötigt die Küche dringend eine Grundreinigung inklusive feuchten Auswischens des Kühlschranks.

Um Viertel nach sechs trinke ich meine erste Tasse Kaffee und mache mich danach ans Werk.

***

Um zwanzig vor zehn stehe ich erschöpft unter der Dusche. Die Wohnung ist blitzblank geputzt, das Bettzeug frisch und aus einem Supermarkt habe ich sogar einen Strauß Blumen besorgt, der nun im Wohnzimmer auf dem Tisch steht.

Als es kurz darauf pünktlich bei mir klingelt, packen mich erneut Zweifel. Reichen meine bisherigen Maßnahmen aus, damit sie sich wohlfühlt?

Ich öffne die Tür, unverzüglich verschlägt es mir den Atem. Sie trägt ein schwarzes Minikleid, die Haare hat sie mit einem roten Band aus der Stirn geschoben, die kniehohen, schwarzen Lederstiefel runden den erotischen Auftritt ab.

»Hallo.« Sie haucht mir einen Kuss auf die linke Wange. In ihrer rechten Hand hält sie einen mittelgroßen Trolley, den ich ihr beim Betreten meines Zuhauses abnehme.

»Schön ist es hier«, lobt sie mich.

Innerlich balle ich die Faust. »Was hast du alles mitgebracht?«

»Lass uns ins Schlafzimmer gehen, dann zeige ich es dir.«

Ich wuchte den Koffer aufs Bett, sie entriegelt das Zahlenschloss und ermöglicht mir den Blick auf ihre Arbeitsutensilien. Mein Gehirn droht zu explodieren. Ich befürchte, dass mir Qualm aus den Ohren steigt. In ihrem Gepäck befinden sich Dessous, ein weiteres Paar Stiefel, zwei Paar High Heels, verschiedene Dildos, eine Großpackung Kondome, normal wirkende Kleidung, eine volle Tube Gleitcreme, eine Augenbinde, plüschige Handschellen, ein Krankenschwesterkostüm und eine Schulmädchenuniform.

Sascha!, denke ich verzweifelt. Sofern mir dieses Wochenende zu viele Minuspunkte einbringt, musst du mich auf der Stelle zu dir holen!

Ich warte, doch nichts passiert.

»Gefällt dir, was du siehst?«, fragt sie lüstern.

Sascha!, fordere ich gedanklich einen Wink über angemessenes Verhalten. Ich kann mein Vorhaben, lediglich zweimal Sex mit ihr zu haben, nicht einhalten. Ich schlage dir viermal vor. Falls mir das zu viel Minus einbrockt, verzichte ich auf die restliche Nachspielzeit!

**

»Das ist unfair! Ich will mehr Zeit!« Tatsächlich hat Sascha meinem Ansinnen entsprochen und mich zu sich geholt. Jedoch komme ich mir auf den Arm genommen vor, weil er meinen Tonfall von unserer ersten Begegnung imitiert. »Kaum gebe ich sie dir«, fährt er in seiner mir bestens bekannten, affektierten Sprechweise fort, »verzichtest du. Entscheide dich gefälligst!«

Diesmal vollzog sich der Eintritt des Todes schmerzlos. Wir stehen auch nicht am Rande eines Tunnels, sondern schweben in der Luft. Schäfchenwolken umhüllen meine Beine. Sascha wirkt genervt. In der Hand hält er einen altmodischen Rechenschieber.

»Tut mir leid«, entschuldige ich mich. »Nach sorgfältiger Analyse meiner Situation ziehe ich den unverzüglichen Aufstieg in den Himmel vor.«

»War das nicht meine Empfehlung?«, erinnert er mich besserwisserisch. Auf dem Rechenhilfsmittel befördert er zwei Kugeln klackernd von links nach rechts. »Ups«, murmelt er überrascht. »Karmadrama!«

»Karmadrama?«

Unschuldig lächelnd sieht er mich an. »Dein Konto weist durch diesen Entschluss ein Defizit auf.«

»Was? Unmöglich!«

»Nicht ganz«, widerspricht er mir. »Du wählst aus freien Stücken ein vorzeitiges Ableben. Folglich muss sich dein Damenbesuch mit deiner Leiche herumplagen. Sie wird sich deswegen schuldig fühlen, obwohl sie überhaupt nichts dafür kann. Das gibt Minuspunkte.«

»Ich benehme mich seit deiner Warnung tadellos!«, verteidige ich mich.

»Ist uns aufgefallen und dein Verhalten füllt deine Habenseite minimal auf. Trotzdem reicht das nicht, um dieses Ereignis auszugleichen.«

»Also muss ich die Nachspielzeit beenden?«

»Wäre besser. Ansonsten: Wiedergeburt als niedere Lebensform!«

Diese Information klingt zwar tröstlicher als meine bisherige Vermutung der ewigen Verdammnis, falls mir die Erlösung verwehrt wird, dennoch spüre ich Groll wegen dieser Ungerechtigkeit.

»Dann schick mich zu ihr zurück.« Plötzlich fällt mir etwas ein. »Warte! Wie oft darf ich Sex mit ihr haben?«

Sascha verzieht den Mund. »Heikles Thema.«

Nicht die Antwort, die ich hören wollte.

»Wieso?«

»Normalerweise bringt die körperliche Vereinigung von Mann und Frau kein Minus ein. Bei käuflichem Hintergrund ändern sich die Spielregeln. Das ordnen wir in die Kategorie ›erzwungen‹ ein.«

»Erzwungen? Ich zahle viertausend Euro«, beschwere ich mich.

Er zuckt mit den Achseln.

»Viermal ist zu viel?«

Schweigen.

»Dreimal?«

Eisernes Schweigen.

»Verdammt!«, fluche ich. »Wenigstens zweimal?«

Als hätte er seine Sprache verloren.

»Einmal?«, bettle ich.

Neuerdings fühlt er sich wohl einem Schweigegelübde verpflichtet.

»Das ist unfair!«

***

Im nächsten Moment liege ich auf meinem Bett, Arabella kichert.

»Du bist süß!«, sagt sie. »Spielst toten Mann, nachdem ich den Koffer geöffnet habe. Hast dich wirklich überzeugend fallen lassen! Respekt! Auf so eine verrückte Idee ist vor dir niemand gekommen.«

Verwirrt betrachte ich sie. »Wie lange habe ich durchgehalten?«

»Keine drei Sekunden, trotzdem war das niedlich.« Sie legt sich auf mich, ihre schwarzen Haare kitzeln mein Gesicht, ihre Brüste – Naturbrüste! – drücken angenehm gegen mich. 90-60-90 fühlt sich auf meinem Körper unglaublich richtig an. Vorsichtig knabbert sie an meinem Ohrläppchen. »Du riechst geduscht«, schnurrt sie. »Wir können sofort loslegen.«

Sanft schiebe ich sie von mir runter. »Später!«, vertröste ich sie. »Erst mal gehen wir brunchen.«

Kaum betreten wir das Lokal, verstummen die Gespräche. Den Männern rinnt bei Arabellas Anblick Speichel aus den Mundwinkeln, schlagartig sind sie nicht mehr empfänglich für die Worte ihrer Partnerinnen. Die sensiblen körpereigenen Messgeräte der Frauen registrieren diese Veränderung und scannen die Umgebung, um die Ursache zu ermitteln. Ihre Augen verengen sich zu verärgerten Schlitzen, sobald sie Arabella entdecken.

Ein junger, italienischer Kellner tritt zu uns. Er mustert zuerst meine Begleitung, danach mich. Siegessicher lächelt er.

»Einen wunderschönen guten Morgen wünsche ich«, schleimt er Arabella voll. Eifersüchtig will ich mich zwischen ihn und meine Wochenendfrau drängen, als sein

Lächeln erstirbt. Er räuspert sich und ich frage mich, ob es ihr gelungen ist, einem Italiener innerhalb eines Sekundenbruchteils klarzumachen, dass sein südländischer Machocharme bei ihr nicht zieht. Einem Italiener?

Der Angestellte wendet sich mir zu. »Folgen Sie mir.« Er wirkt völlig verunsichert, während er uns zu einem freien, urigen Holztisch führt, auf dem bereits frisches Geschirr steht.

»Zweimal das Büfett«, ordere ich. »Was möchtest du trinken?«

»Einen Latte, Liebling«, antwortet sie. »Groß und stark.« Für die Bedienung deutlich sichtbar zwinkert sie mir zu und ich grinse genüsslich.

»Ich nehme einen Milchkaffee«, informiere ich ihn.

Er notiert die Bestellung und schlurft zur Theke.

»Kennst du ihn?«, flüstere ich. »War er schon einmal dein Kunde?« Das würde seine plötzliche Selbstbewusstseinserschlaffung erklären.

»Solche Typen buchen mich nicht«, erwidert sie. »Großes Ego, winziger Schwanz. Irrational überzeugt davon, für das weibliche Geschlecht die Erfüllung aller Träume darzustellen.«

Das Lokal strahlt eine behagliche Atmosphäre aus. Zu Beginn meiner freiberuflichen Autorentätigkeit verbrachte ich hier viele Nachmittage, stets mit einem Laptop bewaffnet, auf der Jagd nach kreativen Einfällen. Doch weil das Verhältnis von Geschichtenoutput und Getränkekosten suboptimal war, legte ich diese Gewohnheit rasch ab.

Wir gehen zum Büfett. Bei der Speiseauswahl beobachte ich die anwesenden Männer und registriere feine Unterschiede in ihrem Starrverhalten. Familienväter mit kleinen Kindern betrachten sie wie ausgehungerte Wölfe, die seit Wochen nichts mehr gefressen haben. Aber sie trauen sich nicht näher an die Beute, da sie zu kraftlos sind, um es auf einen Kampf ankommen zu lassen. Kinderlose Exemplare unter dreißig mustern sie wie ein Stück Frischfleisch, an dem man sich bei Bedarf einfach bedienen kann. Die Älteren hingegen bewundern sie mit einer souveränen Gelassenheit, die der Grund dafür sein könnte, warum sich manch junge Frau zu ihnen hingezogen fühlt.

Ich lade meinen Teller voll und stelle erfreut fest, dass sich Arabella trotz ihrer Traummaße beim Essen nicht zurückhält. Wir kehren zu unserem Tisch zurück, auf dem bereits die geordneten Getränke stehen.

»Womit verdienst du dein Geld?«, erkundigt sie sich, nachdem sie in ihr Lachsbrötchen gebissen hat.

»Ich bin Autor«, antworte ich.

»Wirklich?«, fragt sie angenehm überrascht. »Ich liebe Bücher! Habe ich von dir etwas gelesen? Nenn mir ein paar Titel.«

Ich zähle meine verschiedenen Kinderbücher auf und in ihren Augen erkenne ich, wegen meiner Zielgruppe in ihrem Ansehen zu steigen.

»Kinder sind so toll«, sagt sie schließlich. »Wenn ich jemals den richtigen potenziellen Vater finden sollte, setze ich mindestens drei in die Welt.«

»Lernt man in deinem Job leicht Männer kennen?«

»Sehr leicht. Sie bezahlen sogar dafür«, antwortet sie mit einem kecken Grinsen.

»Also, ich meine, ähm, ob –«, stammle ich, als ich das

Ausmaß der Dummheit meiner Frage erfasse.

»Dich interessierst, ob ich schon den Jackpot geknackt habe«, unterbricht sie mich.

»Jackpot?«

»So bezeichnen wir den Traummann: einen wohlhabenden, sympathischen Stammkunden, der sich in dich verliebt und dem deine Vergangenheit unwichtig ist.« Sie trinkt einen Schluck Latte, ein Schaumrest bleibt an ihrer Oberlippe kleben und ich kann mich auf nichts anderes mehr konzentrieren.

Das könnte mein – verdammt! Warum gab mir Sascha keine klaren Anweisungen?

»Nein, ich habe ihn noch nicht kennengelernt«, fährt sie fort. Glücklicherweise registriert sie meine Abgelenktheit nicht.

Wie werde ich bloß dieses Kopfkino los? Ausgerechnet jetzt leckt sie mit ihrer Zunge über den Schaum. Abrupt erhebe ich mich, was mir einen verwunderten Blick einbringt.

»Ich gehe zur Toilette«, erkläre ich ihr. Um dieser überhasteten Unterbrechung des Gesprächs die Schärfe zu nehmen, zwinkere ich ihr zu. In ihrem Gesicht lese ich die Erkenntnis, weshalb ich Richtung WC aufbreche. Sie lächelt verständnisvoll, obwohl sie mich nun bestimmt für pervers hält. Wieso durchschaut sie mich so problemlos?

Der grau gefliese Männerwaschraum besteht aus drei allesamt freien Pissoirs und zwei Kabinen. Naturgeräusche – ich identifiziere Vogelgezwitscher, Wasserplätschern und sanftes Blätterrauschen – sollen eine behagliche Atmosphäre vermitteln. Mich irritieren sie allerdings, da ich mich nicht gerne unter freiem Himmel erleichtere. Ich verwerfe meinen Plan, für Entspannung zu sorgen. Statt mich einzuschließen, stelle ich mich vor ein Pissoir.

Nach einer halben Minute geht die Waschraumtür auf. Gut, dass ich nicht grunzend in einer Kabine stehe. Ich starre auf das Werbeschild in Augenhöhe, als ich eine vertraute Stimme vernehme.

»Du bist ja ein ganz Wilder«, gurrt Arabella.

Quiekend vor Schreck stopfe ich panisch mein bestes Teil zurück in die Hose und drehe mich zu ihr um.

»Was machst du hier?«, frage ich fistelnd.

»Deine Aufforderung war eindeutig.« Sie tritt zu mir, umklammert mit ihren Fingern meinen Schritt und packt fest zu. »Du bist also bereit. Aber vielleicht verschwinden wir besser in einer der Toilettenkabinen.« Nun zieht sie mich hinter sich her.

Sascha, ich bin unschuldig!, beschwere ich mich in Gedanken, während mein Kreislauf weiteres Blut in den falschen Körperteil pumpt. Willenlos füge ich mich. Zu allem Überfluss ist die Kabine groß genug für zwei Personen. Arabella lässt mich los und schlüpft ins Innere. Ehe ich ihr folgen kann, öffnet sich die Tür zum Waschraum. Ein Familienvater in Begleitung eines etwa drei Jahre alten Kindes betritt das WC. Ich ziehe die Kabinentür von außen zu. Überrascht sieht er mich an. Mit einer wedelnden Handbewegung vor der Nase verdeutliche ich ihm, dass ich an seiner Stelle dieses Klo nicht benutzen würde.

»Danke für die Warnung.« Er verschwindet mit seinem Sprössling hinter der zweiten Tür. Ich hingegen öffne im kleinen Vorraum den Wasserhahn, wasche mir die Hände und verlasse danach das Männer-WC.

Es vergehen fünf Minuten, bevor sie an unseren Tisch zurückkehrt.

»Warum hast du gekniffen?«, fragt sie.

»Der Typ hatte einen Jungen dabei«, erkläre ich ihr. »Deswegen konnte ich nicht.«

»Sei froh, der Knirps stank infernalisch und der Vater hat ihn angefeuert, alles rauszulassen. Das war sehr seltsam. Ungestört sind wir wohl nur in deiner Wohnung.«

Ob mir Sascha eine flatulierende Kindergartengruppe nach Hause schickt, wenn ich darum bitte?

Auf dem Heimweg bin ich abgelenkt, weil ich fieberhaft über eine Möglichkeit nachdenke, keinen Sex mit ihr zu haben, ohne sie in ihrer Berufsehre zu verletzen. Demonstrativ gähne ich beim Aufschließen der Tür.

»Bist du müde?«

»Ein bisschen«, gestehe ich. »Bin heute Morgen zu früh wach geworden.«

»Dann leg dich schon mal ins Bett. Nackt!«, befiehlt sie mir. Anscheinend versucht sie, mich mit einem Domina-Touch auf Touren zu bringen. Während ich ins Schlafzimmer schlurfe, geht sie ins Bad. Langsam entkleide ich mich und schlüpfe unter die kuschlige Decke. Ob ich wenigstens ein einziges Mal mit ihr schlafen kann, ohne als Kakerlake wiedergeboren zu werden? Wäre Sex mit ihr nicht sogar die Degradierung ins Insektenreich wert?

Nein!, ermahne ich mich selbst. Ich muss standhaft

bleiben. In psychischer Hinsicht, nicht in physischer.

Als sie aus dem Bad kommt, wünsche ich mir akute Blindheit herbei. Verführerisch lächelnd steht sie völlig unbekleidet im Türrahmen. Arabella hat den perfekten Körper. Wieder rufe ich mir in Erinnerung, dass bei ihrem Busen kein Schönheitschirurg nachgeholfen hat. Mein Vorsatz, physisch nicht standhaft zu sein, erreicht nicht jeden Körperteil.

Anmutig wie ein Model stolziert sie auf das Bett zu. Sie schlägt das Oberbett beiseite und registriert meine Manneskraft. Ihre Finger berühren meinen rechten Innenschenkel. Bedrohlich rase ich dem Point of no Return entgegen, an dem ich bereit wäre, als Kolibakterie neu anzufangen. Ihre Fingernägel erzeugen wohlige Gefühlsschauer. Mit größerer Willenskraft, als ich mir jemals zugetraut hätte, stoppe ich ihre Hand, kurz bevor sie meine Hoden berührt.

»Können wir kuscheln?«, bitte ich sie.

»Kuscheln?« Wahrscheinlich bin ich der erste Mann, der sie das zu diesem Zeitpunkt fragt.

»Yep!«

»Okay. Was soll ich tun?«

»Leg einfach deinen Kopf auf meine Schulter.«

Vorsichtig platziert sie sich in die von mir gewünschte Position. Ihr dezentes Parfüm liebkost meine Nase, sanft drücke ich ihr einen Kuss auf den Schopf. Gleichzeitig streichelt sie meine Brust.

Seit meiner letzten Beziehung sind Ewigkeiten vergangen. Ihre Nähe fühlt sich wundervoll an, ihr gleichmäßiger Atem lullt mich ein. Tatsächlich habe ich in der Nacht zuvor wenig geschlafen und war heute schon sehr aktiv. Ich schließe die Augen, denke an verflossene Partnerinnen – und döse ein.

Eine angenehme Empfindung weckt mich. Ihr Kopf ist talwärts gerutscht, ihre Lippen umschließen mein Glied, als sie mein Erwachen bemerkt.

»Hallo Schlafmütze«, begrüßt sie mich, nachdem sie von mir abgelassen hat. Ich spüre, dass es bei all der angestauten Energie nicht lange dauern wird, ehe ich einen Großteil meiner Karma-Pluspunkte hochdruckartig wegspritze.

Ihre Zungenspitze leckt über meinen verräterischen Freund, ich halte Arabella jedoch an der Stirn zurück.

»Nicht!«, flüstere ich.

»Warum nicht? Du darfst auch in meinem Mund kommen. Das gehört zu meinen Dienstleistungen.«

»Ich mag keinen Oralverkehr!«

Sascha, ich hasse dich! Was erzähle ich denn da?

»Wirkt aber nicht so, als würdest du es nicht mögen.« Bilde ich es mir nur ein oder klingt sie eingeschnappt? »Außerdem wärst du der Erste, dem es nicht gefällt.«

Ich habe ihre Gefühle beleidigt! Wie ist das karmatechnisch zu bewerten? Führt meine Sexverweigerung bei ihr zu einem miesen Selbstbild? Sammle ich derzeit Negativpunkte?

»Es gab in meinem Leben eine unangenehme Sexerfahrung«, lüge ich. »Die hatte mit Oralverkehr zu tun. Natürlich hat es sich gerade schön angefühlt«, lobe ich sie. »Danke.«

So schön, dass es in meinem Unterleib nun pocht, da

gewisse, kurz vor dem Abschluss stehende Erwartungen nicht erfüllt wurden.

Diese Erklärung kann Arabella akzeptieren, sie robbt zu mir nach oben und wir küssen uns leidenschaftlich.

»Glücklicherweise kenne ich ganz viele Ersatzpraktiken«, klärt sie mich auf.

Als hätte ich daran auch nur einen Moment gezweifelt.

Bevor sie auf dumme Gedanken kommt, schiebe ich sie wieder einmal sanft von mir.

»Ich muss dringend aufs Klo.« Wenn sie wüsste, wie dringend! Beim Aufstehen fällt mein Blick auf die Uhr. Es ist bereits halb drei nachmittags. »Gehst du gerne ins Kino?«, frage ich sie.

Vor der einzig geöffneten Kinokasse hat sich eine kleine Schlange gebildet. Arabella trägt ihr unauffälligstes Outfit. In der weißen Bluse, dem schwarzen Rock, der Nylonstrumpfhose und den High Heels gleicht sie einer Sekretärin, die ihren Chef begleitet.

»Hol uns bitte Nachos mit Salsasoße, Popcorn und Softdrinks«, fordere ich sie auf. Ich drücke ihr zwanzig Euro in die Hand.

»Warum verrätst du mir nicht, welchen Film wir sehen?«

»Weil das die Überraschung verdirbt.«

Während ich in der Warteschlange vorwärtsrücke, schaue ich ihr sehnsüchtig hinterher.

Ein Räuspern ruft mich zurück aus meinen Tagträumen. Ein junger Mann an der Kasse brennt darauf, mir dienlich zu sein.

»Welcher Film?«, fragt er.

»Keine Ahnung«, antworte ich. »Wie lautet Ihre Empfehlung?«

Er seufzt. »Welches Genre bevorzugen Sie?«

»Das Genre ist mir egal, Hauptsache der Film hat Überlänge.«

»Überlänge?«

Ich nicke.

»Im Rahmen einer James-Cameron-Filmschau zeigen wir um sechzehn Uhr Titanic in der 3-D-Version. Die Spielzeit beträgt 194 Minuten, zuzüglich einer viertelstündigen Pause.« Herausfordernd lächelt er mich an, fest davon überzeugt, dass mich sein Vorschlag nicht interessiert.

»Zwei Karten. Loge. Nach Möglichkeit mittig in der letzten Reihe.«

Während sich Kate und Leo im Auto näherkommen und die Scheiben beschlagen, kuschelt sich Arabella an mich.

»Ich liebe diese Szene«, flüstert sie. »Ich liebe diesen Film.«

Beinahe bilde ich mir ein, ich sei ein ganz normaler Mann, der mit seiner Freundin im *Lovechair* sitzt. Beinahe kann ich meinen bevorstehenden Tod und den Beruf meiner Begleitung vergessen.

Beinahe.

Um dieses Gefühl noch ein wenig auszukosten und um sie außerdem von meinem Bett fernzuhalten, lade ich sie nach dem Kino in ein nahe gelegenes Restaurant ein, wo wir uns für das Total-Büfett entscheiden. So oft wir wollen, können wir Fleisch, Fisch, Gemüse und Nudeln mit Marinaden kombinieren, um sie vor unseren Augen frisch zubereiten zu lassen.

Während ich mich für einen halben Liter Cabernet Sauvignon entschieden habe, trinkt Arabella eine Apfelschorle.

»Warum hast du keinen Wein bestellt?«, erkundige ich mich.

»Im Dienst nie«, antwortet sie knapp. Sie wirkt verlegen, als würde sie mich nur ungern an die Umstände unseres Zusammenseins erinnern.

»Besitzt du eigentlich einen Führerschein?«, hake ich nach. Ihr berufsbedingter Alkoholverzicht soll nicht nutzlos sein.

»Klar«, erwidert sie. »Trink so viel du verträgst.«

Wir prosten uns zu. In dem gedämpften Licht des Restaurants sieht sie noch hübscher aus. Schweigend schauen wir uns an. Ich verliere mich in der Vorstellung, wir seien ein Paar, das gerade erst zusammengekommen ist und den Zauber der Anfangstage genießt. Ich denke an jenes längst vergangene Date mit Melanie, als ich sie nach Hause gebracht hatte und nicht den Mut fand, sie zu küssen. Wie erleichtert ich war, als sie mir einen sanften Kuss auf die Lippen drückte. Wie gut er geschmeckt hatte. Wie aufregend jeweils der zweite, dritte, vierte Kuss war. Die wundervollen Wochen danach, voller Schmetterlinge im Bauch, bis sie eines Abends sturmfreie Bude hatte, weil ihr Sohn bei seinem besten Freund übernachtete.

Liebe – die schönste Empfindung der Welt. Warum hatte ich Depp sie in den letzten Jahren aus meinem Leben verbannt?

»Du wirkst wehmütig«, sagt Arabella leise. Mit ihrer rechten Hand greift sie über den Tisch und streichelt meine Wange. Ich lege meine Hand über ihre, um die Berührung voll auszukosten.

In dieser Sekunde fühle ich mich wahnsinnig zu ihr hingezogen. Mir kommt es gar nicht mehr ungerecht vor, auf den Sex zu verzichten, solange ich nur in ihrer Nähe sein darf. Manchmal wird der rein körperliche Akt überbewertet!

Ein Kellner bringt uns die Vorspeisensuppe und zerstört die romantische Stimmung. Gleichzeitig protestiert mein Lustzentrum im Gehirn gegen die Feststellung, Sex werde überbewertet. Damit es seine Klappe hält, betäube ich es mit Rotwein.

Angenehm gesättigt landen wir zuletzt in einem angesagten Klub. Der Türsteher gibt mir durch sein Mustern zu verstehen, dass er mich nur hineinlässt, weil mich diese Traumfrau begleitet. Die nächsten Stunden vergehen wie im Flug. Wir quatschen miteinander, tanzen, lachen, Arabella erstickt die Flirtversuche fremder Kerle im Keim und ich betrinke mich. Als wir um fünf Uhr früh zu meinem Wagen laufen, habe ich Schwierigkeiten, einen Fuß vor den anderen zu setzen. Praktischerweise kann Arabella uns nach Hause fahren. Soweit ich das in meinem benebelten Zustand beurteilen kann, ist sie eine passable Autofahrerin.

Daheim angekommen, entledige ich mich der verschwitzten Klamotten, putze mir die Zähne und torkle ins Bett. Ich höre, dass sie duscht. In meinem Kopf dreht ein Kettenkarussell seine Runden, ich schließe die Augenlider und schlafe unverzüglich ein.

Am Morgen kommt es mir wie ein Wunder vor: Kein grässlicher Kater quält meinen Körper.

»Wie geht's dir?«, erkundigt sich Arabella.

Ich richte mich auf und mein Blick schweift durchs Schlafzimmer. Kein Schwindel, keine Übelkeit, keine Kopfschmerzen.

Fantastisch!

Andererseits: Wenn ich ihr vorspiele, angeschlagen zu sein, werde ich mich leichter vor sexuellen Aktivitäten drücken können.

Aber was passiert, falls sie das Krankenschwesterkostüm anzieht und sich rührend um mich kümmert? Könnte ich diesem Outfit widerstehen?

»Super!«, stelle ich fest.

»Was steht heute auf dem Programm?«

Ich rechne damit, dass ihre Hand unter die Bettdecke rutscht, doch Arabella bleibt sittsam wie eine Klosterschülerin.

»Zunächst sollten wir irgendwo frühstücken«, schlage ich vor.

»Warum vermeidest du es eigentlich, Sex mit mir zu haben? An fehlender Manneskraft liegt es ja eindeutig nicht.«

Ich bin versucht, ihr eine abstruse Geschichte aufzutischen, denn die Wahrheit wird sie mir nicht abnehmen. Für einen Schriftsteller besitze ich in diesem Moment jedoch erbärmlich wenig Fantasie, weswegen ich nach einer Weile nur schwach mit den Achseln zucke.

»Was soll's?«, sagt sie gut gelaunt. »Du bist der Kunde.«

Nach einer erfrischenden Dusche begeben wir uns in ein Restaurant in unmittelbarer Flussnähe, in dem man jeden Sonntag brunchen kann. Wir essen uns satt, danach verleitet uns der herrliche Sonnenschein zu einem ausgiebigen Spaziergang auf den Deichen. Ich erzähle ihr von meinen Büchern, den Lesungen und wie sich ein Roman von der ersten Idee bis zum Abschlusssatz entwickelt. Ihre Fragen ähneln stellenweise denen der Schulkinder während meiner Veranstaltungen. Sie will alles detailliert wissen. Als ich versuche, mehr über sie zu erfahren, blockt sie allerdings ab. Offensichtlich gehört das Teilen ihrer Lebensgeschichte nicht zu ihren Dienstleistungen.

Nachmittags kehren wir wieder in demselben Gasthaus ein, setzen uns erneut auf die Terrasse und lassen uns Kuchen servieren. Dann machen wir uns auf den Heimweg. Bei mir angekommen verkriechen wir uns im Bett. Sie kuschelt sich wie am Vortag an mich und wir dösen so vor uns hin. Bevor wir aufstehen, bietet sie mir an, mich zu massieren. Aus ihrem Trolley holt sie ein nach Rosenblättern duftendes Massagegel. Ich drehe mich auf den Bauch und genieße fast eine Stunde ihre zärtlichen Hände auf meinem Rücken, die wohlige Schauer auslösen.

Schließlich naht der Abschied. Wehmütig beobachte ich sie beim Kofferpacken, ehe ich sie zur Tür begleite.

Sanft küsst sie mich auf den Mund. »Das war das schönste Wochenende seit sehr langer Zeit. Vielen Dank dafür«, flüstert sie, mein Gesicht streichelnd. »Ich hoffe, du findest bald die richtige Frau, die dir schenkt, was du vermisst. Du bist ein total liebenswerter Mann!«

»Ich danke *dir* für diese tollen Tage«, erwidere ich mit

einem dicken Kloß im Hals. »Pass auf dich auf! Vielleicht knackst du ja irgendwann den Jackpot.«

Sie lächelt, haucht mir einen Kuss auf die Wange und öffnet die Tür. Ich sehe ihr hinterher, wie sie aus meinem Leben verschwindet. Vom Treppenabsatz aus wirft sie mir eine Kusshand zu. Leise drücke ich meine Wohnungstür zu und lehne mich von innen dagegen. Hoffentlich hast du zugehört, Sascha. Sie hat sich bei mir bedankt! Minuspunkte wären höchst ungerecht. Ich hab's sogar geschafft, ihr zu widerstehen. Insofern dürfte meiner Himmelfahrt nichts mehr im Wege stehen.

Sternschnuppenwünsche

Da ich nichts mit mir anzufangen weiß, kehre ich ins Schlafzimmer zurück. Der Duft ihres Parfüms, der sich mit dem des Massageöls vermischt hat, liegt in der Luft. Ich lasse mich aufs Bett fallen und starre im Halbdunkel an die Decke. Bilder des Wochenendes fluten durch meinen Kopf. Überraschenderweise bedaure ich nicht den Verzicht auf Sex. Aufgrund dieser Abstinenz fühlten sich unsere zusammen verbrachten Tage romantischer an als erwartet. Ich lächle bei den Erinnerungen an die Unternehmungen. Warum bloß habe ich mir in den letzten Jahren keine Mühe gegeben, eine Partnerin zu suchen?

Langsam verdrängen zukunftsgerichtete Überlegungen die rosa gefärbten Erinnerungsschätze. In zwei Wochen bin ich tot, meine extrem kurz gehaltene To-do-Liste ist abgearbeitet, wenn auch mit unerwartetem Ausgang.

Wie soll ich die restliche Zeit verbringen?

Bereitwillig öffne ich dem Selbstmitleid Tür und Tor. Ich finde es schrecklich unfair, so zeitig abtreten zu müssen. Womit habe ich das verdient? Natürlich war ich kein Musterknabe und das Wiedersehen mit meinen Ex-Freundinnen führte mir einige Fehler vor Augen. Aber ich habe niemanden getötet, niemanden geschändet. Womit habe ich also dieses viel zu frühe Ende verdient?

Da ich sowieso nicht einschlafen kann, stehe ich wieder auf und schlurfe in die Küche. Die aufbrausende Wut über mein nahendes Ableben flaut ab. Ohne diesen Zorn in mir hätte mein Herz möglicherweise nicht so schnell den Dienst quittiert. Ich entkorke eine Flasche Rioja, fülle ein Glas halb voll und setze mich mit diesem und der Flasche auf den Balkon. Die Temperaturen sind trotz der anbrechenden Nacht angenehm.

Während ich an dem Wein nippe, frage ich mich, ob sich in dreizehn Tagen noch Sinnvolles realisieren lässt. Oder sollte ich mich bemühen, Spaß zu haben, ohne dabei mein Karmakonto zu belasten?

Erste Sterne tauchen am Himmel auf. Meine Gedanken kreisen um die Jahre, die ihr Licht bis zur Erde benötigt, um die unzähligen Sterne und Planeten im Weltall, um den Urknall. Meiner Stimmung entsprechend fühle ich mich bedeutungslos. Für den Fortbestand des Universums spielt mein Dahinscheiden keine Rolle. Darauf gieße ich mir Rotwein nach und entdecke eine Sternschnuppe.

»Ich wünsche mir ein längeres Leben«, wispere ich mit tränenerstickter Stimme. Ungeachtet meiner Irrelevanz würde ich so gerne weiterleben. Leise lasse ich den Tränen ihren Lauf.

Gerade als ich mich aufraffen will, ins Bett zu gehen, öffnet sich über mir die Balkontür. Seufzend setzt sich meine Nachbarin in einen knarzenden Stuhl. Ihre Anwesenheit sorgt dafür, dass ich draußen verweile. Nicht der einzige Mensch in diesem Haus zu sein, der spätabends auf dem Balkon sitzt, wirkt tröstlich. Selbst wenn es sich bei der anderen Person nur um eine streitlustige Zicke handelt.

Der Alkohol verstärkt meine philosophische Gemütslage. Ich sinniere, wie Sascha und die Urknalltheorie zusammenpassen. Ehe ich einen vernünftigen Schluss unter meine Überlegungen ziehe, vernehme ich einen Schluchzer.

Habe ich den ausgestoßen?

Ich halte den Atem an, um nicht von meinen eigenen Geräuschen abgelenkt zu werden, und tatsächlich registriere ich einen erneuten Jammerlaut.

Meine Nachbarin weint. Also bin ich weder der einzige Mensch auf dem Balkon noch der Einzige in trübsinniger Gemütsverfassung. Obwohl wir schon so oft aneinandergeraten sind, tut sie mir in diesem Moment schrecklich leid.

Der nächste Meteor verglüht als Sternschnuppe in der Atmosphäre.

»Ich wünsche mir für Noah ein besseres Leben«, flüstert sie. Laut genug, um sie zu verstehen.

Hilflos werde ich Zeuge eines Weinkrampfes. Nachdem sie sich einigermaßen beruhigt hat, beginnt sie eine einseitige Unterhaltung mit Gott.

»Ich weiß nicht weiter!« Ihre Stimme dringt deutlich zu mir. »Noah ist so ein lieber Kerl, er beklagt sich nie, aber ich sehe in seinen Augen, dass ihn unsere Situation belastet. Er muss Sachen aus der Kleiderkammer tragen, ich kann ihm fast nie außer der Reihe Kleinigkeiten schenken. Wenn es am Monatsende besonders knapp ist, essen wir in der Suppenküche. Er läuft mit gesenktem Kopf dorthin. Er schämt sich so sehr, dass er immer seltener mit Freunden spielt. Was soll ich tun? Was soll ich deiner Meinung nach tun?«

Wieder schluchzt sie herzerweichend. Kurz darauf begibt sie sich in ihre Wohnung und schließt die Balkontür.

Ich bin so ein Arschloch! Wundere ich mich wirklich über mein Karmakonto? Warum bloß habe ich ihr Kind verhaltensgestört genannt?

Nachdem die Scham angesichts meines ekligen Verhaltens so weit verarbeitet habe, um einen klaren Gedanken zu fassen, treffe ich einen Entschluss. Diese Frau kann mich zwar nicht leiden, außerdem stehen mir nur dreizehn Tage zur Verfügung und zu allem Überfluss habe ich keinen Plan. Doch ich werde ihr helfen.

Irgendwie.

***

Bedauerlicherweise hat sich das *Irgendwie* morgens von einer groben Idee abgesehen nicht konkretisiert.

Falls ich mich nicht irre, verlässt Noah meist gegen zwanzig vor acht das Haus.

Ich lege mich bereits um Viertel nach sieben auf die Lauer. Um seinen Abschied nicht zu verpassen, öffne ich meine Wohnungstür einen Spaltbreit und setze mich auf den Boden.

Überpünktlich wird die Tür in der oberen Etage aufgeschlossen.

»Pass gut auf. Auf dem Weg und in der Schule«, bittet meine Nachbarin ihren Sohn.

»Das mache ich immer«, entgegnet Noah.

»Heute bin ich voraussichtlich um zwei wieder hier und koche uns Spaghetti Bolognese.«

»Lecker!«

»Hab dich ganz doll lieb.«

»Ich dich auch.«

Schnellen Schrittes läuft der Junge die Treppe hinunter und verlässt das Gebäude.

Es dauert ein paar Minuten, bis ich meinen Mut gesammelt habe und mich nach oben begebe. Mit zittrigen Fingern drücke ich die Klingel. Aufgrund einer Verdunkelung am Türspion erkenne ich, dass sie hinter der Tür steht, und ringe mir ein angedeutetes Lächeln ab. Würde ich breit grinsen, würde sie sich wohl verbarrikadieren, bis der Psychopath verschwunden wäre.

»Herr Frost!«, begrüßt sie mich, nachdem sie mir geöffnet hat. Ob sie sich bewusst ist, wie frostig sie meinen Namen ausspricht?

»Hallo Frau Wagner.«

»Wodurch hat mein Sohn Sie diesmal belästigt?«

»Gar nicht.«

»Ist es also meine Schuld, dass Sie sich zu uns bequemen?«

»In gewisser Weise«, antworte ich im Versuch, das Eis mit einem Scherz zu brechen.

Ihre Augen funkeln jedoch streitlustig. Ich hebe beruhigend die Hände, um ihr anzudeuten, mich nicht beschweren zu wollen.

»Ich war gestern Abend auf dem Balkon«, beginne ich vorsichtig, »und habe Sie gehört.«

Im ersten Moment wirkt sie erschrocken, ehe sie vollends auf Angriff umschaltet. »Nun fühlen Sie sich gestört, weil in diesem Haus jemand lebt, der sich mit realen Problemen herumplagen muss?«, faucht sie. »Mit Schwierigkeiten, die Sie in Ihrem Schriftstellerkuckucksheim nicht kennen, vermute ich.«

»Wa–«, setze ich zur Verteidigung an, doch sie ist noch nicht am Ende angelangt.

»Finden Sie es nicht ungehörig, mich zu belauschen? Finden Sie es nicht völlig inakzeptabel, mich dann obendrein darauf anzusprechen?«

»Ich möchte Ihnen helfen!«, sage ich rasch, während sie Luft holt, um mich mit dem nächsten Schwall von Vorwürfen zu bombardieren.

Damit bringe ich sie komplett aus dem Konzept.

»Wie bitte?«

»Ich möchte Ihnen helfen. Irgendwie trage ich die Verantwortung dafür, dass sich Ihr Sternschnuppenwunsch nicht erfüllen wird. Sie wissen ja, wenn man seinen Wunsch jemandem verrät, erfüllt er sich nicht.«

»Sie verarschen mich!«

»Keineswegs!«

Ihre Augen verengen sich zu kleinen Schlitzen. »Egal, wie dreckig es mir geht«, zischt sie, »von Ihnen würde ich mir niemals helfen lassen! Eher prostituiere ich mich!«

Ohne mir die Chance zu einer Erwiderung zu geben, knallt sie die Wohnungstür zu.

Das nenne ich eine Herausforderung!

Beim Schließen meiner eigenen Tür frage ich mich, ob ihr letzter Satz auf meinen Wochenendgast anspielte. Hat sie Arabella gesehen und traut mir nicht so viel Geschick bei der Frauenjagd zu? Ich verdränge diese Überlegung, denn für verletzte Eitelkeit bleibt mir nicht genügend Zeit. Stattdessen überdenke ich die problematische Ausgangslage. Aus mir nicht bekannten Ursachen steckt sie in einer schwerwiegenden finanziellen Klemme. Niemand isst freiwillig in der Suppenküche oder besorgt dem geliebten Kind Kleidung aus der Kleiderkammer. Ich bin wirtschaftlich ebenso wenig auf Rosen gebettet, verfüge jedoch noch über ein paar Spielräume. Der Rahmenkredit wird dank einer abgeschlossenen Ausfallversicherung im Todesfall getilgt. Nach dem Wochenende mit Arabella könnte ich also einen weiteren Betrag aufs Girokonto überweisen, um meinen Puffer vollständig auszureizen. So bleiben etwa dreitausendfünfhundert Euro abzüglich meiner eigenen Ausgaben übrig.

Darüber hinaus erbringen die veröffentlichten Romane auch nach meinem Tod etwas Profit, der dem Erbe zusteht. Meine Mutter wird hoffentlich Verständnis zeigen, falls ich sie im Testament nicht berücksichtige.

Summa summarum komme ich auf einen niedrigen vierstelligen Geldbetrag zuzüglich zukünftiger Tantiemen in ungewisser Höhe, die ich meiner Nachbarin und ihrem Sohn hinterlassen kann.

Allerdings ändert das nichts an dem Haupthindernis: Wenn ein Nachlassverwalter sie über meinen letzten Wunsch informiert, schlägt sie die Erbschaft garantiert aus. Aus Selbstschutz, um sicherzugehen, dass ich ihr mit meinem Tod keine Scherereien bereite. Und vor allem würde sie es ablehnen, weil ich der letzte Mensch bin, von dem sie sich helfen lassen will. Das gilt derzeit wahrscheinlich selbst nach meinem Ableben.

Trotzdem ist das für mich kein Grund, die Flinte ins Korn zu werfen. Ich muss lediglich dafür sorgen, dass sie mich nicht mehr für einen verachtenswerten Zeitgenossen hält.

Und wie erobert man die Zuneigung einer alleinerziehenden Mutter? Natürlich, indem man ihr Kind für sich gewinnt.

Noah, wir beide werden bald beste Freunde sein!

Vernichtende Kritik

Nachdem ich den Rest des gestrigen Tages mit dem Schmieden eines ausgeklügelten Plans sowie der Informationsbeschaffung über rechtsgültige Vermächtnisse verbracht habe, liege ich morgens um sieben Uhr zwanzig auf der Lauer. In unmittelbarer Nachbarschaft befinden sich zwei Grundschulen. Ich muss herausfinden, welche Noah besucht.

Ein paar Minuten später werde ich heimlich Zeuge des morgendlichen Abschiedsrituals zwischen Mutter und Sohn, durch das ich vom geplanten Mittagessen – Brokkoli mit Kartoffeln – erfahre. Noah freut sich darüber mit der gleichen Wortwahl wie bei der Bolognese, dann läuft er die Stufen hinunter. Ich vergewissere mich, meinen Schlüssel eingesteckt zu haben. Sobald die Haustür ins Schloss fällt, folge ich ihm. Er hat bereits die Nachbarhäuser passiert und den Bürgersteig erreicht. Er wendet sich nach links und ich bemerke, dass er den Kopf senkt. Ich bemühe mich, ihn weder aus den Augen zu verlieren noch ihm zu sehr auf die Pelle zu rücken. Nach einhundert Metern überquert er vorsichtig eine kleine Straße. Bestimmt wäre seine Mutter stolz auf ihn.

Auf der gegenüberliegenden Straßenseite werden zwei Jungen auf ihn aufmerksam. Der eine deutet mit ausgestrecktem Arm zu ihm hin, der andere macht ein erfreutes Gesicht. Offensichtlich Schulfreunde von Noah. Nun muss ich also aufpassen, von keinem der drei Kinder entdeckt zu werden.

»Weichbirne!«, ruft einer der beiden Schüler laut.

Noah zuckt zusammen und beschleunigt seinen Schritt. Ich überdenke unterdessen meine Freundetheorie.

»Bleib stehen, Matschhirn!«

Die beiden Rüpel rennen ihm plötzlich hinterher, das Nachbarskind bemerkt dies und sprintet seinerseits los.

Muss das jetzt sein?

Drei Kinder, die auf der Straße schnell laufen, fallen niemandem auf. Ein Erwachsener, der ihnen hinterherhechelt, findet sich zügig in der Pädophilenschublade wieder; eine wenig verkaufsfördernde Kategorisierung für einen Kinderbuchautor.

Trotzdem muss ich dringend wissen, welche der infrage kommenden Schulen Noah besucht. Sein bisheriger Weg lässt keine Rückschlüsse zu. Seufzend trabe ich los und versuche den Eindruck eines Joggers zu vermitteln, dem bloß die nötige Ausrüstung fehlt.

Und die erforderliche Kondition, wie ich nach dreihundert Metern feststelle.

Keuchend biege ich um eine Ecke, um die meine Zielobjekte vor einer Ewigkeit verschwunden sind. Ich trudle aus und stütze mich auf den Oberschenkeln ab. Glücklicherweise habe ich gesehen, dass Noah und seine Verfolger an der nächsten Kreuzung nach links gelaufen sind. Damit haben sie mir endlich einen Anhaltspunkt geliefert.

Nachdem ich Luft geschnappt habe, gehe ich in normalem Tempo weiter. Fünf Minuten später komme ich an der *Max-und-Moritz-Grundschule* vorbei. Wegen des guten Wetters halten sich die Kinder draußen auf. Rasch entdecke ich Noah – in ein Gespräch mit einer erwachsenen Aufsichtsperson vertieft.

Cleveres Kerlchen!

Von den Rabauken, die ihn anscheinend mobben, ist auf dem Schulhof nichts zu sehen.

Ich warte, bis die Schulglocke die Schüler in die Klassen ruft, dann begebe ich mich auf den Heimweg. Der erste Teil meines Tagespensums ist abgehakt, nun benötige ich die Telefonnummer der Direktorin.

***

Bevor ich in meinem Arbeitszimmer die Kontaktdaten der Schule herausfinde, signalisiert mir mein E-Mail-Programm den Eingang einer Nachricht meines Verlegers. Ich öffne sie und meine Laune sinkt auf den Nullpunkt.

Lieber Herr Frost,
momentan haben wir einen schlechten Presselauf. Ich hätte mir von einer Zeitung aus Ihrer Region etwas mehr Lokalverbundenheit erhofft. Oder sind Sie jemals dem Kulturredakteur auf die Füße getreten?

Na ja. Kurz ärgern, Ärmel hochkrempeln, weitermachen, lautet mein Rat für den Umgang mit mieser Presse.
Ich empfahl Sie übrigens als Autor für die Norddeutschen Lesewochen im Herbst. Die Veranstalter zahlen ein gutes Honorar und im Regelfall gibt es wohlwollende Zeitungsartikel.
Wir hören voneinander.
Viele Grüße
Justus Wirth

Im Anhang der Mail befindet sich eine PDF-Datei. Aufgrund der Vorwarnung ringe ich einen Moment mit mir, ob ich die Rezension überhaupt lesen soll. Muss ich mich vor meinem Ableben noch damit auseinandersetzen? Meine Neugier ist jedoch zu groß, daher bewege ich den Mauszeiger zu dem entsprechenden Symbol und öffne die Datei.

Die Besprechung ist am Wochenende in der größten Tageszeitung der Region erschienen. Die fett gedruckte Überschrift lässt erahnen, was auf mich zukommt.

Lesen bildet? Leider nicht immer.
Vor wenigen Wochen erhielt ich vom Galaxia Verlag ein Rezensionsexemplar des Buches Konstantin Klever von Sven Frost.
Voller Freude machte ich mich daran, in dem Werk eines in unseren Breiten wohnenden Autors zu schmökern, zumal mir die Gestaltung inklusive des Covers sehr zugesagt hat.
Aber warum dieses Geschreibsel den Weg zwischen zwei Buchdeckel gefunden hat, bleibt mir ein Rätsel. Die Hand-

lung ist langweilig, völlig an den Haaren herbeigezogen, in einfachster Prosa ausgedrückt, ohne Gehalt. Kinderliterarisches Fast Food.

Das war mein erstes Frost-Buch und es wird mein letztes bleiben. Nach siebzig (von insgesamt einhundertvierzig) Seiten schlug ich es genervt zu und empfehle Ihnen, es Ihren Kindern nicht zuzumuten.

Unterhalb des Artikels steht das Kürzel *kW*. Ich surfe zum Internetauftritt der Zeitung und finde heraus, dass sich hinter dieser Abkürzung ein Mann namens Klaas Walther verbirgt. Ein Name, der mir selbst nach langem Überlegen nichts sagt. Wenn ich jemals mit ihm aneinandergeraten bin, habe ich diese Episode verdrängt.

Ungläubig überfliege ich die vernichtende Kritik ein zweites Mal. Nie zuvor ist eines meiner Bücher so schlecht besprochen worden. Gerade *Konstantin Klever* erfuhr in verschiedenen Medien Zuspruch, ich persönlich halte den Roman für meine beste Geschichte. Einem alten Impuls folgend klicke ich auf das Briefumschlagsymbol, das automatisch eine E-Mail an Klaas Walther erzeugt. Als Absender der Nachricht wähle ich mein Mailpseudonym aus, mit dem zuletzt Ursula Rehbein Bekanntschaft gemacht hat. Im Geiste formuliere ich einige deftige Beleidigungen vor, bis ich nachdenklich innehalte.

Was habe ich noch zu verlieren?

Ich ändere den Absender in meine herkömmliche E-Mail-Adresse und beschließe, den Redakteur unter meiner richtigen Identität zu kontaktieren.

Sehr geehrter Herr Walther,

mit Befremden nahm ich Ihre Rezension meines Kinderromans Konstantin Klever zur Kenntnis. Ich machte mir dabei übrigens die Mühe, Ihre Zeilen bis zum Ende zu lesen, obwohl sie mich wahrlich nicht gebildet haben.

Ich erwarte gar nicht, dass meine Bücher jedem Leser oder jedem Kritiker gefallen (auf meiner Homepage www.svenfrost.de habe ich einige positive Zeitungsstimmen verlinkt). Aber ich würde mich darüber freuen, wenn mir Feuilletonisten wie Sie eine faire Chance geben würden, von neuen Lesern entdeckt zu werden. In den Werken steckt eine Menge Herzblut – von meiner Seite und von Verlegerseite. Bei Schullesungen begeistere ich die Kinder mit Auszügen aus meinen Büchern. Falls Sie es nicht ertragen, ein Rezensionsexemplar bis zum Ende zu lesen, sollten Sie meiner Meinung nach darauf verzichten, Ihre Kritik zu veröffentlichen. So viel Fairness wünscht sich ein Autor, der bei einem kleinen Verlag publiziert und dessen Schaffen nicht in jeder Buchhandlung als Stapelware ausliegt.

Hochachtungsvoll
Sven Frost

Ich drücke auf Senden, dann starre ich eine Weile im Versuch vor mich hin, meinen Ärger zu vergessen. Da ich befürchte, dass dies zu meinen Lebzeiten die letzte Besprechung eines meiner Bücher war, gleicht das einer Herkulesaufgabe.

***

»Max-und-Moritz-Grundschule, Müller, guten Tag.«

»Guten Morgen, Frau Müller«, begrüße ich die Schulsekretärin freundlich. »Sven Frost am Apparat. Verbinden Sie mich bitte mit Frau Spieß.«

»In welcher Angelegenheit wünschen Sie, Frau Spieß zu sprechen?«

»Wir stehen seit geraumer Zeit wegen einer Schulveranstaltung in Kontakt«, behaupte ich dreist. »Sie weiß Bescheid.«

Als Warteschleifenmusik erklingt, bin ich mir sicher, mit meiner Lüge zumindest bei der Sekretärin erfolgreich gewesen zu sein.

»Spieß?«

An der Stimmlage erkenne ich, dass die Direktorin mit meinem Namen nichts anfangen kann.

»Sven Frost, guten Morgen.«

»Meine Sekretärin sagte mir, wir stünden bezüglich einer Veranstaltung in Kontakt?«

»Richtig. Wie Sie ja wissen, bin ich Kinderbuchautor und Ihre Schule hat auf meiner Homepage an einer Verlosung teilgenommen. Meinen Glückwunsch. Sie haben gewonnen!«

»Was haben wir gewonnen?«, fragt die Rektorin misstrauisch.

»Natürlich die Schullesung mit mir, dafür haben Sie sich doch beworben.«

»Daran erinnere ich mich nicht. Und ehrlich gesagt besteht unsererseits –«

»Mir liegt eine Nachricht Ihrer Schule vor«, unterbreche ich sie, »in der Sie sich für meine kostenfreie Lesung bewerben.«

»Kostenfrei?«

»Selbstverständlich. Wie sieht es mit Ihren Terminen am Freitag aus?«

»Welcher Freitag?«

»Dieser Freitag!«

»Sie können nicht erwarten –«

»Warum nehmen Sie an einem Gewinnspiel teil, wenn Sie gar nicht interessiert sind?«, frage ich. »Auf meiner Webseite war der Termin eindeutig angegeben.«

»Eine Lesung muss vernünftig vorbereitet werden.«

»Und deswegen wollen Sie nun Ihren Schülern das Vergnügen einer Autorenbegegnung vorenthalten, weil Sie das in drei Tagen nicht organisiert bekommen?«

»Für welche Klassenstufe lesen Sie denn?«

Mir wird bewusst, nicht zu wissen, welche Klasse Noah besucht. Er ist auf keinen Fall ein Erstklässler und für die vierte Klasse scheint er mir zu jung zu sein. »Für Ihren gesamten zweiten und dritten Jahrgang«, sage ich daher. »Aufgeteilt in zwei Gruppen.«

»Folglich haben wir zwei Lesungen gewonnen?«, vergewissert sich die Direktorin.

»Ja. Ich schlage vor, mit den Kleineren beginnen wir am Freitag gegen zehn Uhr, die Größeren sind dann eine Schulstunde später an der Reihe.«

»Die dritte Stunde beginnt bei uns um fünf vor zehn«, informiert mich Frau Spieß.

»Dann sehen wir uns am Freitag. Ich tauche spätestens um Viertel vor zehn bei Ihnen auf. Noch einmal meinen Glückwunsch. Insgesamt hatten sich achtundvierzig Schulen beworben. Dank Ihres Losglücks sparen Sie fünfhundert Euro Autorenhonorar.«

»Schicken Sie mir eine Bestätigungsmail?«

Offensichtlich will sie sichergehen, nach den Lesungen keine Rechnung zu erhalten.

»Kein Problem, ich kenne ja Ihre E-Mail-Adresse. Wir sehen uns am Freitag. Bis dahin!«

Beim Auflegen klingelt es an meiner Wohnungstür.

Überraschender Besuch

Verwundert schaue ich auf meine Armbanduhr. Ich erwarte niemanden und der Paketbote hat es sich schon seit Längerem abgewöhnt, bei mir zu klingeln, um Sendungen für Nachbarn abzugeben. Genau genommen seit jenem Tag, an dem er für die angeblich nicht anwesende Familie im Dachgeschoss ein schweres Paket in meiner Wohnung hinterlegen wollte. Ich hatte nicht erfreut reagiert, als die vermeintlich abwesende Ehefrau die Treppe herunterkam, während ich gerade die Annahme quittierte. Wenigstens hatte ich nach meiner damaligen Verbalattacke Ruhe vor ihm gehabt.

Unser Haus verfügt nicht über Gegensprechanlagen. Also drücke ich auf und warte im Türrahmen stehend, wer sich zu mir verirrt hat. Ein Gespräch mit einem Zeugen Jehovas stelle ich mir aufgrund meines Wissensvorsprungs spaßig vor.

Als die Person den Treppenabsatz zur ersten Etage erreicht hat, löst ihr Anblick Herzflimmern bei mir aus. Sie lächelt mich an, gleichzeitig bemerke ich die beiden Koffer, die sie nach oben schleppt.

»Überraschung«, ruft Arabella.

Ich hingegen leide unter Wortfindungsstörungen. Zudem bin ich viel zu perplex, um ihr entgegenzugehen und ihr das Gepäck abzunehmen.

Sie sieht fantastisch aus, obwohl sie heute völlig normal gekleidet ist. Sie trägt dunkelblaue, flache Schuhe sowie eine Bluejeans kombiniert mit einer cremefarbenen Bluse.

Zur Begrüßung beugt sie sich zu mir und drückt mir einen Kuss auf die Wange.

»Hi«, finde ich meine Sprache rudimentär wieder.

In dieser Sekunde öffnet sich über mir eine Wohnungstür.

»Darf ich reinkommen?«, erkundigt sich Arabella.

Jemand läuft die Stufen herunter. Katharina Wagner bemerkt meinen Gast und wirkt erstaunt. Wahrscheinlich hat es für sie den Anschein, als ob die Hausgemeinschaft um einen Bewohner wachsen würde. Ich nicke meiner Nachbarin zu, Arabella schenkt ihr ein Lächeln. Noahs Mutter presst sich ein »Hallo« heraus, ehe sie aus meinem Blickfeld verschwindet.

»Klar«, antworte ich mit erneuter Zeitverzögerung. »Meine Wohnung steht dir offen.« Nun erinnere ich mich auch an meine guten Manieren und nehme ihr die Koffer ab.

»Entschuldige meinen Überfall«, sagt sie beim Eintreten. »Aber ich kann's dir erklären.«

Wenn sie mir mitteilt, dass ich bei einer Verlosung der Terminfrauen gewonnen habe, werde ich dem Himmel für den mickrigen Rest meines Lebens bei jedem Aufenthalt im Freien den Mittelfinger entgegenstrecken.

Wir genehmigen uns in der Küche Kaffee. Halt suchend umklammert Arabella ihre Tasse mit beiden Händen.

Dabei schwirren doch in meinem Kopf lästige Fliegen, die für ein Schwindelgefühl sorgen. Sie kommt mir verletzlich vor, weniger selbstbewusst als vergangenes Wochenende.

»Ich mache den Job seit einigen Jahren«, erklärt sie mir. »Ich verdiene einen Haufen Geld und mit den meisten Männern ist es akzeptabel. Keiner dieser Typen hat mich allerdings je so behandelt wie du. Du hast mich wie eine Gefährtin umsorgt, es war unglaublich schön mit dir.«

Imaginäre Punktrichter sprechen mir die erste Runde zu.

»Auf der Rückfahrt bin ich ins Grübeln gekommen. Wie lange will ich meinen Körper eigentlich verkaufen?« Sie trinkt einen Schluck. »Versteh mich nicht falsch. Ich habe mich nicht in dich verliebt, ich sehe nicht meinen Jackpot in dir.«

K.O. in der zweiten Runde.

»Ich muss entscheiden, ob ich aussteige. Das kann ich nicht in meinen eigenen vier Wänden und noch viel weniger in Gudruns Etablissement. Darf ich vierzehn Tage bei dir wohnen?«

Wie Rocky Balboa erhebe ich mich von einem normalerweise tödlichen Niederschlag, wanke durch den Ring und signalisiere dem Arzt, dass ich bereit bin, weiterzukämpfen.

»Vierzehn Tage?«, vergewissere ich mich.

»Ich weiß, das ist lang. Sobald ich dich nerve, setzt du mich einfach vor die Tür.«

»In den nächsten zwei Wochen erwarte ich eh keinen

anderen Besuch«, sage ich schnell. Irgendwie muss ich sie zwar vor meinem Todesrendezvous aus der Wohnung komplimentieren, aber die Aussicht auf menschliche Gesellschaft beflügelt mich. Vielleicht lässt sie sich sogar einspannen, um Noah und Katharina zu helfen.

»Diesmal stecken in meinen Koffern keine Arbeitsutensilien«, warnt sie mich.

»Dann sollten wir dafür sorgen, dass deine Kleidung nicht verknittert.« Ich schlürfe meinen Kaffee aus. Danach laufe ich ins Schlafzimmer, um Platz in meinem Kleiderschrank zu schaffen.

Als ich sie beim Einräumen ihrer Sachen beobachte, erfüllt mich ein Gefühl vollkommener Zufriedenheit.

Ich bin nicht mehr allein. Endlich nicht mehr allein!

***

Arabella steht vor dem Wohnzimmerregal, in dem meine DVD-Sammlung untergebracht ist.

»Sind die Filme nach einem System geordnet?«, erkundigt sie sich.

Ich trete zu ihr und schiebe sie sanft mit meiner Hüfte beiseite. »Nach dem bestmöglichen aller Systeme. Eine Mischung aus Kauf- und letztem Nutzungsdatum.«

»Also willkürlich ins Regal geworfen. Männer! Ich habe meine DVDs nach Genres sortiert.«

Überrascht sehe ich sie an. »Für so spießig hätte ich dich nicht gehalten.«

»Ordentlichkeit hat mit Spießigkeit nichts zu tun.«

Ihr rechter Zeigefinger fährt über die Hüllenrücken, ich

hingegen suche per Augenscanning nach einem ganz bestimmten Film. Als ich ihn entdeckt habe, stoppt ihr Finger zeitgleich genau dort und zieht die DVD aus dem Stapel. Plötzlich ist mir das kitschige Cover der Disney-Produktion peinlich. Ich spüre, wie mir die Röte ins Gesicht schießt.

Mit in die Höhe gezogenen Augenbrauen hält sie mir die Hülle entgegen. Wahrscheinlich wundert sie sich, warum ich einen solchen Schmachtfetzen besitze. Natürlich könnte ich mir nun eine passable Ausrede einfallen lassen. Spontan kommen mir folgende Varianten in den Sinn:

- den hat meine Ex bei mir vergessen,

- das ist das Geschenk einer Grundschülerin, die mir aus Dank für meine Bücher ihre Lieblings-DVD geschickt hat,

- die habe ich aufgrund der Teilnahme an einem Preisausschreiben erhalten, bei dem ich eigentlich einen Flachbildfernseher gewinnen wollte.

Dann jedoch komme ich zu der Erkenntnis, dass ich mich zu meinen Vorlieben bekennen und nicht verbiegen sollte. Schon gar nicht kurz vor meinem Ableben.

»Na und?«, sage ich eine Spur zu gereizt. »Der ist total schön. Außerdem stehe ich auf Amy Adams.«

Obwohl das nicht möglich erscheint, wandern ihre Augenbrauen ein weiteres Stück hoch. Es fehlt nicht viel, dann berühren sie den Haaransatz.

Um ihr ein Kontrastprogramm zu bieten, greife ich zu einem Actionfilm. Ehe ich ihn herausziehen kann, schlägt sie mir auf die Finger.

»Einer meiner Lieblingsfilme«, gesteht sie augenzwinkernd, auf die DVD in ihrer Hand deutend.

»Echt?«

Zum Beweis singt sie ein Lied aus dem Streifen und tanzt wie die Hauptdarstellerin.

»Ich hätte mehr Lust auf den hier«, entgegne ich und präsentiere ihr einen Actionblockbuster, dessen rotes FSK-18-Logo wie eine Warnung vor dem rauen Kerl in mir wirkt.

»Glaub ich dir nicht«, antwortet sie schelmisch. »Schamesröte steht dir übrigens gut.«

Je romantischer die Handlung wird, desto näher rückt sie an mich heran. Als die Märchenprinzessin Giselle und der Scheidungsanwalt Robert auf einem Kostümball miteinander tanzen und es zwischen ihnen extrem knistert, lege ich meinen Arm um sie. Sie nutzt dies, um sich an mich zu schmiegen.

»Kannst du tanzen?«, fragt sie.

»Für eine Frau wie dich würde ich es lernen.«

Sie sieht mich kurz an, streckt ihren Nacken und drückt mir einen Kuss auf die Wange, bevor sie sich wieder dem Geschehen auf dem Bildschirm zuwendet. Das angenehme Kribbeln auf meiner Haut, wo mich ihre Lippen berührt haben, hält bis zum Abspann an.

Nach dem Heimkinoabend mache ich mich fürs Bett fertig. Zu gerne würde ich Saschas Meinung kennen, ob ich sie verführen darf. Andererseits will ich sie nicht vertreiben, falls sie kein Interesse an mir hat. Ihre Anwesenheit ist mir wichtiger als ein flüchtiger Austausch von Körperflüssigkeiten. Ich krieche unter die Decke, schließe die Augen und lausche ihren Geräuschen. Die Toilettenspülung, der Wasserhahn, eine elektrische Zahnbürste. Glückselig lächle ich, gleichzeitig spüre ich eine angenehme Müdigkeit. Heute Nacht werde ich tief schlafen.

Die Tür zum Badezimmer geht auf, kurz darauf höre ich ihre gedämpften Schritte auf dem Fußboden. Ich öffne die Augenlider. Sie trägt ein weißes, knielanges Nachthemd, auf dem ein niedliches Pandababy abgebildet ist. Ohne dass ich darum bitte, kuschelt sie sich an mich. Wie am vergangenen Wochenende steigt mir ihr betörender Duft in die Nase, erneut verspüre ich das Bedürfnis, ihre Haare zu küssen.

»Ich habe dich gegoogelt«, sagt sie nach einer Weile.

»Was Interessantes dabei herausgefunden?«

»Sind die Verkaufsränge auf Amazon aussagekräftig?«

Schlagartig bin ich hellwach.

»Platz 417.000 klingt nicht sehr spektakulär«, fährt sie fort.

»Einige meiner Romane verkaufen sich deutlich besser«, wende ich ein. »Außerdem gibt es mehrere Millionen Bücher und im Allgemeinen wird die Bedeutung der Verkaufsränge völlig überschätzt.« Was mich vor dem Herzinfarkt nicht daran gehindert hat, mein Ranking täglich zu überprüfen.

»In meiner Buchhandlung habe ich kein Kinderbuch von dir gefunden.« Ihre Stimme wirkt in keinster Weise hämisch.

»Schlecht sortierter Laden. Ich werde mich bei der Geschäftsführung beschweren.«

»Du konntest dir das Wochenende mit mir gar nicht leisten«, folgert sie messerscharf wie eine bildhübsche Ausgabe von Miss Marple.

Bevor ich auf die erfolgreiche Kreditkartenabbuchung hinweisen kann, die das Gegenteil beweist, hebt sie ihren Oberkörper, sieht mir in die Augen und streichelt sanft mein Gesicht. »Trotzdem bin ich froh, dass du dir den Luxus gegönnt hast. Aber in den nächsten Tagen zahle ich, wenn wir ausgehen. Darüber verhandeln wir nicht.« Ihr linker Zeigefinger auf meinen Lippen unterstreicht ihre Worte, ehe sie sich von mir wegdreht.

»Darf ich dich um einen Gefallen bitten?«

»Um jeden.« Egal in welcher Stellung. Falls du mir Tiernamen geben willst, dann gib mir halt Tiernamen.

»Kraulst du mir den Rücken?«

Rückenkraulen gehört zu den weiblichen Vorlieben, die wir Männer niemals verstehen werden. Doch die meisten Männer lernen im Laufe ihres Lebens mindestens eine Frau kennen, die für eine Viertelstunde Rückenkraulen auf den Beischlaf verzichten würde. Das ist eine unumstößliche Tatsache. Ich versuche, körperliche Distanz zu wahren, während meine rechte Hand unter ihr Nachthemd schlüpft. Bereits bei der ersten Berührung stößt sie einen wohligen Seufzer aus, dem viele weitere folgen. Aufgrund dieser Geräusche verkleinert sich der Abstand zwischen uns an einer bestimmten Stelle.

»Danke«, gurrt sie schließlich. Sie tastet nach dem Lichtschalter der Nachttischlampe. Kaum befindet sich das Schlafzimmer im Dunkeln, rutscht sie nach hinten und legt gleichzeitig meinen rechten Arm um ihre Taille. Die mühsam aufrechterhaltene Distanz wird durch die Löffelchenstellung hinfällig. Anscheinend stört sie der harte Widerstand, der gegen ihren Po drückt, nicht.

»Schlaf gut und träum was Schönes«, flüstert sie.

»Du auch.«

Meinen letzten ungewollten, nächtlichen Erguss hatte ich mit siebzehn. Ob es zum zwanzigjährigen Jubiläum ein Revival gibt?

Morgenlektüre

Erleichtert nehme ich am Morgen den trockenen Zustand meiner Shorts zur Kenntnis. Arabella schläft von mir abgewandt in der Embryonalstellung. Es kostet mich Beherrschung, sie nicht anzufassen oder mich wieder an sie zu pressen. Stattdessen stehe ich behutsam auf, um sie keinesfalls zu wecken. Ich will sie mit einem reichhaltigen Frühstück überraschen. In unserer kurzen, gemeinsamen Zeit soll sie meine Prinzessin sein.

Nachdem ich mich im Bad frisch gemacht habe, schreibe ich ihr eine Notiz, dass ich zum Bäcker gegangen bin, und lege diese auf den Dielenboden. Danach mache ich mich auf den Weg. Es ist Viertel vor acht, die Luft ist angenehm erwärmt und ein paar Vögel balzen miteinander, indem sie sich Lieder zuzwitschern.

Das Leben ist –

Herrlich, denke ich beinahe. Leider wird mir genau in diesem Moment bewusst, wie wenige Tage mir noch bleiben. Trost finde ich nur in dem Umstand, dass ich Arabella ohne meinen Herzinfarkt niemals kennengelernt hätte.

Bei der Bäckerei ist meine trübselige Stimmung fast verschwunden. Während ich mich in eine kleine Schlange einreihe, mustere ich die verschiedenen Brötchenvarianten. Ich versuche mich zu erinnern, was mein Gast am Wochenende gegessen hat. Einer spontanen Laune gehorchend greife ich zur Tageszeitung, kaufe vier Mehrkornbrötchen, zwei Schokoladencroissants und bestelle zwei Latte macchiato zum Mitnehmen.

Als ich mich bei meiner Rückkehr der Haustür nähere, öffnet sich diese. Katharina tritt heraus. Sie wirkt gehetzt und müde. Außerdem ist sie nachlässig frisiert.

»Guten Morgen«, begrüße ich sie freundlich.

Zunächst glaube ich, dass sie mich ignorieren wird, dann erinnert sie sich jedoch an ihre gute Kinderstube und hält mir sogar die Tür auf.

»Morgen«, brummt sie.

»Sie sehen übermüdet aus«, stelle ich fest.

»Nicht für jeden von uns ist das Leben ein Ponyhof«, antwortet sie mürrisch.

»Kaffee?«, biete ich ihr einen meiner Becher an.

Sie runzelt die Stirn. An dem Funkeln ihrer Pupillen erkenne ich das Umschalten in den Angriffsmodus.

»Ich bin nicht der Leibhaftige«, erkläre ich rasch, um einen fiesen Spruch zu unterbinden. »Ich führe mich manchmal nur so auf.«

Nun lächelt sie. Das erste Mal, dass sie meinetwegen die Mundwinkel nach oben zieht. Dabei blickt sie auf das Gefäß.

»Kaffee wäre toll«, murmelt sie. »Mir ist vorhin die letzte Kondensmilch hingefallen und ausgelaufen. Ohne schmeckt er mir nicht.«

»Das ist ein Latte macchiato.« Ich strecke ihn ihr ein Stück weit entgegen, sie zögert kurz, ehe sie der Duft verleitet, zuzugreifen.

»Danke!«

»Nicht der Rede wert.«

Nachdem ich nun erstmalig Sympathiepunkte bei ihr sammeln konnte, lächle ich ihr lediglich zu und betrete den Hausflur.

»Schönen Tag«, wünsche ich ihr.

»Ebenso.« Den zwei Silben kann man ihre durch mein Verhalten hervorgerufene Überraschung entnehmen.

In meiner Wohnung ziehe ich die Schuhe aus, bevor ich die Brötchentüte auf den Esstisch lege. Mit dem verbliebenen Becher in der Hand schleiche ich mich ins Schlafzimmer. Ich hocke mich auf Arabellas Seite hin und halte ihr die Kaffeespezialität unter die Nase. Nach einer Weile bewegen sich ihre Nasenflügel, fast gleichzeitig schlägt sie die Augen auf.

»Ich habe uns Brötchen geholt und dir deine liebste Kaffeevariante.«

»Du bist ein Engel.«

»Ich warte in der Küche auf dich.«

Zehn Minuten später betritt Arabella den Raum. Sie trägt ein hellgrünes T-Shirt kombiniert mit schwarzen Hotpants. Ob es wohl eine Kleidungszusammenstellung gibt, in der sie mir nicht den Atem raubt?

Beim Frühstücken erzählt sie mir detailliert von ihrem Traum, dann will sie wissen, was ich heute vorhabe.

»Wir müssen einkaufen, der Inhalt meines Kühlschranks ist nicht auf zwei Personen ausgerichtet. Ansonsten keine Pläne.«

»Musst du nicht schreiben?«, wundert sie sich. »Geld verdienen?«

»Freitag lese ich in einer Schule hier ganz in der Nähe. Mit einem neuen Roman beginne ich frühestens in einem Monat. Derzeit gönne ich mir eine Auszeit.«

»Was für ein traumhaftes Leben.«

Hoffentlich macht sie mein gequältes Lächeln nicht stutzig.

Kurz darauf geht sie ins Bad, um sich für den Einkauf zurechtzumachen. Ich informiere mich unterdessen über das aktuelle Weltgeschehen. Einen Vorteil bietet mir die ablaufende Lebensuhr: Berichte von Wirtschaftskrisen oder Konflikten in der Welt beeinträchtigen meine Gelassenheit in keinster Weise.

Mit dem Gleichmut ist es jedoch vorbei, als ich den regionalen Kulturbereich aufschlage. In der Hoffnung, seine Kritik nicht als persönlichen Angriff verstehen zu müssen, suche ich nach Artikeln von *kw*. Vielleicht verreißt er ja gerne mit drastischen Worten. Allerdings stelle ich rasch fest, dass seine Rezension kein einzelner Terrorangriff, sondern eine komplette Kriegserklärung an mich war. Er nutzt eine wöchentlich erscheinende Kolumne, um in aller Öffentlichkeit mit mir abzurechnen.

Mein Mittwochssenf: Meinungsfreiheit – auch wenn sie wehtut

Als Kulturredakteur hat man es mit einem speziellen, meist sehr faszinierenden Menschenschlag zu tun: den Künstlern. Sie bereichern unser Leben, sorgen für Farbpunkte in einem manchmal trist anmutenden Alltag und sollten stets gefördert werden.

Leider reagieren viele dieser Künstler empfindlich, sobald man ihre Arbeit bespricht. Lobhudeleien werden gerne gesehen, Kritik hingegen ist verpönt. Doch was bezwecken wir Redakteure mit unserer Kritik? Wollen wir die Künstler kränken? Mitnichten. Wir wollen sie aufrütteln, in Kenntnis setzen, einen Spiegel vorhalten. Im besten Fall sorgt eine negative Besprechung für eine Verbesserung zukünftiger Werke.

Gerade in letzter Zeit kommt es mir so vor, als würden einige (beileibe nicht alle) der Kritisierten extrem dünnhäutig reagieren. Beispielsweise sprach ich am Wochenende einem Kinderbuch seine Qualitäten ab. Gestern bekam ich dann von dem Buchautor eine interessante Leserzuschrift per E-Mail.

Es folgt mein Leserbrief.

Hat sich Autor Frost also tatsächlich die Mühe gemacht, meine sechzehn Zeilen zu lesen. Ich bin beeindruckt, erwarte aber schon, dass er zwischen dieser geringen Zeilenanzahl und einhundertvierzig Seiten einen Unterschied sieht. Wäre es wirklich fair, auf eine Rezension zu verzichten, weil der Schriftsteller in einem Kleinverlag veröffent-

licht oder bei mir in der Nähe wohnt? Ein schlechtes Buch wird nicht dadurch besser, dass der Verfasser möglicherweise mein Nachbar ist.

In meinen Augen bringt Kinderbuchautor Frost eine wie ein Krebsgeschwür wuchernde Haltung ans Licht, mit der sich meine Kollegen und ich immer öfter auseinandersetzen müssen: Lobt unsere Arbeit oder schweigt!

Nein, liebe Künstler! Das verstehen wir nicht unter Meinungsfreiheit. Stattdessen loben wir, wenn Lob angemessen ist, und kritisieren, falls es einen Grund dafür gibt. Das ist die Aufgabe einer freien Presse, von der wir alle profitieren.

Bis zur nächsten Woche grüßt sie herzlichst

Ihr Klaas Walther

»Du blöder Arsch! Schmier dir deine Meinungsfreiheit sonst wo hin!«, brülle ich wütend und schleudere die Zeitung auf den Tisch. Mein Blick fällt auf das kleine Foto neben dem Beitrag. Bei seinem Bild klingelt nichts. Ich glaube kaum, dass wir uns persönlich kennen.

Arabella kommt in die Küche, anscheinend hat sie mich fluchen gehört. »Was ist los?«

Zornig deute ich auf die Kolumne. In aller Seelenruhe liest sie den Text.

»Was für ein Idiot«, sagt sie schließlich.

»Dem zeig ich's!« Ich springe auf, um ihm eine erneute Nachricht zukommen zu lassen.

Mein Gast hält mich am Arm fest. »Was hast du vor?«

»Ich schicke ihm eine Mail!«

»Mach das nicht. Er wird es wieder gegen dich verwenden.«

»Mir egal!«

»Sven! Was bringt dir ein Kleinkrieg mit einem Journalisten? Vielleicht ist er frustriert, weil er früher selbst Romane schreiben wollte und daran gescheitert ist. Begib dich nicht auf sein Niveau.«

Ich atme tief durch. Aufgrund Arabellas Anwesenheit verraucht meine Wut. Zuletzt ringe ich mir sogar ein Lächeln ab. »Danke.«

Sie haucht mir einen Kuss auf die Wange und teilt mir mit, nur noch wenige Minuten zu benötigen.

***

Mit einem gut gefüllten Einkaufswagen stellen wir uns an einer der vier geöffneten Kassen an. Das Supermarktradio informiert über aktuelle Werbeangebote, vor uns befinden sich eine Mutter mit ihrem Kleinkind und ein Rentnerehepaar.

Während ich eine Flasche Olivenöl als erstes Produkt auf das Förderband lege und das Radio für einen entspannenden Moment schweigt, nehme ich eine bekannte Stimme wahr.

»Das macht genau achtzehn Euro.«

Meinen Hörsinn überprüfend, richte ich mich auf. Er täuscht mich nicht. Meine Nachbarin arbeitet in diesem Supermarkt.

Da sie sich auf den Rentner konzentriert, der ihr gerade

einen Zwanzigeuroschein reicht, hat sie mich bislang nicht bemerkt. Ich spiele mit dem Gedanken, unauffällig an eine andere Kasse zu wechseln, doch dafür ist es schon zu spät. Insofern lasse ich mir nichts weiter anmerken und räume gemeinsam mit Arabella den Einkaufswagen leer.

Kaum hat Katharina die Mutter bedient, wird sie auf mich aufmerksam.

»Hi«, sage ich möglichst lässig.

»Oh«, entfährt es ihr überrascht. Dann erinnert sie sich anscheinend, dass sich unser Verhältnis auf dem Weg der Besserung befindet. »Hallo«, fügt sie daher hinzu. Sie mustert Arabella, diese nickt ihr zu.

»Ich habe Sie hier noch nie gesehen«, stellt meine Nachbarin fest.

»Ist nicht mein Stammsupermarkt«, bestätige ich ihr. »Außerdem gehe ich meistens abends einkaufen, wenn Sie sich um Ihren Sohn kümmern.« Erklärend wende ich mich an meine Begleitung. »Frau Wagner wohnt bei uns im Haus.«

»Wir sind uns gestern begegnet«, entsinnt Arabella sich.

Katharina zieht die Waren über den Scanner und ich bemerke, wie sie gleichzeitig aus den Augenwinkeln meinen Gast scannt.

»Hat der Latte macchiato geschmeckt?«, erkundige ich mich.

»Großartig. Der hat mich heute Morgen gerettet.«

»Betreibst du einen Kaffeelieferservice?«, wundert sich Arabella.

»Ich habe ihr mein Getränk überlassen, weil sie so müde gewirkt hat.«

»Wie ein moderner Sankt Martin«, kichert Katharina. »Statt eines Mantels teilte er seinen Kaffee.« An ihrem Tonfall erkenne ich, mit der Aktion Sympathiepunkte gewonnen zu haben. Oder liegt ihr toleranterer Umgang mit mir an meiner Begleiterin?

Die letzten Produkte landen unterdessen im Einkaufswagen.

»Siebenunddreißig Euro und vierzehn Cent. Zahlen Sie bar?«

»Mit Karte«, entgegne ich.

»Du meinst bar«, mischt sich Arabella ein. »Vergisst du etwa unsere Vereinbarung?« Sie holt ein schlichtes Portemonnaie aus ihrer Handtasche und bezahlt mit einem Fünfzigeuroschein.

Noahs Mutter gibt ihr das Wechselgeld, dann wünscht sie uns beiden einen schönen Tag.

»Warum siezt ihr euch?«, erkundigt sich meine temporäre Mitbewohnerin, während wir auf dem Parkdeck des Supermarktes den Kofferraum meines Autos beladen.

»Sie ist nur meine Nachbarin«, erläutere ich.

»Bist du dir sicher?«

»Häh?«

Arabella schüttelt den Kopf. »Männer! Ihr seid so unsensibel. Sie findet dich interessant.«

Amüsiert lache ich auf. »Diesmal irrst du dich trotz deiner überlegenen, weiblichen Intuition. Eigentlich können wir uns nicht leiden, seitdem wir im Hausflur mehrfach wegen Kleinigkeiten aneinandergeraten sind.« Dass ich immer der Streitauslöser war, fällt als unbedeutende

Zusatzinformation unter den Tisch.

»Ach ja?« Sie lächelt wissend. »Weshalb blitzte Eifersucht in ihren Augen auf, nachdem sie mich an deiner Seite entdeckt hatte?«

»Eifersucht? Keine Ahnung. Vielleicht ist sie auf dein Aussehen neidisch?«

Nun lacht Arabella. »Du bist so blind! Ein wenig Make-up, eine modernere Frisur, ein paar heiße Dessous und du würdest betteln, um die Nacht mit ihr verbringen zu dürfen. Oder viertausend Euro für ein Wochenende bezahlen. Die Frau ist der Oberhammer. Sie hat einen Sohn? Hoffentlich sehe ich in fünf, sechs Jahren auch noch so sexy aus, wenn ich erst einmal ein Kind zur Welt gebracht habe.«

Mit ausgestrecktem Arm deute ich zum Eingang des Ladens. »Wir reden von der gleichen Frau?«, frage ich verblüfft.

»Blindfisch!« Sie nimmt den leeren Einkaufswagen und schiebt ihn zurück.

Ich mustere ihren schönen Hintern in den Hotpants, ihre langen Haare, ihre faszinierenden Beine, ihren selbstsicheren Gang auf den Stilettos. Was stimmt mit meinen Augen nicht, falls sie recht hat?

Frisbee

Arabella bereitet uns ein köstliches Mahl zu, nach dem Essen räume ich das dreckige Geschirr in die Spülmaschine. Dabei werfe ich einen Blick durchs Küchenfenster. Auf der Wiese vor unserem Haus entdecke ich Noah, der sich mit einem Frisbee vergnügt. Er wirft gerade die Scheibe, achtet darauf, wohin sie segelt und reißt dann seine Arme jubelnd in die Luft.

Meine Mitbewohnerin schaut mir derweil über die Schulter.

»Ist das der Sohn deiner Nachbarin?«, fragt sie interessiert.

»Woher weißt du das?«

»Er sieht ihr sehr ähnlich.«

Ich betrachte ihn genauer, ohne aus dieser Entfernung eine Übereinstimmung zu bemerken. Ob Arabellas Beobachtungsgabe in dieser Hinsicht besser ist als meine?

»Spielt er etwa allein?«

»Viele Freunde scheint er nicht zu haben.«

Sie seufzt unglücklich, danach krault sie mir für einen flüchtigen Moment den Nacken. »Darf ich dein Bad blockieren? Ich möchte ausgiebig duschen und mich pflegen.«

»Wenn du jemanden suchst, der dich einseift, bin ich gern dein willenloser Sklave.«

»Ein andermal«, sagt sie augenzwinkernd.

Ratlos lässt sie mich zurück. War das ein Versprechen?

Um mich von diesem den Blutkreislauf verändernden Gedanken zu befreien, beobachte ich den Jungen. Langsam verstehe ich die Systematik hinter seinem Spiel. Er sucht sich vor dem Wurf ein Ziel und jubelt nur, falls er die Scheibe punktgenau dorthin befördert.

Ich gehe in die Diele, in der ich das verlockende Plätschern des Wassers höre. Arabella befindet sich wohl schon unter der Brause. Ob sie die Tür abgeschlossen hat? Wahrscheinlich nicht. Wie würde sie reagieren, wenn ich mich einfach zu ihr stelle?

Bestimmt würde sie sich mir gegenüber verpflichtet fühlen, weil ich ihre Dienste am Wochenende nicht in Anspruch genommen habe. Womit wir wieder bei dem Dilemma wären, dafür Minuspunkte zu kassieren. Verdammtes Karmadrama!

Folglich verzichte ich auf eine Visite im Bad und ziehe mir stattdessen bequeme Sportschuhe an.

»Hey!«, rufe ich nach dem Verlassen des Hauses.

Noah, der mit dem Rücken zu mir steht, zuckt beim Klang meiner Stimme zusammen.

Super! Was bin ich bloß für ein liebenswerter Mensch gewesen!

Ehe er sich zu mir umdreht, läuft er zum Frisbee und nimmt es an sich. Mit der Scheibe vor der Brust wappnet er sich, um mir gegenüberzutreten.

»Entschuldigen Sie, dass ich zu laut war«, murmelt er.

Sven Frost, der Hausdrache, vor dem sich die Kinder ängstigen. Klasse Werbung für einen Kinderbuchautor.

»Du warst nicht zu laut«, beruhige ich ihn.

»Nicht?« Er klingt verwundert.

»Darf ich mitspielen? Ich liebe Frisbee.« Möglichst unschuldig lächle ich ihn an.

In seinem Gesicht lese ich die Furcht, dass ich ihm auf perfide Art seinen Besitz wegnehmen will. In diesem Moment fällt auch mir die Ähnlichkeit zu seiner Mutter auf.

Um ihm die Angst zu nehmen, hebe ich die Hände vertrauensvoll in die Höhe. »Ich weiß, ich habe mich oft wie ein Riesenarsch aufgeführt.«

Er gluckst vergnügt.

»Das war eine Krankheit, inzwischen schlucke ich Tabletten, die mir helfen.«

»Also gut. Dann spiele ich mit Ihnen.«

Wir stellen uns etwa zwanzig Schritte entfernt voneinander auf. Mit einem letzten Zögern wirft er die Scheibe, die ich gekonnt aus der Luft auffange.

»Reingelegt!«, rufe ich und renne Richtung Haustür.

Seine Gesichtszüge entgleiten ihm. Mit offenem Mund starrt er mich an. Dieser Anblick löst einen Lachkrampf bei mir aus. Prustend bleibe ich stehen. »War ein Witz«, japse ich.

Er kapiert schnell. »Haben Sie mich erschreckt«, grinst er.

Ich begebe mich in Position. »Fertig?«

Konzentriert nickt er. Ich schleudere die Plastikscheibe zu ihm, er verfehlt sie knapp und läuft ihr hinterher.

Nach zwanzig Minuten Frisbeespielen bitte ich ihn erschöpft um eine Pause. Wir setzen uns auf die Stufe vor dem Hauseingang.

»Gehst du in die Max-und-Moritz-Schule?«, erkundige ich mich.

»Ja.«

»In welche Klasse?«

»Drei A.«

»Cool! Ich lese am Freitag bei euch aus meinem Buch vor.«

Mit großen Augen sieht er mich an. »Sie sind der Autor? Hammer! Wenn ich das meinen Klassenkameraden erzähle.«

»Vielleicht erzählst du es ihnen erst mal nicht. Wir überraschen sie mit dem Hinweis, dass wir schon zusammen gespielt haben.«

Der Junge lächelt bei dem Gedanken. »Au ja. Damit bringen wir sie zum Staunen. Machen wir weiter?«

Für meine Bedürfnisse war die Verschnaufpause zu kurz, aber ein Blick auf die Uhr verrät mir, dass nicht mehr viel Zeit vergehen wird bis zu Katharinas Rückkehr. Es käme mir sehr gelegen, sofern sie uns in Aktion erlebt.

»Na klar!«

Wie ein Flummi springt er auf und rennt zur Wiese. Ich folge ihm mit deutlich weniger Energie. Ich fühle mich nämlich eher wie ein lederner Medizinball, dessen Nähte langsam aufplatzen.

Nachdem die Scheibe einige Male zwischen uns hin- und hergeflogen ist, entdeckt Noah plötzlich seine Mutter. Ich schaue über die Schulter. Sie scheint fassungslos zu sein, weil ich mich mit ihrem Sohn beschäftige.

»Mami!« Er sprintet zu ihr, das Frisbee in der Hand haltend. »Da bist du ja!«

Katharina breitet ihre Arme aus, in die er sich fallen lässt. Zärtlich streichelt sie ihm übers Haar.

»Herr Frost nimmt jetzt Tabletten gegen seine Arschigkeit!«, klärt er seine Mutter auf. »Er ist viel netter geworden.«

»Noah!«, schilt sie ihn streng.

»Was denn? Das hat er mir selbst gesagt! Außerdem liest er am Freitag bei uns in der Schule.«

Ich nähere mich den beiden vorsichtig. Dabei betrachte ich Katharina.

Wie konnte ich bisher nur so blind sein? Arabella hat völlig recht. Von ihrem abgekämpft wirkenden Zustand abgesehen, ist sie äußerst attraktiv. Der kleine Leberfleck unterhalb der Lippen stellt neben Minifältchen an den Augen den einzigen Schönheitsmakel dar. Sie hat ein ovales Gesicht, zu dem ihre braunen, langen Haare perfekt passen. Unter ihrer rosafarbenen Bluse zeichnen sich eine passable Wölbung und ein schlanker Oberkörper ab. Die bequem geschnittene Jeanshose lässt keine Rückschlüsse auf ihre Beine zu. Ich würde aber wetten, dass sie keinesfalls das Gesamtbild ruinieren.

»Stimmt das?«, fragt sie.

»Das mit der Lesung?«

Sie nickt.

»Ja. Freitag lese ich erst für die zweiten Klassen, danach für den dritten Jahrgang.«

»Und das mit den Tabletten?«

Begleitet von Noahs lautstarkem Protest entwinde ich ihm die Plastikscheibe. Als ich sie weit fortschleudere, rennt er ihr direkt hinterher.

»Irgendwie musste ich ihm meine Persönlichkeitsveränderung erklären«, sage ich. »Medikamente klingen für Kinder einleuchtend.«

»In Wahrheit sind es keine Psychopharmaka, sondern Ihre neue Freundin, die Ihnen guttut.«

Absichtlich unterlasse ich es, sie über ihre fehlerhafte Schlussfolgerung aufzuklären. Wenn sie mich für einen besseren Menschen hält, weil ich in einer Beziehung stecke, fällt es ihr möglicherweise leichter, meine Hilfe anzunehmen. Also lächle ich und mache einen Gesichtsausdruck, der andeuten soll, dass sie mit ihrer Vermutung richtigliegt.

»Mein Verhalten der letzten Monate –«

»Jahre«, unterbricht sie mich. »Sie wohnen seit zwei Jahren hier und haben sich uns gegenüber immer wie ein Ekelpaket aufgeführt.«

»Schuldig im Sinne der Anklage. Mein Verhalten der letzten *Jahre* tut mir ausgesprochen leid. Ich hoffe, Sie können mir vergeben. Ich stand massiv unter Druck, aber das rechtfertigt nicht meine ständigen Beschwerden.« Ich sehe Noah auf uns zukommen. »Er ist ein sehr liebenswerter Kerl und überhaupt nicht verhaltensauffällig.«

»Ganz im Gegensatz zu Ihrem früheren Selbst«, fügt Katharina hinzu. Doch das schelmische Glitzern in ihren Augen nimmt den Worten die Schärfe. »Entschuldigung akzeptiert.«

»Ich hab Hunger. Kochst du jetzt?«, fragt Noah.

»Na klar.« Sie streckt ihm die linke Hand hin, gemeinsam laufen sie auf die Haustür zu.

»Bis Freitag!«, ruft Noah.

»Bis bald«, schließt sich ihm seine Mutter an.

»Ja, bis bald«, entgegne ich aufgewühlt. Als mir ihr wohlgeformter Po auffällt, spüre ich ein seltsames Gefühl in der Magengegend.

Beim Betreten meiner Wohnung höre ich aus dem Badezimmer Föhngeräusche. Ich wundere mich, wie lange Arabella im Bad beschäftigt ist. In der Küche trinke ich einen Schluck Wasser und frage mich, wann sie endlich fertig ist. Nach einer Weile schaltet sie den Föhn aus, trotzdem verlässt sie nicht den Raum. Fünf Minuten später klopfe ich gegen die Tür.

»Brauchst du noch lange?«

»Komm ruhig rein.«

Ich folge der Aufforderung, um nach dem Türöffnen wie vom Donner gerührt stehen zu bleiben. Sie massiert sich gerade die Brüste, lächelt mich im Spiegel an und greift zu einer Bodylotion. Nachdem sie sich ein paar Spritzer Flüssigkeit auf den Körper geträufelt hat – bei einer solchen Gelegenheit sollte ich weißen Flüssigkeiten übrigens keinerlei Beachtung schenken –, fährt sie fort, sich einzureiben.

»Lässt du mich kurz ans Waschbecken?«

Sie tritt zur Seite, während ich den Blick nicht von ihrem

Spiegelbild lösen kann. Ich öffne den Wasserhahn und wasche mir die Hände.

»Wo warst du?«, will sie wissen.

»Ich habe draußen mit Noah gespielt.«

»Toll!«, lobt sie mich. »Deswegen hast du also nicht auf mein Rufen reagiert.«

»Weswegen hast du mich gerufen?« Wenn sie jetzt sagt, dass sie auf freiwilliger Basis paarungswillig war, der Moment allerdings verflogen ist, bekomme ich einen Heulkrampf.

Statt mich in den Wahnsinn zu treiben, greift sie lediglich zur Lotion. »Würdest du mir den Rücken einreiben?«

Ob Sascha uns zusieht und sich prächtig amüsiert?

Ihr die Flasche abnehmend, stelle ich mich hinter sie. »Du hast Glück! Ich bin der weltbeste Rückeneinreiber.« Vorsichtig schütte ich die nach Kokosmilch duftende Creme in meine Handflächen, die ich anschließend aneinanderreibe.

»Im Rückenkraulen gestern warst du ziemlich gut.«

Meine Hände gleiten über ihre samtweiche Haut. Dabei beobachte ich sie im Spiegel. Zunächst zwinkert sie mir zu und erwidert meinen Augenkontakt, doch nach einer Weile schließt sie ihre Lider, um meine Berührungen intensiver zu genießen. Zwischendurch stößt sie gurrende Geräusche aus. Da ich merke, wie sehr mich das erregt, zwinge ich mich, an etwas anderes zu denken.

Steuererklärung? – Nicht mehr notwendig.

Das heutige Fernsehprogramm? – Wahrscheinlich ein Flop.

Eine Einkaufsliste? – Schon wieder?

Ohne dass ich mich dagegen wehren kann, werde ich vom Spiegelbild magisch angezogen. Ich bewundere ihre Brüste und ihren glatt rasierten Venushügel. Auch ihre entspannten Gesichtszüge steigern mein Verlangen nach körperlicher Vereinigung. Selbst als ich in meinem Kopf *Alle meine Entchen* summe, ändert das nichts an meiner wachsenden Lust. Sollte ich herausfinden, dass Sascha bei den Konsequenzen käuflicher Liebe übertrieben hat, mache ich ihm im Himmel das Leben zur Hölle.

Nachdem ich dreimal Lotion nachgeschüttet habe, massiere ich zum Abschluss ihre Schultern. Mit einem Klaps auf den Po signalisiere ich schließlich das Ende meiner Dienstleistung.

Was für ein durchtrainierter Wahnsinnspo! Falls es eine Champions League für Pobacken gibt, spielen ihre Rundungen jedes Jahr um den Titel.

»Danke!«, strahlt sie mich an. »Du bist wirklich der weltbeste Rückeneinreiber!«

»Jetzt gehe ich duschen!«, informiere ich sie. »Das Frisbeespielen mit Noah war schweißtreibend.«

»Ich bin fast fertig«, entgegnet sie. »Dann kannst du dich in Ruhe regenerieren.«

Telefonakquise

Am nächsten Vormittag zieht sich Arabella für ein wichtiges Handytelefonat mit einer Freundin ins Schlafzimmer zurück. Da sie die Bitte äußert, nicht gestört zu werden, nutze ich die Zeit, um im Arbeitszimmer Ordnung zu schaffen. Ich hefte lose Briefe ab und sortiere meine Bankunterlagen. Wenn Katharina mein Erbe annimmt, soll sie sich nicht durch chaotische Hinterlassenschaften quälen müssen.

Nach einer Weile klingelt die Bürotelefonleitung. Die entsprechende Rufnummer verwende ich ausschließlich für geschäftliche Zwecke. Sei es als Kontaktmöglichkeit für Schulen, denen ich eine Lesung anbiete, oder für Verlage, denen ich ein Manuskript zusende. Außerdem steht die Nummer auf meiner Homepage, wodurch ich gelegentlich Anrufe von Callcenter-Mitarbeitern erhalte, die mir Zeitungsabos, Lotterielose oder andere einmalige Gelegenheiten offerieren.

Das Display überträgt eine mir unbekannte Telefonnummer.

Nach dem vierten Klingeln melde ich mich. »Frost!«

»Deutscher Kinderbuch Verlag, Sekretariat Wollinger. Hübsch, guten Morgen«, stellt sich die Anruferin vor.

»Guten Morgen«, erwidere ich. Ich bin mir nicht sicher, ob ich nun mit Frau Hübsch rede oder mir ein hübscher guter Morgen gewünscht wurde, weil meine Telefonpartnerin möglicherweise die Angewohnheit hat, Buchstaben zu verschlucken.

»Kinderbuchautor Sven Frost?«

»Der bin ich.«

»Frau Wollinger möchte Sie sprechen. Passt es Ihnen gerade?«

»Natürlich.«

»Ich verbinde.«

In der Leitung ertönt Warteschleifenmusik. Der DKBV ist einer der führenden Kinderbuchverlage in Deutschland. Da ich regelmäßig auf Fachseiten wie dem Börsenblatt surfe, kann ich dem Namen Wollinger sogar ein Gesicht und eine Funktion zuordnen. Die Dame ist vor etwa drei Jahren zur Programmleiterin des DKBV aufgestiegen, hat ihn umgekrempelt und einige Reihen etabliert, die inzwischen zur Lieblingslektüre von Grundschulkindern gehören. Allerdings wundere ich mich, worüber sie sich mit mir unterhalten will. Ihr Lektorat schickt mir stets nach erheblicher Wartezeit Standardabsagen ohne persönliche Anrede, weswegen ich ihnen zuletzt überhaupt keine Texte mehr angeboten habe.

»Wollinger, hallo Herr Frost. Entschuldigen Sie meinen Überfall, ich hoffe, ich halte sie nicht vom Schreiben ab.«

»Ich gönne mir derzeit eine Schaffenspause.«

»Genießen Sie es!«, empfiehlt sie mir. »Ich rufe an, weil ich in Ihrer Nachbargemeinde wohne.«

Wie interessant, denke ich, aber was soll ich mit dieser Information anfangen?

»Außerdem abonniere ich die RZ. Da fiel mir zwangsläufig am Wochenende die Rezension Ihres Buches auf.«

»Ah ja?«

»Ich fand sie sehr unverschämt. Als hätte der Redakteur ein Hühnchen mit Ihnen zu rupfen.«

»Das Gefühl hatte ich auch.«

»Um einen eigenen Eindruck zu gewinnen, habe ich mir den Roman für meinen Kindle heruntergeladen und am Sonntag gelesen.«

Mein Verleger vertritt die Meinung, Kinderliteratur müsse ebenfalls für den E-Book-Markt zugänglich sein. Daher veröffentlicht er jedes Werk zusätzlich in einer elektronischen Fassung.

»Mir hat die Geschichte gefallen«, lobt sie mich. »Man hätte sprachlich daran feilen können und die Szene, in der sich Konstantin Klever mit seinem Heißluftballon vor der Kollision mit dem Strommast rettet, ist zu unrealistisch aufgelöst. Trotzdem eine schöne Kindergeschichte.«

»Danke!«

»Hatten Sie uns das Buch vorgeschlagen?«

»Es passte nicht in Ihr Programm«, informiere ich sie über die Begründung, die in dem Standardschreiben angegeben war.

Frau Wollinger lacht. »Manchmal frage ich mich, wie viele Perlen wir nicht veröffentlichen, weil ein Lektor den Glanz nicht bemerkt. Glücklicherweise haben Sie ja einen

Verlag gefunden und ich kenne Herrn Wirth von anderen Lizenzverhandlungen. Insofern läuft Ihr Roman vielleicht doch noch in unseren Hafen ein.«

Wow!, denke ich. Eine Lizenzausgabe im DKBV würde den Wert meines Erbes erheblich steigern. »Benötigen Sie die Kontaktdaten von ihm?«, hake ich nach, um den Fisch nicht von der Angel zu lassen.

»Die sind uns bekannt. Neben der vernichtenden Kritik las ich ebenso die Kolumne und vor allem Ihren Leserbrief. Großartig! Wirklich großartig! Ich finde es hervorragend, wie Sie sich zur Wehr setzen. Jedes Ihrer Worte stimmte. Ich wünschte, meine Autoren brächten sich so für ihre Bücher ein.«

»Normalerweise ist es nicht meine Art, auf schlechte Rezensionen zu reagieren.« Zumindest nicht mit meinem realen Namen und nicht in einer Form, die eine renommierte Programmleiterin gutheißen würde. »Aber der RZ-Mensch ging mir schlicht zu weit.«

»Ganz meine Meinung. Stehen Sie eigentlich auch für Auftragsarbeiten zur Verfügung?«

Tief durchatmend schließe ich die Augen. Eine Auftragsarbeit für den DKBV! Vor wenigen Wochen wäre ich bei einer solchen Anfrage schier aus dem Häuschen gewesen.

»Natürlich«, antworte ich trotz der nahenden Zwangspensionierung. Vielleicht erhöhe ich dadurch die Chancen für eine Konstantin-Klever-Lizenzausgabe.

»Prima. Ich leite Ihre Daten an den entsprechenden Fachbereich weiter. Sicherlich findet der rasch ein passendes Thema. Wie sieht es denn mit bereits abgeschlossenen Manuskripten aus? Gönnen Sie sich gerade die Schaffenspause, weil sie mit einer Geschichte fertig geworden sind? Und würde diese gegebenenfalls in unser Programm passen? Sie kennen ja das Motto: clevere Bücher für clevere Kids.«

Ich erinnere mich an einen Roman, den ich im vergangenen Herbst geschrieben hatte, um ihn Galaxia anzubieten. Allerdings bevorzugte Justus Wirth die Veröffentlichung von *Tamara und der Fluch der hässlichen Warzenhexen*. Seitdem habe ich den Text nur vereinzelt an Verlage geschickt.

»Ich hätte da tatsächlich was.« Doch es bringt mir nichts, in einigen Monaten das Feedback zu erhalten. »Jedoch bräuchte ich innerhalb von sieben Tagen eine Rückmeldung.« Vorsichtshalber halte ich das Telefon ein Stück vom Ohr, da ich mit schallendem Gelächter rechne.

»Das ist kein Problem«, entgegnet die Programmleiterin gelassen. »Senden Sie es mir bitte per E-Mail zu: wollinger@dkbv.de.«

Fassungslos notiere ich die Mailadresse und verspreche ihr, die Datei direkt nach dem Gespräch abzuschicken.

»Dann hören wir nächste Woche voneinander«, verabschiedet sie sich. »Ich freue mich auf den Roman.« Sie beendet das Telefonat, perplex starre ich aus dem Fenster. Dies war zwar keine Zusage, aber wenigstens erfahre ich noch zu Lebzeiten ihre Meinung.

Während ich den Computer hochfahre, durchströmen Glückshormone meinen Körper. Sofern sie mir einen Verlagsvertrag anbietet und die Taschenbuchlizenz erwirbt, steigen meine zu vererbenden Aktivposten gewaltig. Also muss ich darauf hoffen, dass sie die Erzählung überzeugt und sich mein Verhältnis zu Katharina weiter verbessert.

Als ich die Mail mit dem angehängten Manuskript versende, kommt Arabella aus dem Schlafzimmer. Freudestrahlend trete ich ihr entgegen. Ihr Gesichtsausdruck lässt meine Mundwinkel jedoch wieder nach unten wandern. Sie wirkt todunglücklich.

»Was ist mit dir?«, frage ich besorgt.

Mit feuchten Augen schaut sie mich an. »Meine Freundin hat Spielschulden«, murmelt sie. »Sie verliert gerade ihre Existenz, falls nicht ein Wunder geschieht.«

»Das tut mir leid.« Ich umarme sie, was sie dankbar annimmt. Die beiden Frauen scheinen sich ziemlich gut zu verstehen.

Nach einer Weile löst sich Arabella von mir, streicht sich über die Augenpartie und lächelt gequält. »Du hast wie ein Honigkuchenpferd gestrahlt. Gibt es was zu feiern?«

Ohne zu sehr ins Detail zu gehen, berichte ich ihr von dem Anruf.

»Deswegen möchte ich dich nachher einladen. Erst essen, danach Kino?« Bei unseren Gesprächen am Wochenende haben wir festgestellt, dass wir absolute Cineasten sind, die am liebsten dreimal die Woche Filme auf der großen Leinwand sehen.

»Das wäre eine schöne Ablenkung.«

»Ich bezahle«, sage ich energisch.

Sie setzt zum Protest an, doch ich komme ihr zuvor. »Dafür ziehst du dich mir zuliebe chic an.«

»Von welchem Chic redest du?«, fragt sie anzüglich lächelnd. »Dem Viertausend-Euro-Wochenend-Look?«

»Eine Zweitausendfünfhundert-Euro-Variante würde mir reichen.«

»Die hängt leider bei mir zu Hause im Schrank. Aber ich verspreche, meine Auswahl wird dir trotzdem gefallen.«

In dieser Sekunde klingelt erneut die Büroleitung. Will mir ein dämlicher Radiomoderator lachend erklären, dass ich eben Opfer eines Telefonstreiches geworden bin? Mit ungutem Gefühl laufe ich ins Arbeitszimmer, wo mir auf dem Display die Nummer des Galaxia-Verlags angezeigt wird.

»Frost!«

»Justus Wirth hier! Guten Morgen! Nach den deprimierenden Presseartikeln der letzten Zeit melde ich mich mit erfreulichen Nachrichten persönlich, bevor Sie die Lust am Schreiben verlieren! Die Lizenzabteilung des DKBV hat mich gerade angerufen. Die interessieren sich für die Taschen- und Hörbuchrechte Ihrer Bücher. Ich habe mit ihnen ein Treffen in der kommenden Woche vereinbart. Das klang vielversprechend.«

Ich balle meine freie Hand zur Faust und unterdrücke nur aus Rücksicht auf Wirths Hörvermögen den Jubelschrei.

Von Angesicht zu Angesicht

Natürlich bewahrheitet sich ihr Versprechen. Arabella trägt einen schwarzen Minirock sowie gleichfarbige Overknees und High Heels. Dazu eine figurbetonte braune Wildlederjacke, unter der sich lediglich ein dunkles Top befindet. Wie an unserem gemeinsamen Wochenende drehen sich ständig Männer nach ihr um. Diesmal fühlt sich mein Ego davon noch geschmeichelter, weil ich für ihre Begleitung nichts bezahlen muss.

Im Multiplexkino amüsieren wir uns bei einer französischen Komödie. Bevor wir uns auf den Heimweg machen, sucht sie die Toilette auf. Ich warte im Gang davor auf sie.

Aus dem Männerklo tritt ein Mann, der meiner stutzend gewahr wird. Flüchtig mustere ihn, ehe sich mein Blick auf ein Filmplakat neben der Toilettentür konzentriert.

»Wen haben wir denn da?«, sagt eine Stimme übertrieben laut und unangenehm nuschelnd. »Sven Frost.«

Mit der Namensnennung sichert er sich meine Aufmerksamkeit.

»Der dünnhäutige Kinderbuchautor«, fährt er fort.

Der Bezug auf die Zeitungskolumne intensiviert mein Interesse. Ich scanne den Typen, der mir vage bekannt vorkommt. Ich bringe jedoch keinen Namen mit ihm in Verbindung.

»Kennen wir uns?«, frage ich. Neugierig beobachten uns einige Kinobesucher.

»Mich nicht erkennen, aber trotzdem Leserbriefe schicken.«

»Klaas Walther?« Soweit ich mich an das Bild in der Kolumne erinnere, sah er auf dem Foto mindestens zehn Kilo leichter aus. Das ausgeprägte Doppelkinn fiel definitiv einer Retusche zum Opfer.

»Höchstpersönlich.«

»Fett sind Sie im Vergleich zu Ihrem Zeitungsbild geworden«, rutscht es mir heraus, ohne dass ich vorher die Wahl meiner Worte bedenke. Eigentlich müsste ich ihm dankbar sein. Nur wegen seiner Rezension hat mich die Programmleiterin des DKBV überhaupt kontaktiert. Dessen ungeachtet hat mich seine Kritik verletzt. Wenn ich es ihm auf billige Art und Weise heimzahlen kann, will ich die Gelegenheit nicht verstreichen lassen.

»Haben Sie sich für das nächste schlechte Kinderbuch Inspiration geholt?«, erkundigt er sich. »Oder wurden Sie vom Verlag inzwischen aufgrund Ihrer Talentlosigkeit gefeuert?«

»Mein Verlag freut sich auf die Lizenzausgaben, über die er gerade verhandelt«, korrigiere ich ihn. »Und Sie? Nachos, doppelte Portion Käsesoße, Popcorn und einen Liter Cola konsumiert?«

Statt wenigstens auf diese gewichtsbezogene Bemerkung einzugehen, wendet er sich den Umstehenden zu.

»Meine Damen und Herren, vor Ihnen steht Sven Frost, ein Kinderbuchautor. Ich hatte vor Kurzem das zweifelhafte Vergnügen, eines seiner Werke rezensieren zu müssen. Es hat mir nicht gefallen.«

»Sie haben es ja nicht einmal zu Ende gelesen«, zische ich.

»Kaum ist meine Besprechung in der RZ abgedruckt, bekomme ich einen Leserbrief von Herrn Frost. Warum ich nur so böse war, ihn zu kritisieren.« Seine Stimme wechselt theatralisch ins Weinerliche. »Ob es nicht besser wäre, bei Nichtgefallen das Buch gar nicht zu erwähnen, weil es Autoren so schwer haben.«

Während er redet, mustern mich einige der Kinobesucher schadenfroh. Mir wird klar, Klaas Walther schon einmal begegnet zu sein. Ich kann zwar keinen konkreten Ort, keine exakte Begebenheit benennen, aber dieses großspurige Gehabe kommt mir vertraut vor.

»Was meinen Sie?« Mittlerweile führt er sich wie ein Showmaster auf und genießt seinen Auftritt. »Soll ich lieber schweigen oder ehrlich meine Meinung veröffentlichen?«

»Lieber schweigen und ein besseres Deo benutzen«, empfiehlt ihm Arabella.

Offensichtlich hat sie seine letzte Frage beim Verlassen der Damentoilette mitbekommen. Ihre Einmischung nimmt ihm den Wind aus den Segeln. Die hämischen Reaktionen wenden sich gegen ihn. Er dreht sich pikiert zu Arabella um, wird von ihrer Attraktivität geblendet und verfolgt fassungslos, wie sie sich zu mir begibt.

»Woher kennst du diesen müffelnden Menschen, Schatz?«, fragt sie mich laut.

Konsterniert klappt ihm die Kinnlade herunter. Er sieht nicht glücklicher aus, als sie sich an mich presst. Leidenschaftlich gibt sie mir einen Kuss. Bravorufe ertönen. Das Urteil der Umstehenden fällt endgültig zu meinen Gunsten aus. Wahrscheinlich muss in ihren Augen ein Mann, der eine solche Frau abbekommt, verdammt großartig sein. Womit es ihm freisteht, dünnhäutig auf Kritik zu reagieren.

Ich setze den Schlusspunkt unter unser Schauspiel, indem ich ihr einen Klaps auf den Po gebe. Meine Hand verweilt dabei länger als nötig auf ihrer Rundung.

»Keine Ahnung, was dieses arme Würstchen von mir will. Gehen wir einfach!«

Wir lassen ihn wie einen Trottel stehen und schlendern Richtung Rolltreppe, die uns zum Ausgang befördert.

»Ich danke dir«, flüstere ich. »Du bist eine Göttin!«

***

Am Schrank stehend hänge ich mein Hemd auf einen Kleiderbügel, während sie sich auf das Bett setzt und ihre Schuhe auszieht.

»Darf sich deine Göttin als Gegenleistung für den gelungenen Auftritt etwas wünschen?«

»Du hast jeden Wunsch frei«, sage ich, noch ehe ich mich zu ihr umgedreht habe. Seine Demütigung wäre mir sogar zwei Stunden Rückenkraulen wert.

Sie packt mich hinten am Hosenbund und zieht mich zu sich. Ich tripple drei Schritte rückwärts, bevor ich mich ihr zuwende. Ihr Gesicht auf Höhe meiner Brust wirkt sehr verlockend.

»Ich möchte mit dir schlafen! Diesmal wirst du dich nicht drücken! Zieh dein T-Shirt aus!«

Nur um es festzuhalten, mein lieber Sascha: *Sie* möchte *mit mir* schlafen. Hast du diesbezüglich gut zugehört? Das Verlangen geht von ihr aus. Ich zwinge sie in keinster Weise! Eher zwingt sie mich. Minuspunkte wären höchst unangebracht!

Nach diesem stillen Zwiegespräch mit meinem Karmarichter entledige ich mich meines T-Shirts und werfe es zu Boden. Sie küsst meine Brust, leckt mit ihrer Zunge über meinen Bauchnabel. Mein Glück kaum fassend, streichle ich ihren Hinterkopf. Arabella öffnet meine Hose und hilft mir beim Ausziehen. Als sie meine Shorts ruckartig nach unten reißt, reckt sich ihr ein mit reichlich Blut versorgter Schwellkörper erwartungsvoll entgegen. Sie streichelt ihn mit ihren manikürten Fingernägeln. Für einen Moment fürchte ich, der männlichen Historie vorzeitiger Ergüsse ein unrühmliches Kapitel hinzuzufügen. Also denke ich an tote, bäuchlings im Wasser treibende Fische. Das Gefühl des nahenden Orgasmus schwächt sich ab. Es passiert selbst dann nichts Ungewolltes, als sie die Eichel küsst und mich in den Mund nimmt. Offensichtlich will sie mich von meinen vermeintlich unangenehmen Erfahrungen kurieren.

Kurz darauf entkleidet sie sich ebenfalls, nur die Overknees behält sie meinem Wunsch entsprechend an. Wir wälzen uns auf der Matratze, knutschen leidenschaftlich miteinander, ich revanchiere mich für ihre oralen Fertigkeiten. Ihrem leisen Stöhnen nach zu urteilen stelle ich mich keineswegs ungeschickt an. Ihr salziger Geschmack auf meiner Zunge steigert meine Lust ins Unermessliche. Wir integrieren das Überstreifen des Kondoms in unser Vorspiel, dabei begibt sie sich nach oben und führt mich in sich ein. Während sie mich reitet, massiere ich ihre Brüste und lecke an ihren Brustwarzen. Ihr Tempo erhöht sich, ihr Atem geht immer schneller, ehe sie nach meiner rechten Hand greift. Behutsam legt sie sie zwischen ihre Pobacken.

»Ich steh drauf, dort stimuliert zu werden«, flüstert sie mir ins Ohr. »Aber sei vorsichtig.«

Arabella reitet mich weiter. Einen Teil meiner Konzentration verwende ich darauf, ihre Poritze zu streicheln.

Als sie kommt, stößt sie einen intensiven Seufzer aus. Ihre Fingernägel krallen sich in meinen Brustkorb. Nun entlade auch ich mich explosionsartig. Glückshormone durchfluten meinen Körper und verdrängen jede andere Empfindung. Beim Abebben dieses Effekts werde ich mir ihrer Fingernägel jedoch allzu bewusst.

»Nimmst du bitte die Finger aus meiner Haut?«, bettle ich gepeinigt.

»Sorry!« Sie lacht verlegen und erlöst mich. »Das war verdammt großartig«, wispert sie.

»Oh ja«, stimme ich ihr zu.

Für den Fall, dass dies mein letzter Sex war, ist der Artikel Ultimo definitiv erfüllt.

***

Obwohl uns Männern nachgesagt wird, dass wir nach dem Sex direkt einschlafen, schlummert Arabella mit ihrem Kopf auf meiner Schulter zuerst ein.

Im Gegensatz zu ihr bin ich hellwach.

Ich kann nicht glauben, wie sehr sich mein Leben in kürzester Zeit verbessert hat. Einer der wichtigsten Kinderbuchverlage zeigt Interesse an mir, außerdem hatte ich gerade Sex mit einer unfassbar attraktiven Frau.

Das alles soll in wenigen Tagen vorbei sein?

Arabella dreht sich im Schlaf von mir weg. Da mir mein unabwendbares Los Tränen in die Augen treibt, rutsche ich zur Bettkante. Ich will sie nicht mit einem verzweifelten Schluchzer versehentlich wecken; sie soll keinen Hinweis auf mein unglückseliges Ende erhalten. Nach dem Aufstehen nehme ich Shorts und T-Shirt vom Boden und schleiche mich aus dem Schlafzimmer. Mein erster Weg führt mich in die Küche, wo ich mir ein großes Stück Fleischwurst gönne, das ich gierig verschlinge. Aufgrund meiner morgigen Schullesung verzichte ich auf den Genuss von Alkohol, stattdessen gehe ich mit einer gekühlten Flasche Fassbrause auf den Balkon.

Die Luft ist warm genug, um leicht bekleidet draußen zu sitzen. Mithilfe der Brüstung öffne ich zischend den Kronkorken und trinke einen Schluck des gerstehaltigen Getränks.

»Sind Sie wieder zum Lauschen gekommen?«, fragt jemand eine Etage über mir. In der Stimme schwingt keinerlei Vorwurf mit.

»Hallo«, flüstere ich. »Falls Sie diesmal auf in Erfüllung gehende Sternschnuppenwünsche spekulieren, ziehe ich mich zurück.«

»Wieso?«, entgegnet meine Nachbarin. »Mein letzter Wunsch hat Sie zu einem besseren Menschen gemacht. Insofern war der nicht schlecht investiert.«

Unter diesem Aspekt habe ich die Sache noch gar nicht betrachtet. Tatsächlich hat sie sich ein schöneres Leben für ihren Sohn gewünscht und ich bin für das Schicksal in die Bresche gesprungen.

»Allerdings vermute ich, Ihr Wandel hat mehr mit Ihrer tollen Freundin zu tun«, fährt Katharina fort. »Wo haben Sie sich kennengelernt?«

»Im Internet«, antworte ich, die Wahrheit leicht streifend.

»Ist nicht Ihr Ernst! Warum lerne ich im Netz bloß schräge Vögel kennen?« Sie seufzt unglücklich.

»Suchen Sie einen Partner?«

Zunächst schweigt sie und ich befürchte, mit meiner Frage zu persönlich geworden zu sein. Ich überlege mir bereits Gesprächsthemen, mit denen ich die abrupt beendete Unterhaltung beleben kann, als sie mir antwortet.

»Nach meiner Scheidung ließ ich jahrelang die Finger von Männern. Der Ballast, den ich seit meiner Ehe mit mir herumschleppe, reicht völlig. In letzter Zeit ertappe ich mich jedoch immer öfter dabei, mich nach einem Mann zu sehnen. Noah sollte sich an einem männlichen Vorbild orientieren können, das würde ihm bestimmt guttun. Mir würde es guttun, mich gelegentlich an eine Schulter anlehnen zu können und nicht den ganzen Tag eine toughe Frau sein zu müssen. Ja, ich bin stark, aber meine Kräfte sind nicht grenzenlos. Außerdem gibt es gewisse Paarrituale, die mir verdammt fehlen. Als ich Ihre Freundin und Sie vorhin in Aktion hörte, war ich richtig neidisch.«

»Sie haben uns gehört?«, vergewissere ich mich errötend.

»Kein Problem! Die Wände sind halt dünn. Ich hatte nicht den Eindruck, dass Sie unangemessen laut waren. Für erwachsene Bedürfnisse bringe ich genauso viel Verständnis auf wie für Ball spielende Kinder.«

»Autsch! Das tat weh!«

Katharina kichert. »Ich habe mich früher gefragt, wie Sie es ertragen, Kinderbuchautor zu sein, obwohl Sie Kinder gar nicht leiden können.«

»Ich kann sie –«, setze ich zur Verteidigung an.

»Dann sah ich Sie mit meinem Sohn«, unterbricht sie mich. »Jemand, der sich beim Spielen so reinhängt, muss Kinder einfach mögen. Also würde mich interessieren, warum Sie sich bis vor Kurzem so rüpelhaft aufgeführt haben. Fehlte Ihnen nur ein guter Blowjob?«

Ihre Lockerheit überrascht mich. »Ja, der hat mir definitiv gefehlt, doch da kam noch einiges andere zusammen«, bekenne ich. »Ich kämpfe mit Gesundheitsproblemen, leide unter anderem an zu hohem Blutdruck. Mit meinen geringen Karrierefortschritten war ich lange unzufrieden. Derzeit komme ich finanziell zwar weitestgehend über die Runden, aber es gibt Monate, in denen es knapp wird.«

»Davon kann ich ein Lied singen.«

»Woran liegt es bei Ihnen? Zahlt Ihr Ex keinen Unterhalt?«

»Wenn es nur das wäre. Im Laufe unserer Ehe hat er Kreditkäufe unter meinem Namen getätigt, von denen ich nichts wusste. Das war kein Problem, solange er einen Job hatte. Dann allerdings verlor er seinen Job, unsere Ehe zerbrach und plötzlich erfuhr ich, dass ich Schulden in Höhe von sechzigtausend Euro habe.«

»Ist nicht wahr!«

»Leider doch. Ich habe mehrere Prozesse geführt und alle verloren. Er hat meine Unterschrift perfekt gefälscht, sich ohne mein Wissen mehrfach meinen Ausweis geliehen. Nun stottere ich das Geld ratenweise ab. In vier Jahren bin ich schuldenfrei.«

»Warum haben Sie keine Privatinsolvenz beantragt?«

»Dafür bin ich zu stolz.«

»Und eine günstigere Wohnung?« Nicht, dass ich sie auf meine letzten Tage vertreiben will. Andererseits habe ich es schon selbst in Erwägung gezogen, in eine billigere Wohnung zu ziehen, um meine monatlichen Fixkosten zu senken.

»Wollen Sie mich loswerden?«

»Bis letzte Woche hätte ich auf diese Frage mit ›Ja‹ geantwortet.«

»Sie können so charmant sein. Faszinierend! Bei Gelegenheit muss ich mich ausführlich mit Ihrer Freundin austauschen, wie sie es mit Ihnen aushält.«

»Inzwischen würde ich für ›Nein‹ plädieren«, füge ich rasch hinzu.

»Sehr beruhigend. Sie irren sich jedoch, wenn Sie glauben, ich würde mir den Luxus einer Dreizimmerwohnung gönnen.«

»Sind nicht alle Wohnungen gleich geschnitten?«

»Früher ja. Irgendwann kam der Besitzer auf die Idee, in unserer Etage aus zwei Dreizimmerwohnungen eine Vier-

und eine Zweizimmerwohnung zu machen. Das war vor Ihrem Einzug, etwa zum Zeitpunkt meiner Scheidung. Eine deutlich günstigere Mietwohnung ließe sich kaum finden, außer in einem der sozialen Brennpunkte. Das tue ich Noah nicht an.«

Ich male mir die beengte Wohnsituation aus, in der die beiden leben. Umso mehr bewundere ich sie für den liebevollen Umgang mit ihrem Kind.

Anschließend quatschen wir über Gott und die Welt, bis ich mich an die bevorstehende Lesung erinnere.

»Langsam sollte ich ins Bett, sonst schlafe ich morgen vor der Klasse Ihres Sohnes ein.«

»Noah redet seit vorgestern von nichts anderem mehr«, informiert sie mich. »Er ist total aufgeregt.«

»Ich sorge dafür, dass ihm der Tag in Erinnerung bleibt.«

»Ich bin gespannt auf seinen Bericht. Schlafen Sie gut!«

»Sie auch. Gute Nacht!«

Ich verlasse den Balkon, gehe noch einmal zur Toilette und schleiche mich dann ins Schlafzimmer. Als ich mich hinlege, rührt sich Arabella kurz, erwacht aber nicht. Obwohl mir meine Bettgefährtin die perfekte Vorlage fürs Kopfkino geliefert hat, denke ich beim Einschlummern an Katharina.

Schullesung

Beim Aufwachen entsinne ich mich an mein langes Gespräch mit Katharina, an den Lesetermin und den Sex. Überraschenderweise genau in dieser Reihenfolge. Neben mir regt sich Arabella. Ich drehe mich zur Seite und betrachte sie eingehend. Sie ist so irreal schön und mit unglaublichen Talenten gesegnet. Als wenn sie meine Gedanken wahrgenommen hätte, schlägt sie die Augen auf.
»Hi«, murmelt sie schläfrig.
Sanft küsse ich ihre Stirn. »Ich mache uns Frühstück.«
»Ich mag deine All-inclusive-Dienstleistungen.« Selbst zu dieser frühen Uhrzeit schafft sie es, ihrer Aussage einen erotischen Unterton zu geben. Von einem Profi wie ihr kann man viel lernen!

***

Zwei Stunden später öffne ich den Haupteingang der Schule. Ich ziehe einen kleinen Trolley hinter mir her, in dem sich Bücher zum Verkaufen, Autogrammflyer, ein Signierstift und mein mit Kommentaren, Textstreichungen und Markierungen versehenes Vorleseexemplar des Konstantin-Klever-Werkes befinden.

In der Eingangshalle stehend, versuche ich mich zu orientieren. Obgleich diese Grundschule in meiner unmittelbaren Nachbarschaft liegt, hat sie mich trotz diverser Angebote nie für eine Lesung gebucht.

Ein Mädchen läuft an mir vorbei, ohne mich zu beachten.

»Wo befindet sich das Sekretariat?«, rufe ich ihr nach.

Laufend deutet sie in einen Gang hinein. »Da hinten!«

Ehe ich ihr danken kann, ist sie bereits um eine Ecke verschwunden.

Die Tür steht einen Spaltbreit offen, trotzdem klopfe ich an.

»Herein«, ruft eine freundliche Stimme.

Ich folge der Aufforderung und betrete das beengte Büro, das von einem großen, walnussfarbenen Schreibtisch dominiert wird. Am mit Papieren übersäten Arbeitsplatz sitzt eine brünette Frau Mitte vierzig, die auf einen PC-Monitor starrt.

»Frau Müller?«, vermute ich.

»Einen Augenblick!« Die Sekretärin tippt im Zehnfingersystem etwas zu Ende, ehe sie sich mir zuwendet.

»Herr Frost?«

»Genau.«

Sie erhebt sich, schüttelt mir die Hand und erkundigt sich, ob ich einen Kaffee trinken möchte. »Frau Spieß unterrichtet noch. In wenigen Sekunden –« Der Rest des Satzes geht im durchdringenden Pausenklingeln unter.

Es dauert keine zwei Minuten, bis mich die Direktorin begrüßt. Sie könnte eine Halbschwester der Leiterin meiner ehemaligen Grundschule sein: ähnliche Frisur, vergleichbare Kleidung, dasselbe dominante Auftreten.

»Keiner meiner Lehrer hat übrigens an Ihrem Gewinnspiel, von dem auf Ihrer Homepage nichts zu finden war, teilgenommen«, erklärt sie mir mit hochgezogenen Augenbrauen. »Eine nach der Lesung ausgestellte Rechnung werde ich geflissentlich ignorieren.«

»Haben Sie meine Bestätigungsmail nicht erhalten?«, wundere ich mich über dieses unangemessene Misstrauen.

»Die befindet sich abgeheftet in unseren Unterlagen. Es würde mich brennend interessieren, warum Sie so erpicht darauf sind, bei uns zu lesen.« Anscheinend erwartet sie keine Antwort, denn sie bietet mir direkt im Anschluss an, mich zur Aula zu führen, in der die Veranstaltung stattfindet.

Der Saal ist bereits vorbereitet. Für mich stehen auf einer etwas erhöhten Bühne ein Bürosessel, ein Tisch und ein Mikrofon zur Verfügung. Unterhalb des Podiums befinden sich zehn Stuhlreihen à sieben Stühle.

»Zunächst schicken wir den zweiten Jahrgang mit insgesamt fünfundfünfzig Kindern zu Ihnen«, informiert mich die Direktorin. »Danach kommen die dritten Klassen. Falls heute niemand krank geworden ist, haben Sie dann achtundfünfzig Zuhörer. Ich bringe Ihnen stilles Mineralwasser und ein Glas. Wenn Sie nichts dagegen haben, nehme ich an der ersten Lesung teil.«

»Sie sind herzlich eingeladen.«

***

Wenige Zeilen vor dem Ende des Ausflugs in die Welt von Konstantin Klever fällt mein Blick auf Frau Spieß. Sie sitzt völlig entspannt auf einem kleinen Stuhl, ein Lächeln auf den Lippen. Offensichtlich ist sie froh darüber, auf keinen Dilettanten hereingefallen zu sein. Auch die Kinder lauschen gebannt. Als ich an einer spannenden Stelle das Buch laut zuschlage und mich für die Aufmerksamkeit bedanke, ernte ich stürmischen Applaus von Schülern und Lehrern. Zufrieden erkenne ich in ihren Gesichtern, eine gute Vorstellung geboten zu haben.

Mir werden eine Menge Fragen gestellt – manche habe ich schon in anderen Schulen gehört, manche sind völlig neu. Irgendwann muss ich die Fragerunde sogar abbrechen, damit jedes Kind innerhalb der vorgesehenen Schulstunde ein Autogramm bekommen kann. Nur der Buchverkauf enttäuscht mich wie so oft. Lediglich vier Bücher wechseln ihren Besitzer.

Zuletzt kommt die Direktorin zu mir. »Ich glaube, ich werde einen Leserbrief an die RZ schreiben. Nach den Eindrücken, die ich heute gewonnen habe, hatten Sie diese vernichtende Kritik nicht verdient.«

***

Als die Drittklässler die Aula betreten, winkt mir Noah schüchtern zu. Er setzt sich in die vierte Reihe. Ob er sich wohl daran gehalten hat, niemandem zu verraten, dass wir uns persönlich kennen?

Kaum hat eine Lehrerin die Tür geschlossen, greife ich zum Mikrofon.

»Sind jetzt alle da?«, erkundige ich mich.

Die Lehrerin nickt.

»Hallo zusammen! Ich bin Sven Frost und freue mich, hier zu sein.«

»Guten Morgen, Herr Frost«, ertönt es einstudiert aus fast sechzig Kinderkehlen.

»Ich lese euch Auszüge aus meinem Roman *Konstantin Klever* vor, in dem es um einen Jungen geht, der von einem spannenden Abenteuer ins nächste stolpert.« Ich halte das Hardcover in die Höhe, und einige der Schüler flüstern aufgeregt mit ihren Sitznachbarn. »Danach dürft ihr mir Fragen stellen, anschließend erhält jeder von euch ein Autogramm.«

Nun jubeln die Kinder lautstark. Das Signieren meiner Flyer erfreut sich in Grundschulen großer Beliebtheit.

»Bevor ich anfange«, fahre ich schließlich fort, »möchte ich euch mitteilen, dass dies für mich heute etwas ganz Besonderes ist. Ich bin nämlich mit einem eurer Klassenkameraden richtig gut befreundet.«

Meine Worte lassen das Nachbarskind strahlen, während die anderen Schüler perplex wirken.

»Ich wohne im selben Haus wie er und erst vor wenigen Tagen haben wir Frisbee gespielt.«

»Cool!«

»Boah!«

»Echt?«

»Ihm habt ihr zu verdanken, dass ich hier bin. Er hat mir vor Kurzem erzählt, wie toll er einen Besuch von mir in seiner Schule fände.« Mit jedem meiner Sätze scheint Katharinas Sohn auf seinem Stuhl zu wachsen. »Daher bitte ich euch um einen lauten Applaus für Noah Wagner.«

Der Beifall ist ohrenbetäubend. Die Kinder in den ersten Reihen drehen sich zu ihm um, hinter ihm Sitzende klopfen ihm auf die Schulter. Er genießt den Aufstieg zum Klassenstufenstar. Ehe ich wieder das Zepter übernehme, lasse ich ihn das Gefühl auskosten. Im Anschluss daran lege ich mich stark ins Zeug und absolviere eine der besten Lesungen meiner Karriere.

Natürlich erteile ich zuerst Noah das Wort. Seine Schulkameraden interessieren sich in der Folge viel mehr für unsere Freundschaft als für mein Buch.

Sie erkundigen sich, wie oft wir zusammen spielen und ob er meine Romane früher zu lesen bekommt. Irgendwie versuche ich, bei der Wahrheit zu bleiben, damit Noah nicht lügen muss. Also behaupte ich, dass er zukünftig zuallererst in meinen Geschichten schmökern darf, da mir seine Meinung sehr wichtig sei. Ich wähle bewusst schwammige Formulierungen, wenn es um unsere Unternehmungen geht. Irgendwann erfahre ich, dass die Kinder nach der Lesung schulfrei haben. Ein Mädchen möchte daraufhin wissen, ob ich gemeinsam mit Noah nach Hause laufen werde.

»Klar«, antworte ich, als sei es das Selbstverständlichste der Welt. »Jeder, der sich uns anschließen will, kann uns bis zur Haustür begleiten.«

Einige Schüler jubeln, weil sie den gleichen Weg haben, andere wirken enttäuscht, da sie vermutlich woanders wohnen oder abgeholt werden.

Bei der Autogrammstunde lassen die Klassenkameraden Noah den Vortritt. Er trägt sein Autogramm, das ich mit dem Zusatz ›für meinen Freund‹ versehe, stolz davon. Manche seiner Mitschüler wünschen sich auf ihrem Exemplar einen Hinweis, mit ihm befreundet zu sein. Deswegen werde ich erst ein paar Minuten nach dem Klingeln fertig. Mit einem Anhang von acht Schülern verlasse ich das Gebäude. Mein Trolley ist deutlich leichter geworden, weil ich jedes der zwanzig mitgebrachten Bücher verkauft habe. Fast komme ich mir wie der Rattenfänger von Hameln vor, während ich mit den Kindern im Schlepptau den Bürgersteig entlanglaufe. Sie sind quicklebendig und wollen alles Mögliche über uns in Erfahrung bringen. Plötzlich entdecke ich auf der gegenüberliegenden Straßenseite die beiden Rabauken, die Noah vor wenigen Tagen verfolgt haben.

»Wer sind die zwei?«, frage ich ihn.

»Blödmänner aus der vierten Klasse«, antwortet ein Mädchen an seiner Stelle. »Die ärgern uns ständig auf dem Schulhof.«

»Hey!«, rufe ich zu ihnen hinüber.

Sie registrieren zwar meinen Ruf, ignorieren mich aber.

»Bleibt mal kurz stehen!«, befehle ich meiner Gefolgschaft. Der Lesungserfolg hat mich euphorisch gestimmt, ich fühle mich wie ein Rächer der Schwächeren. Deshalb überquere ich die Straße und packe einen der Terrorkrümel am Schulranzen.

»Loslassen!«, brüllt der Junge aggressiv.

»Ihr seht die Kinder dort?«

Keiner der Viertklässler gibt zu erkennen, ob er meine Sprache versteht.

»Die befinden sich unter meinem Schutz. Wenn ihr die noch einmal ärgert, legt ihr euch mit mir an.«

Der Schüler, dessen Ranzen ich gepackt habe, schlägt nach meiner Hand. Trotzdem meine ich in seinen Augen zu erkennen, dass er zukünftig nach geeigneteren Opfern Ausschau halten wird. Ich lasse ihn los. Wie von der Tarantel gestochen flitzen sie davon.

Ich bitte die Drittklässler, Noah Bescheid zu geben, falls sie weiterhin Stress mit den älteren Jungs haben, wodurch er sicherlich in ihrem Ansehen steigt. Hoffentlich hilft ihm mein Einsatz auch nach meinem Ableben.

Als wir bei uns zu Hause ankommen, bedanken sich die Kinder ausgiebig für die tolle Lesung und verabschieden sich.

»Wann kommt deine Mutter heim?«, frage ich, als wir allein sind.

»Um halb drei.«

»Willst du so lange mit zu mir? Wir könnten etwas spielen.«

»Au ja!«

»Dann müssen wir ihr bloß eine Nachricht hinterlassen.«

In ihrer Wohnung warte ich in der Diele. Dort befindet sich ein Schrank, der einen beträchtlichen Teil des freien Platzes einnimmt. Ich bin versucht, einen Blick ins Wohnzimmer zu werfen, zügle jedoch meine Neugier.

»Hat deine Mutter eigentlich über mich geredet?«

»Früher hat sie ganz oft geschimpft. Wenn Sie sich wie ein Stinkstiefel aufgeführt haben.«

»Dafür habe ich mich bei ihr entschuldigt.«

Noah tritt aus seinem Zimmer. Er platziert einen großen Zettel, auf dem in ordentlicher Handschrift ›Ich bin bei Herrn Frost‹ geschrieben steht, auf dem Boden vor seiner Tür. »Ja, das hat sie mir gesagt. Und sie hat davon gesprochen, wie hübsch Ihre Freundin aussieht. Irgendwie klang sie dabei komisch.«

»Inwiefern komisch?«, hake ich nach.

»Na, komisch halt.«

Da ich annehme, keine genaueren Informationen aus ihm herauszubekommen, lasse ich das Thema fallen.

Wir gehen zu mir, wo Arabella am Wohnzimmertisch sitzt und eine Banane isst.

»Hey, du bringst ja einen Gast mit«, freut sie sich.

Ich stelle die beiden einander vor, artig reicht Noah ihr die Hand.

Sie zeigt auf das Obst. »Hast du Hunger?«

Der Junge nickt zaghaft, Arabella erhebt sich und verschwindet in der Küche.

»Ich mach uns einen Obstsalat«, ruft sie.

»Die ist ja voll nett«, flüstert Noah. »Aber ich finde meine Mami hübscher.«

***

Die nächsten Stunden vergehen wie im Flug. Aus einem meiner Schränke krame ich alte Karten hervor und wir spielen einige Partien Mau-Mau, die Noah fast alle gewinnt. Zwischendurch erzählt er uns von dem Alltag mit seiner Mutter. Ich erfahre, dass sie Stammkunden in der Bücherei sind und sie ihm jeden Abend vor dem Einschlafen vorliest. Als ihm das Kartenspiel zu langweilig wird, rennt er nach oben, um Monopoly zu holen. Ich nutze die Zeit, um eine Sammlung meiner Bücher auf seinen Platz zu legen. Bei seiner Rückkehr mustert er den Bücherstapel mit großen Augen.

»Die schenke ich dir«, teile ich ihm mit. »Vorausgesetzt, du sagst nicht mehr ›Herr Frost‹, sondern ›Sven‹ zu mir.«

Ungläubig sieht er mich an, ehe er mich spontan umarmt.

Mitte der ersten Runde hat er sich bereits an die von mir gewünschte Ansprache gewöhnt. Während unseres zweiten Durchgangs klingelt es. Wie ein Blitz schießt Noah zur Tür. Wasserfallartig redet er auf seine Mutter ein. Er zieht sie an der Hand hinter sich her, zögerlich folgt sie ihm ins Wohnzimmer. Bevor sie uns begrüßen kann, deutet ihr Sohn auf die Bücher.

»Die musst du mir alle vorlesen. Sven hat sie mir geschenkt. Außerdem haben die beiden keine Ahnung, wie man Monopoly spielt.«

Katharina wirkt erfreut über die Zuneigung, die ihrem Kind hier zuteilgeworden ist. Zudem macht sie keinerlei Anstalten, das Präsent abzuweisen. Dafür bemerke ich, wie sie Arabella verstohlen mustert. Glücklicherweise trägt meine temporäre Mitbewohnerin legere Kleidung.

»Dauert euer Spiel noch lange?«, erkundigt sich Katharina erschöpft.

»Noahs Vorsprung holen wir eh nicht mehr ein« sage ich und werfe meine Figur in den Spielekarton.

Arabella tut es mir gleich. Ehe der Junge das Gesellschaftsspiel zusammenpackt, ballt er triumphierend die Fäuste.

»Was für ein toller Tag!«

Meine Nachbarin lächelt ihn an. Danach wirft sie mir einen Blick zu, der mir durchs Mark geht. In dieser Sekunde bin ich überzeugt, dass sie die Erbschaft nicht ausschlagen wird. Allerdings ist dies kein Grund, mich nicht um weitere Sympathiepunkte zu bemühen.

»Wenn du willst«, wende ich mich an Noah, »kannst du am Montag nach der Schule wieder zu uns kommen.«

Er strahlt seine Mutter an. »Darf ich?«

»Mal schauen. Das besprechen wir in Ruhe.«

Mit dieser Auskunft ist ihr Sprössling zufrieden, er greift nach den Büchern und bittet seine Mutter, das Brettspiel zu tragen. Als sie die Wohnung verlassen haben, stupst mir Arabella in die Rippen.

»Du hast gerade zwei Herzen im Sturm erobert! Falls ich deinen Plänen im Weg bin, sag Bescheid. Nicht, dass ihr meinetwegen kein Paar werdet.«

»Mach dir deswegen keine Sorgen«, erwidere ich ohne zusätzliche Erklärungen.

Überrascht sieht sie mich an, doch ich schüttle nur den Kopf und verziehe mich ins Badezimmer.

Das Siebzehn-Euro-Wochenende

Das Gefühl, allein im Bett zu sein, weckt mich am Morgen. Ich schlage die Augen auf und stelle fest, dass niemand neben mir liegt. Die Schlafzimmertür ist geschlossen, trotzdem versuche ich erfolglos Geräusche wahrzunehmen, die auf ihre Anwesenheit schließen lassen: etwa das Rauschen der Toilettenspülung oder Schritte im Flur.

»Arabella?«, rufe ich laut, erhalte aber keine Antwort. Mit leichtem Unbehagen quäle ich mich aus den Federn. Obwohl ich es für ausgeschlossen halte, dass sie ihre Sachen hätte packen können, ohne mich dabei zu wecken, öffne ich den Schrank. Der Anblick ihrer Kleidung erleichtert mein Herz.

»Arabella?«, frage ich, als ich vor dem Bad stehe. Mir wird klar, wie viel mir ihre Gegenwart in den letzten Tagen bedeutet hat. Nicht einsam auf das Ende der Nachspielzeit zu warten, macht das Todesurteil erträglicher.

Ich betrete das Bad und schalte das Licht ein. Ihre Kosmetika befinden sich auf der Ablage, insofern werde ich sie garantiert wiedersehen, denn ich gab ihr keinen Grund, panisch vor mir zu flüchten.

Warum hat sie sich aus der Wohnung geschlichen? Holt sie Brötchen für ein Wochenendfrühstück?

Ich laufe in die Küche, in der ich auf meinem Platz einen Zettel finde. Zuerst freue ich mich, weil ich am unteren Rand ein Herzsymbol und den Lippenstiftabdruck ihres Mundes entdecke. Der Inhalt der Nachricht begeistert mich allerdings nicht.

Liebster Sven!
Entschuldige meinen überstürzten Aufbruch. Ich muss mich um einige private Angelegenheiten kümmern und wollte dir nicht die Möglichkeit nehmen, auszuschlafen. Sonntagabend kehre ich zurück. Hab ein schönes Wochenende!
Kuss
Arabella

Für einen Menschen, der jahrelang allein gelebt hat, trifft mich die Aussicht auf ein einsam verbrachtes Wochenende hart. Meine Laune zeigt mir den Mittelfinger, als hätte ich es mit größerem Einsatz verhindern können, dass Arabellas Angelegenheiten ausgerechnet heute Klärung bedürfen, und schmollt.

Ob ein Stammkunde sie für die nächsten Tage gebucht hat? Der Zeitpunkt ihres Verschwindens – Samstagmorgen vor zehn Uhr – sowie die anvisierte Rückkehr sprächen dafür.

Meine Übellaunigkeit wird nun zusätzlich vom Stachel

der Eifersucht gepiesackt. Seit ihrem unerwarteten Einzug hatte mir der Umstand gefallen, wegen ihrer Auszeit vorübergehend der einzige Mann in ihrem Leben zu sein.

Niedergeschlagen schlurfe ich ins Schlafzimmer. Im Halbdunkeln bleibe ich stehen und überlege, den Rest des Tages im Bett zu verbringen. Aber so kurz vor meinem persönlichen Weltuntergang ist dies letztlich keine Option. Also ziehe ich den Rollladen hoch, lüfte das Zimmer und stelle mich anschließend ausgiebig unter eine lauwarme Dusche.

Als ich eine halbe Stunde später lustlos an einem Aufbackbrötchen knabbere, klingelt es an meiner Tür. Da ich Arabella keinen Schlüssel überlassen habe – zumal sie mich nie um einen gebeten hat –, bin ich felsenfest überzeugt, dass sie ihre Pläne verworfen hat.

Mit einem breiten Grinsen im Gesicht springe ich vom Küchenstuhl auf, haste in die Diele und reiße die Tür auf.

»Das ging schnell«, kommentiert Noah meine Reaktionszeit.

»Ich habe am Läuten gehört, dass du es bist. Seine Fans lässt man nicht warten!« Obwohl ich mit meiner Mitbewohnerin gerechnet habe, freue ich mich, ihn zu sehen.

»Echt?« Er klingt so, als nehme er mir die Geschichte ab.

»Quatsch! Ich bin immer so schnell. Was gibt's?«

»Mami und ich möchten euch zu einer Fahrradtour einladen. Wir haben ein Picknick vorbereitet. Das Essen reicht für vier, sagt Mami.«

»Arabella ist übers Wochenende weggefahren.«

»Schade.« Offensichtlich wirkt ihr Charme auch auf achtjährige Jungen.

»Ich würde allerdings gerne mitkommen. Wann fahrt ihr denn los?«

»In einer Stunde.«

»Das schaff ich.«

***

Beim Öffnen meines Kellerraums habe ich ein schlechtes Gewissen wegen der Arbeit, die denjenigen erwartet, der nach meinem Tod die Entrümpelung vornehmen muss. Ich seufze unglücklich und versuche, mir einen Überblick zu verschaffen.

Beim Einzug hatte ich den Keller unorganisiert vollgestopft und in den letzten Jahren keinerlei Anstalten unternommen, das Durcheinander zu beseitigen. Ich entdecke mein Rad hinter einigen Kartons, die ich zunächst in den Gang stellen muss, um den Drahtesel überhaupt zu erreichen. Kaum ist das Fahrrad hinausgeschoben, suche ich die Luftpumpe. Wie ein Maulwurf wühle ich mich durch den rechteckigen Raum, öffne Schubladen und schaue in Pappkartons nach. Als ich schätzungsweise bei der fünfzigsten Box angekommen bin, ist meine Geduld erschöpft.

»Verdammte Rotze! Wo ist das Scheißteil?«

»Kann ich helfen?«, fragt eine amüsierte Stimme.

Typisch! Ausgerechnet jetzt taucht Katharina im Kellergeschoss auf.

»Ich finde meine blöde Pumpe nicht«, beklage ich mich.

»Versteh ich gar nicht. Ihr Ordnungssystem wirkt sehr ausgeklügelt.«

»Das Genie beherrscht das Chaos!«

Nun schiebt sich Noah an seiner Mutter vorbei. Mit offenem Mund mustert er den Zustand des Kellers.

»Und da nennst du mein Zimmer eine Müllkippe?«, wundert er sich.

»Sollte es bei dir je so aussehen, ziehst du aus!«

Unauffällig wische ich Spinnweben von meinem Ärmel. »Leihen Sie mir Ihre Luftpumpe?«

Nach dem Aufpumpen der völlig platten Reifen radeln wir los. Anfangs bereitet es mir Schwierigkeiten, das Gleichgewicht zu halten, doch mit jedem Meter, den wir zurücklegen, gewinne ich an Sicherheit. Weil wir wegen des Jungen kein allzu schnelles Tempo fahren, bekomme ich sogar genug Atem, um mich mit den beiden zu unterhalten.

»Mein Sohn hat mir erzählt, Ihre Freundin sei verreist?«, erkundigt sich Katharina. In ihrer Frage schwingt die Neugier mit, zu erfahren, weshalb ich zu Hause geblieben bin.

»Sie ist zu ihrer Familie gefahren«, erfinde ich eine passable Ausrede, um ihre Abwesenheit zu erklären.

»Wir haben gestern mit *Konstantin Klever* angefangen«, sagt Noah. »Tolles Buch!«

Ich mag den kleinen Kerl!

»Wie kommen Sie eigentlich auf Ihre Ideen?«

Ich erzähle ihnen davon, wie die Geschichten mich finden. Bei Ausflügen in der Natur, wenn ich auf dem Balkon sitze und manchmal beim Warten an einer Supermarktkasse.

Bei dem Hinweis auf ihren Job lacht Katharina. »Die

einzigen Storys, die mir da einfallen würden, wären bluttriefende Thriller.«

»Also verbinden Sie mit Ihrem Job positive Erlebnisse«, schlussfolgere ich.

»Piep, piep, piep«, imitiert sie Scangeräusche. »Mehrere Tausend Mal in der Woche. Man lernt mit der Zeit, es auszublenden, aber richtig befriedigend ist die Arbeit nicht.«

»Warum suchen Sie sich nichts anderes?«

»Gar nicht so einfach, sofern man aufgrund seines Kindes zeitlich flexibel bleiben muss. Außerdem habe ich fantastische Kolleginnen. Und eine Tätigkeit im Büro wäre nichts für mich.«

Wir nähern uns den Ausläufern eines Naturschutzgebietes. Noah zischt mit einem Zwischenspurt an uns vorbei. Obwohl er hinter einer Abbiegung verschwindet, wirkt Katharina keineswegs besorgt. Offensichtlich gibt sie ihm diesbezüglich den notwendigen Freiraum, um Selbstbewusstsein zu entwickeln.

Kurz darauf erreichen wir unser Ziel: eine große Grasfläche, auf der wir eine karierte Wolldecke ausbreiten. In dem geflochtenen Weidenkorb, den meine Nachbarin auf ihren Gepäckträger mitgeführt hat, befinden sich Geschirr, belegte Brötchen, Muffins, Orangensaft und Wasser. Die Sonne scheint wieder einmal von einem wolkenlosen Himmel herab. Seit meiner Rückkehr aus dem Krankenhaus sorgt ein stabiles Frühsommerhoch für perfektes Wetter.

Nach dem Picknick zieht der Junge das Frisbee aus seinem Rucksack und fordert uns zum Spielen auf. Wir stellen uns in einem Dreieck auf und werfen uns gegenseitig die Scheibe zu.

»Die ist für dich, Mami!«, ruft Noah.

Wir drei bilden ein so gutes Team, dass die Scheibe seit siebenundvierzig Würfen nicht mehr auf dem Boden gelandet ist. Diesmal rutscht ihm allerdings das dunkelblaue Spielgerät aus der Hand, es fliegt eher in meine Richtung.

»War ein Witz!«, fügt er rasch hinzu. »Die ist für Sven.«

»Nein!«, widerspricht seine Mutter, auf mich zu rennend. »Ich fang sie!«

Auch ich laufe los, da in mir der Ehrgeiz erwacht ist, fünfzig Würfe ohne Unterbrechung zu meistern. Konzentriert folge ich der Flugbahn. Aus den Augenwinkeln sehe ich, wie ich mich Katharina nähere.

»Weg da!«, befiehlt sie mir.

»Achtundvierzig«, kündige ich an.

Mit links greife ich zu, im gleichen Moment prallt Katharina gegen mich. Durch den Körperkontakt gerate ich aus dem Gleichgewicht, rudere zwar noch mit den Armen, kann den Sturz jedoch nicht verhindern. Ich plumpse auf die Erde, das Gras dämpft meinen Aufprall. Gleichzeitig ertönt ein überraschtes Quieken gefolgt von einem harmlosen Fluch. Dann landet meine Nachbarin auf mir und presst mir die Luft aus den Lungen.

»Uff«, stöhne ich.

»Das ist Ihre Schuld! Die Scheibe war für mich gedacht.« Auf mir liegend, sieht sie mich vorwurfsvoll an. Unsere Augen sind keine vierzig Zentimeter voneinander entfernt und ich fürchte, mich darin zu verlieren. Mein Herz schlägt schneller als nötig, meine Schweißdrüsen erhöhen die Produktion, natürlich alles ein Resultat des Frisbeespiels.

»Tun Sie mir einen Gefallen?«, frage ich und täusche vor, keinen Atem zu bekommen, obwohl sie viel zu wenig wiegt, um ernsthaften Sauerstoffmangel hervorzurufen.

»Bitten Sie mich, aufzustehen?«, erkundigt sie sich mit kokettem Augenaufschlag.

»Meinetwegen können wir stundenlang so verharren, aber nur, wenn wir uns endlich duzen. Jetzt, wo wir uns so nahegekommen sind.«

Verschmitzt lächelt sie. »Katharina«, stellt sie sich überflüssigerweise vor. »Und vielleicht kriegst du irgendwann die Erlaubnis, mich Kathi zu nennen.«

***

»Was haltet ihr von einem Eis?«, frage ich auf der Rückfahrt.

Wir nähern uns einem kleinen Einkaufszentrum, in dem sich eine Eisdiele befindet. »Ich lade euch ein.«

»Joghurt und Erdbeere«, informiert mich Noah begeistert.

»Damit ist mir die Entscheidung wohl abgenommen«, sagt Katharina. »Ich bevorzuge Haselnuss und Malaga.«

Am Beginn der Einkaufspassage steigen wir vorschriftsmäßig von den Rädern ab. Wir schieben sie bis zu unserem Ziel, vor dem eine Sitzbank steht, die die beiden in Beschlag nehmen.

Mit den drei Eiswaffeln in der Hand – ich habe Pfefferminze und Schokolade bestellt – setze ich mich zu meinen Nachbarn. Als ich Noah seine Waffel reiche, verzieht er für einen kurzen Moment das Gesicht.

»Stimmt etwas nicht?«, wundere ich mich.

»Joghurt muss immer zuerst ins Hörnchen«, erklärt er mir eines der Naturgesetze seiner Welt. »Trotzdem lecker«, beruhigt er mich. »Danke. Fürs nächste Mal merkst du dir das, ja?«

Seine Mutter grinst, während ich salutiere. Den Gedanken, dass es möglicherweise kein nächstes Mal geben wird, ersticke ich im Keim, indem ich Noah nach seinen Lieblingsfächern in der Schule frage.

»Deutsch«, antwortet er wie aus der Pistole geschossen. »In Mathe bin ich ganz gut. Ich hasse Kunst, Musik ist öde, Sport macht mir nur bei Ballspielen Spaß, Englisch ist irgendwie komisch und Sachunterricht meistens langweilig. Religion macht zwar keinen Spaß, doch da kriege ich eine Eins. Deshalb ist es okay.«

»Wie sind deine Noten von Reli abgesehen?«

Der Junge konzentriert sich schweigend auf sein Eis.

»Erde an Noah?«, hakt seine Mutter nach.

»Ich esse gerade, da soll ich nicht reden«, verteidigt sich ihr Sohn.

»Als würde dich das sonst stören.«

»Sag du es ihm.«

»In Deutsch ist er richtig gut, auf dem letzten Zeugnis hatte er eine Zwei. Mathe Drei, dieses Halbjahr könnte es eine Zwei werden. In Kunst steht er vier. Musik, Sport und Englisch drei. Im Sachunterricht wird es wohl eher eine Vier, nachdem er den Abschlusstest verhauen hat.«

»Ödes Fach«, murmelt er.

»Leider hält es mein Kind nur für notwendig, sich in Fächern anzustrengen, die ihm Freude bereiten.«

»So war ich in seinem Alter auch«, unterstütze ich ihn.

»Toll«, brummt sie. »Jetzt darf ich mir jedes Mal anhören, dass ein berühmter Autor wie du früher in der Schule auch nicht gut war.«

Achselzuckend lecke ich an meinem Eis.

***

Als wir vor meiner Tür stehen, spüre ich das dringende Bedürfnis, die Zeit mit ihnen weiter auszudehnen.

»Was haltet ihr von einem gemeinsamen DVD-Abend?«, schlage ich daher vor.

Noah sieht mich mit großen Augen an. »Einen Film bei dir gucken? Au ja!«

»Meinetwegen«, gibt Katharina ihre Zustimmung, die sie sogleich einschränkt. »Allerdings nicht vor sechs. Du musst zuerst baden.«

Wie aufs Stichwort und ohne Verabschiedung saust er die Treppe hoch. Amüsiert schauen wir ihm hinterher. Er schließt mit seinem eigenen Schlüssel die Wohnungstür auf und drückt sie nach dem Eintreten von innen zu.

»Bestimmt lässt er sich sofort Wasser ein«, mutmaßt seine Mutter.

»Welche Filme habt ihr zuletzt im Kino gesehen?«, erkundige ich mich.

»Kino?«, erwidert sie. »Wir waren mindestens seit einem Jahr nicht im Kino.«

»Dann besorge ich uns einen aktuellen Streifen aus der Videothek. Mag Noah Chips?«

»Verwöhn ihn nicht!«

»Für mich gehören Chips zu einem gelungenen Videoabend. Die Frage ist bloß, wie groß die Tüte sein soll. Vorsichtshalber werde ich eine Familienpackung kaufen.«

Sie wirft mir einen Blick zu, der meinen Puls in den Frequenzbereich eines Marathonläufers kurz vor der Zielüberquerung treibt.

»Bis später«, flüstert sie.

In meiner Wohnung angle ich den Autoschlüssel vom Schlüsselbrett und mache mich auf den Weg in die Videothek, wo ich den neuesten Pixar-Streifen ausleihe.

***

Abends sitzen wir im abgedunkelten Wohnzimmer, Noah genau zwischen uns. Trotz der amüsanten Abenteuer schenke ich den Geschehnissen auf der Bildfläche kaum die nötige Aufmerksamkeit. Stattdessen mustere ich immer wieder heimlich Katharinas Profil und erfreue mich an Noahs glucksendem Lachen. An besonders witzigen Stellen lacht meine Nachbarin laut auf, danach wendet sie mir ihr Gesicht zu, als wolle sie diesen Moment mit mir teilen. Ich koste jeden dieser Augenblicke aus.

Hätte ich solche Erlebnisse öfter gehabt, wenn ich nach der Trennung von Melanie versucht hätte, eine neue Liebe zu finden, statt mich in mein Schneckenhaus zurückzuziehen?

Als der Abspann läuft, klatscht der Junge begeistert in seine Hände. »Toll!«, ruft er. »Den will ich noch mal sehen.«

Diesen Wunsch erfüllen wir ihm zwar nicht, aber auf der DVD befindet sich zahlreiches Bonusmaterial. Vor allem die vermeintlich verpatzten Szenen des Animationsstreifens unterhalten uns prächtig.

Dann bedeutet Katharina ihrem Sohn, dass es Zeit wird, ins Bett zu gehen.

»Lesen wir *Konstantin Klever* weiter?«, fragt er.

»Zumindest ein Kapitel«, gesteht sie ihm zu.

»Gute Nacht, Sven«, verabschiedet sich ihr Nachwuchs mit einer Umarmung von mir.

»Schlaf gut, Großer!«

In Katharinas Augen erkenne ich, dass ihr dieser Tag genauso gut gefallen hat wie mir.

»Ich nutze das laue Wetter, um mich auf den Balkon zu setzen«, informiere ich sie.

»Viel Spaß dabei«, entgegnet sie zwinkernd. Sie lässt mich im Unklaren, ob wir den Rest des Sommerabends mit einem Gespräch verbringen werden.

Tatsächlich dauert es länger als erwartet, ehe sich ihre Balkontür öffnet.

»Noah war völlig aufgedreht!«, seufzt sie. »Ich musste ihm drei Kapitel vorlesen und er hat gebettelt, dass wir morgen wieder etwas gemeinsam unternehmen.«

»Können wir?«, flehe ich. »Bitte! Bitte! Bitte!«

Sie kichert. »Stört es deine Freundin nicht, wenn du dich das ganze Wochenende mit uns abgibst? Ich will keine Beziehungskrise auslösen.«

Normalerweise wäre jetzt der richtige Zeitpunkt, um sie über mein wahres Verhältnis zu Arabella aufzuklären. Wie ich sie kennengelernt habe und es sich danach weiterentwickelt hat. Inklusive des einmaligen Bettabenteuers, von dem Katharina akustisch Zeugin geworden ist.

Doch in meinem Leben gibt es kein ›normalerweise‹ mehr. Ich werde in einer Woche als kalter Leichnam aus meiner Wohnung getragen. Deswegen zählt nur mein Plan. Ehe die Wahrheit den Plan durchkreuzt, verschweige ich lieber gewisse Details.

»Das ist kein Problem«, erkläre ich. »Arabella gehört nicht zu der Sorte Frau, die schnell eifersüchtig wird. Ich habe schon eine Idee für morgen. Könntet ihr um zwölf Uhr startklar sein?«

»Versprichst du, dass es kein teures Vergnügen wird?«

»Versprochen.«

Anschließend quatschen wir stundenlang miteinander. Als sie sich schließlich mit einem liebevoll geflüsterten »Bis nachher« zurückzieht, klingt das wie ein Versprechen auf eine schönere Zukunft.

Von der ich leider weiß, dass sie sich nicht realisieren lässt.

***

Da ich regelmäßiger Kinogänger bin, nehme ich an einem Punktebonusprogramm teil, das mir alle paar Monate Freikarten beschert. Da ich sie länger nicht mehr in Anspruch genommen habe, stehen mir derzeit vier freie Eintrittsmöglichkeiten zur Verfügung. Also kann ich mein Versprechen halten und Noah trotzdem ins Kino einladen.

Ohne ihnen unser Ziel zu verraten, lasse ich die beiden in mein Auto einsteigen. Nach einem Abstecher zur Videothek steuere ich den Kinokomplex an. Irgendwann ahnt

Katharina, wohin ich sie chauffiere.

»Du hast gesagt, es wird nicht teuer«, flüstert sie.

»Wird es nicht!«

Das Glück ist mir hold und ich finde in unmittelbarer Nähe des Gebäudes einen kostenfreien Parkplatz.

Kaum hat der Junge meine Absicht erkannt, strahlen seine Augen glücklich. »Wenn ich das morgen in der Schule erzähle!«

Wir stellen uns an der Kasse in eine kurze Schlange. Als wir an der Reihe sind, bitte ich die Kassiererin um drei Karten für einen Familienfilm und reiche ihr meine Bonuskarte, die sie einscannt.

»Wollen Sie Ihre Punkte in Freikarten umtauschen?«, fragt sie.

»Sehr gerne.«

Einige Sekunden später überreiche ich Katharina die Eintrittskarten. »Freier Eintritt«, erkläre ich meiner verblüfften Begleitung. »Insofern habe ich nicht gelogen. Ich bezahle lediglich Popcorn und Cola.«

»Hammer!«, freut sich ihr Kind.

Gut gelaunt verlassen wir am frühen Nachmittag das Kinocenter, da der Film uns alle drei gleichermaßen begeistert hat. Auf dem Weg zum Auto plappert der Junge wie ein Wasserfall. Er erinnert uns an verschiedene Szenen, die besonders in seinem Gedächtnis hängen geblieben sind. Selbst im Wagen endet sein Redeschwall nicht.

Obwohl es kein typisches Wetter dafür ist, laden sie mich anschließend zum Waffelessen ein. Während seine Mutter mit Backen beschäftigt ist, sitze ich mit Noah im

Wohnzimmer, das gleichzeitig als Katharinas Schlafzimmer dient. Er erklärt mir beim Kartenspiel, dass sich in einem der Schränke ein Bett befindet. Der ganze Raum ist zweckmäßig eingerichtet und mit Pflanzen, von denen es bei mir nicht eine einzige gibt, liebevoll dekoriert.

Nach einer Weile trägt Katharina einen Teller voller Waffeln und einen Becher Vanilleeis auf den Balkon. Bei dem Geruch knurrt uns der Magen, wir lassen die Spielkarten fallen und folgen ihr.

Die Waffeln schmecken herrlich. Sie hat so viele zubereitet, dass eine weitere Nahrungsaufnahme für den Rest des Tages überflüssig erscheint. Nachdem ich das letzte Stück vertilgt habe, seufze ich pappsatt.

Schließlich neigt sich dieser Tag nach einigen Brettspielen dem Ende zu. Zunehmend verdunkelt sich der Himmel, in weiter Ferne donnert es bereits. Also begeben wir uns in die Wohnung, wo Katharina einen Salat zubereitet und ein paar belegte Brote macht. Nach dem Essen wird es Zeit, mich zu verabschieden.

»Das war ein Superwochenende«, bedanke ich mich bei ihnen. »Hat mir viel Spaß gemacht.«

»Uns ebenso«, bestätigen sie mir.

»Kommst du morgen nach der Schule zu mir?«, erkundige ich mich bei Noah.

Er sieht seine Mutter an, die lächelnd nickt.

»Na klar«, jubelt er. »Dann können wir wieder Frisbee spielen.«

Fast im gleichen Moment donnert es genau über dem Haus, zeitgleich setzt prasselnder Regen ein.

»Mist!«, flucht Katharina. »Die Balkonmöbelpolster sind noch draußen!«

»Meine auch!«, erinnere ich mich. »Wir sehen uns morgen!«

Leicht enttäuscht wegen dieses abrupten Abschiedes haste ich nach unten, schließe die Tür auf und renne zum Balkon. Sturm peitscht den Platzregen Richtung Stuhl. Obwohl ich nur wenige Sekunden im Freien bin, werde ich nass. Mit einem Sprung rette ich mich ins Innere. Kaum habe ich alle Fenster geschlossen, klingelt es bei mir.

»Hereinspaziert!«, rufe ich fröhlich, als ich meine Wohnungstür schwungvoll im Glauben öffne, Noah würde noch etwas Zeit mit mir verbringen wollen. Stattdessen steht eine völlig durchnässte Arabella vor mir. Trotz ihres weißen T-Shirts, das bestens geeignet wäre für eine Wahl zur *Miss Wet-Shirt*, strahlt sie zum ersten Mal überhaupt keinen Sex-Appeal aus. Sie wirkt einfach nur unendlich traurig.

Spielsucht

»Du bist ja klatschnass. Komm schnell rein!«

Ich führe sie ins Badezimmer und nehme ein großes Badehandtuch vom Halter. Dabei fällt mir auf, dass sie zittert. »Zieh deine Klamotten aus.«

Mit ausgebreitetem Handtuch beobachte ich sie, wie sie sich aus den Kleidern schält. Obgleich ich wieder einmal ihren traumhaften Körper betrachten darf, regt sich nichts bei mir. Sobald sie nackt ist, wickle ich sie in den Frotteestoff ein. Ihre Kleidung werfe ich vorläufig in die Duschkabine. Danach reiche ich ihr den Föhn.

»Hier!«

Seltsam abwesend nimmt sie ihn entgegen.

»Möchtest du einen Kaffee?«

Arabella nickt, macht aber keinerlei Anstalten, das Gerät zu benutzen. Ihr muss etwas Furchtbares widerfahren sein. In meiner Fantasie sehe ich einen gewalttätigen Freier, der sie misshandelt hat. Doch an ihr waren mir weder blaue Flecken noch Wunden aufgefallen. Ich stöpsle den Föhnstecker in die Steckdose und schalte den Haartrockner in ihrer Hand ein. Dann verlasse ich das Bad, um den Kaffee aufzusetzen.

»Du bist so lieb zu mir«, sagt sie ein paar Minuten später. Sie hat sich inzwischen in eine Bettdecke gekuschelt und pustet nachdenklich in ihre Tasse. »Ich möchte dir das Geld zurückzahlen.«

»Quatsch«, murmle ich, da letztlich die Kreditausfallversicherung unser erstes Wochenende bezahlen wird. »Was ist mit dir passiert? Du siehst schrecklich aus.«

Irgendwie schafft sie es, ihre Lippen zu einem gequälten Lächeln zu verziehen. »Das hat bislang kein Mann zu mir gesagt.«

»Du weißt, wie ich es meine.«

Sie trinkt einen Schluck der heißen, anregenden Flüssigkeit. »Gudrun ist mir passiert«, wispert sie schließlich so leise, dass ich Mühe habe, sie zu verstehen.

»Die Puffmutter?«, hake ich nach.

Nun lacht Arabella aus vollem Herzen. »Ja, die Puffmutter! Tatsächlich behandelt sie uns Mädchen wie eine liebevolle Mutter, die wir fast alle nicht hatten.«

»Was hat sie getan?«

»Sie ist spielsüchtig. Nach Poker. Das wissen wir und das war nie ein Problem. Früher hat sie am PC hockend online gezockt. Meistens hat sie verloren, manchmal gewonnen, es waren nie nennenswerte Summen. Nichts, was sie sich nicht leisten konnte.«

»Wie funktioniert eigentlich das Geschäftsmodell mit dem Haus?«

»Wir zahlen Miete. Monatlich einen Festbetrag und für jede Stunde, in der wir ein Zimmer belegen, ein zusätzliches Entgelt. Das ist für uns lukrativ, weil die Räume sauber und bestens eingerichtet sind. Außerdem müssen wir uns nicht um frische Wäsche kümmern. Benötigen wir Abstand, fahren wir einfach in unsere eigenen Wohnungen. Ein ideales Arrangement. Ich habe anfangs in meinen vier Wänden gearbeitet. Das war mir hinterher sehr unangenehm. Ein Freier soll nicht sehen, wie ich lebe.« Wieder schlürft sie etwas Kaffee. »Irgendwann begann Gudrun, an echten Pokerrunden in Kasinos teilzunehmen, mit akzeptablen Einsätzen.«

Die Puffmutter und ich haben einige Gemeinsamkeiten. Mir hatten die Onlineduelle nach geraumer Zeit ebenfalls keine Befriedigung mehr verschafft, nur fehlte mir das nötige Kleingeld, um stattdessen ein Kasino aufzusuchen.

»Dann hat sie Dimitri kennengelernt.« Arabella spricht seinen Namen wie eine ansteckende, ekelhafte Krankheit aus. »Er überredete sie, in ihrem Haus Pokerturniere zu veranstalten. Gudrun hat uns Mädchen bezahlt, wenn wir uns mit Dessous bekleidet um das leibliche Wohl der Pokerspieler gekümmert haben. Die erfolgreichen Spieler belohnten uns darüber hinaus mit einem saftigen Trinkgeld oder buchten uns am Ende für ein Schäferstündchen.« Sie trinkt die Tasse leer, wünscht aber keinen Nachschub.

»In den letzten Monaten erhöhten sich die Spieleinsätze; an einem Abend vor ein paar Wochen verlor sie zwanzigtausend Euro.«

»Verdammt viel Kohle!«

»Ich sprach sie darauf an, doch sie versicherte, sie hätte

alles unter Kontrolle und würde den Verlust bei nächster Gelegenheit ausgleichen. Tatsächlich gewann sie zwei Wochen später einen ähnlichen Betrag.« Nachdenklich wickelt sie sich eine Haarsträhne um den rechten Zeigefinger. »Inzwischen vermute ich, dass das Teil von Dimitris Plan war. Na ja. Als ich nach unserem Wochenende bei dir aufbrach und zu ihr fuhr, glich das Freudenhaus eher einer Trauerkapelle. Gudrun und meine Kolleginnen heulten. Es dauerte eine Ewigkeit, bis ich ihnen die Einzelheiten aus der Nase gezogen hatte.«

»Was war passiert?«, erkundige ich mich, obwohl ich den Fortgang der Geschichte erahne.

»An jenem Sonntag hat ein richtig großes Turnier stattgefunden. Fünf Mitspieler, hohe Spieleinsätze. Sie hat alles verzockt. Das Haus gehört jetzt diesem schmierigen Typen. Ich bin mir sicher, er hat sie gelinkt. Wobei die anderen meinten, sie hätten keinen Betrug feststellen können.«

»Wie viel war es wert?«

»Eine Viertelmillion.«

»Puh«, stöhne ich. Wahrscheinlich war es zu meinem Besten, nie an einer echten Pokerrunde teilnehmen zu können. »Also muss sie es ihm übertragen und es verlassen?«, schlussfolgere ich.

Arabella nickt düster. »Sobald der Deal abgewickelt ist, zahlen wir Mädchen an Dimitri. Im Gegensatz zu ihr fordert er eine prozentuale Beteiligung, monatliche Mindesteinnahmen und bei jeder von uns einen Freifahrtschein, wann immer es ihm beliebt.«

»Darauf lasst ihr euch nicht ein, oder?«, frage ich angewidert.

Sie presst verärgert die Lippen zusammen. »Gudruns Etablissement ist populär. Hat zahlreiche Stammkunden. Jede, die ihm den Rücken zukehrt, verzichtet auf einen Haufen Geld.«

»Bist du hier deswegen am Dienstag aufgetaucht, um dir über deine Entscheidung klar zu werden?«

»In meiner Wohnung konnte ich nicht nachdenken. Ich war völlig ruhelos. Außerdem hatte mir unsere Verabredung wirklich gut gefallen. Vielleicht ist es an der Zeit, aufzuhören und mir einen liebenswerten Partner zu suchen, mit dem ich eine Familie gründen kann.«

Ich schlucke. Wie gebe ich ihr zu verstehen, dass ich mich dafür nicht eigne?

Offensichtlich steht mir meine Überlegung ins Gesicht geschrieben, denn sie zwinkert mir zu.

»Keine Sorge. Du wirst nicht der Kindesvater werden. Glaubst du, mir wäre nicht aufgefallen, wie sehr du dich für deine Nachbarin interessierst?«

Weibliche Intuition?, frage ich mich überrascht. Wie kann ihr etwas auffallen, was mir erst an diesem Wochenende bewusst geworden ist?

»Wo bist du gestern hingefahren?«, will ich von ihr wissen, da sie diesen Punkt bislang nicht erklärt hat.

»Gudrun hat mich Freitagabend per SMS um ein Gespräch gebeten. Sie schrieb, es bestehe noch Hoffnung und sie wolle mir ihre Pläne erläutern. Gleichzeitig schlug sie vor, ich solle vorsorglich meine bei ihr befindlichen Sachen ausräumen, falls ihr Vorhaben scheitert. Also fuhr ich Samstag zu ihr und habe mir alles angehört.«

»Besteht denn Hoffnung?«

»Keine Ahnung«, antwortet Arabella niedergeschlagen. »Einer der Stammgäste leitet eine kleine Sparkassenfiliale. Ein Mann Anfang sechzig, der früher naiv in Liebesbeziehungen gestolpert und zweimal wie eine Weihnachtsgans ausgenommen worden ist. Seitdem hat er von festen Beziehungen die Nase voll. Seine körperlichen Bedürfnisse befriedigt er bei uns. Gudrun hat es ihm angetan, bei seinen Besuchen quatschen sie meist stundenlang. Hat sie besonders gute Laune, geht sie mit ihm aufs Zimmer.«

»Sie? Wo er euch zur Auswahl hat?«

»Du solltest ihn anschließend strahlen sehen. Wahrscheinlich könnte ich von ihr was lernen. Sie hat ihn jedenfalls überredet, ihr einen Kredit in Höhe einer Viertelmillion zu bewilligen. Ich hoffe, das ging mit rechten Dingen zu. Sonst landet dieser arme Kerl in Teufels Küche, wenn sie die Kohle verliert. Mit der Zusage in der Hand kontaktierte sie Dimitri, der sich bereitwillig auf eine Revanche einließ. Gudrun gegen Dimitri. Eine Viertelmillion Bargeld auf der einen Seite, das Haus auf der anderen. Samstagnachmittag um fünfzehn Uhr.«

»In welcher Pokervariante werden sie zocken?«

»Seven Card Studs. Das ist ihre Lieblingsvariante.«

Meine auch, denke ich überrascht, denn die meisten Spieler bevorzugen heutzutage *Texas hold'em*.

»Wie entscheidest du dich, sofern sie pleitegeht?«

»Ich arbeite nicht für diesen schmierigen Lappen und er fasst mich nicht ohne Bezahlung an«, sagt sie entschlossen. »Wir Mädchen haben uns beratschlagt. Sechs werden auf jeden Fall für ihn anschaffen. Sie sind abhängig von den Einnahmen.«

»Ihr seid insgesamt vierzehn Frauen, oder? Was ist mit den Übrigen?«

»Die haben sich noch nicht entschieden. Einige richten sich wohl nach meinem Entschluss. Von Nelly und Candy abgesehen bin ich die Älteste. Die beiden machen aus wirtschaftlichen Zwängen weiter, also orientieren sich die Unentschlossenen an mir.«

Ich merke ihr an, dass ihr diese Verantwortung nicht behagt. »Den Rest des Tages war ich damit beschäftigt, meine Sachen nach Hause zu schaffen. Sobald Gudrun den letzten Cent verspielt hat, werde ich dem Laden den Rücken zukehren.«

»Wo wirst du den Samstag verbringen?«

»Keine Ahnung. Vielleicht dort, vielleicht lasse ich mich bloß per SMS informieren.«

***

Wir liegen lange im Bett wach und wälzen uns von einer Seite auf die andere. Während der Uhrzeiger vorwärtskriecht, fragt sie mich sogar, ob wir uns müde vögeln sollen. Ich lehne dankend ab, da ich ihr nicht abnehme, wirklich Lust zu haben. Außerdem käme mir Sex mit Arabella inzwischen wie Betrug an Katharina vor. Und ich müsste befürchten, von ihr gehört zu werden. Nein. Sex werde ich zu Lebzeiten nicht mehr genießen.

Morgens um halb drei bemerke ich neidisch, dass Arabella endlich Schlaf gefunden hat. Ich bin mit meinen wirren Gedanken allein und kann mich nicht einmal auf den Balkon zurückziehen, weil es nach wie vor in Strömen gießt.

Bedingt durch die Schlaflosigkeit kommt mir die Idee, Dimitri zu einem Duell aufzufordern. Er gegen mich, im Morgengrauen am Flussufer. Ich sehe uns vor meinem inneren Auge, Tau liegt auf den Grashalmen und befeuchtet unsere Schuhe. Wir stehen Rücken an Rücken, auf das Startkommando hin läuft jeder zehn Schritte, dann drehen wir uns um, feuern. Gelingt es mir, den tödlichen Schuss abzugeben, dürfte Gudrun ihr Etablissement behalten und Arabella könnte ihr altes Leben weiterführen. Ich hingegen fange wahrscheinlich als Kakerlake neu an. Verliere ich, löst sich Arabellas Dilemma möglicherweise von selbst, da Dimitri vor der Polizei flüchten muss. Wie sich eine Niederlage karmatechnisch auswirkt, übersteigt mein Vorstellungsvermögen. Zählt der Beweggrund für die Herausforderung stärker oder reicht die Tötungsabsicht, um mich vom Menschen schwuppdiwupp zur Schabe zu verwandeln?

Für eine Weile klingt das nach einem guten Plan. Doch natürlich gibt es für ihn keinen Grund, sich darauf einzulassen. Sollte ich seine Ehre verletzen, indem ich seine Mutter oder seine Genitalgröße beleidige, wird er mich eher schmerzhaft zusammenschlagen, statt sich mit mir zu duellieren. Diese Schlussfolgerung führt mich jedoch letztendlich zu einer vielversprechenderen Erwägung. Ich kenne meinen genauen Todeszeitpunkt. Falls ich es schaffe, bei Eintritt des Todes irgendwo allein mit ihm zu sein, gerät er eventuell in Verdacht, mein Sterben aktiv herbeigeführt zu haben. Diesen Gedanken in meinem Kopf wälzend, schlafe auch ich schließlich ein.

Totalverriss

Nach einem schweigsamen Frühstück ziehe ich mich in mein Arbeitszimmer zurück und schalte den Computer ein. Seit dem Aufwachen kreist mein Denken um die Fragestellung, wie ich Dimitri meinen Tod in die Schuhe schieben kann. Leider bin ich kein Krimischriftsteller, insofern fällt es mir schwer, ein Verbrechen zu konstruieren.

Die Benachrichtigung über eine eingegangene E-Mail reißt mich aus meinen Überlegungen. Erstaunt bemerke ich den Absender: *klawal@rz.de*.

Der Anhang ist mehrere Megabyte groß. Schmuggelt er mir ernsthaft einen Virus unter? Hofft er damit, mein Schreiben zu torpedieren? Ich lasse die Nachricht durch ein Antivirusprogramm checken. Sie scheint sauber zu sein. Mit ungutem Gefühl öffne ich sie.

Da ich Sie nicht in unserem Abonnentenverzeichnis fand, erlaube ich es mir, einen Teil der heutigen Ausgabe einzuscannen und Ihnen zur Verfügung zu stellen.

Keine Anrede, keine Verabschiedungsformel. Mein Puls erhöht sich, als ich auf das PDF-Symbol klicke. Es dauert eine Weile, bis sich das digitalisierte Dokument aufgebaut hat. Danach blicke ich auf sieben meiner acht Buchcover.

Im Anschluss an meine letzte Mittwochssenfkolumne erhielt ich interessante Leserzuschriften. Viele von Ihnen stimmen meiner Argumentation völlig zu. Allerdings gab es auch kritische Anmerkungen, ob ich mit dem Kinderbuchautor Sven Frost und seinem Werk nicht zu hart ins Gericht gegangen sei. Vielleicht – so vermuten manche – hätte ich das Buch zu Ende lesen müssen, um zu einem besseren Gesamteindruck zu kommen. Möglicherweise – so argumentieren andere – sind die übrigen Romane dieses in der Region wohnhaften Schriftstellers gelungener.
Ich bin jederzeit bereit, meine Bewertung zu hinterfragen. Also nahm ich Konstantin Klever erneut zur Hand, um es nach weiteren zwanzig Seiten wieder wegzulegen. Es tut mir leid, doch dieses Geschreibsel ist eine Zumutung.
Um zu beweisen, dass ich jedem Künstler eine zweite, dritte und vierte Chance gebe, habe ich alle Bücher des Autors bestellt und gelesen. Hiermit präsentiere ich die detaillierteste Werkschau, die die RZ jemals einem Kunstschaffenden zuteilwerden ließ.

Unter den Covern befinden sich die vom Klappentext abgeschriebenen Inhaltsangaben und eine kurze Rezension.

Tamara und der Fluch der hässlichen Warzenhexen
Schon beim Titel schwante mir Böses. Wäre es nicht besser gewesen, auf das Adjektiv zu verzichten? Wie könnte eine Warzenhexe hübsch sein? Bedauerlicherweise treibt der Buchinhalt diese überflüssigen Übertreibungen auf die Spitze. Ein Fantasybuch ohne Fantasie, dafür voller Klischees.

In diesem Tonfall geht es weiter. Er verreißt jedes meiner Bücher, manchmal mit haarsträubenden Argumenten; die meisten Besprechungen triefen vor Sarkasmus. Die beste Beurteilung erhält mein Erstlingswerk.

Dinosaurier und andere Schwierigkeiten
Erstaunlich!, dachte ich beim Lesen des Debütromans von Sven Frost. Man merkt die Unerfahrenheit an manchen krummen Sätzen und wünscht dem Erstling ein ausführlicheres Lektorat. Auch werden Handlungsfäden aufgegriffen, die ins Leere laufen oder irrelevant sind. Trotzdem schmunzelte ich bei einigen Passagen und würde dieses Buch nicht als völlige Zeitverschwendung betrachten. Schade, dass seine Entwicklung danach so negativ war.

Um nicht mit einer positiven Einschätzung zu enden, befindet sich diese Kritik an vorletzter statt letzter Stelle, obwohl er ansonsten chronologisch von den aktuelleren zu den älteren Büchern vorgegangen ist.

Ich spüre einen Stich im Herzen, eine Beklemmung in der Brustgegend, und massiere mit meiner rechten Hand den Brustkorb. Während ich grüble, wie viel Geld ich einem Hacker bezahlen müsste, um die Homepage der Zeitung für Tage oder wenigstens Stunden stillzulegen, klingelt meine Privatleitung.

»Hallo?«

»Melanie hier. Guten Morgen Sven.«

Verblüfft erwidere ich ihren Gruß.

»Hast du die RZ abonniert?«, fragt sie mich.

»Zumindest habe ich die Rezensionen gelesen. Eine halbe Seite ist meinen Büchern nie zuvor zugebilligt worden.«

»Es tut mir leid, dass er dir nach so vielen Jahren Ärger macht. Wahrscheinlich ist er von Haus aus zu verwöhnt, um Niederlagen wie ein Mann einzustecken.«

»Du kennst Klaas Walther?«

»Du auch!«, erwidert sie. »Erinnerst du dich nicht?«

»Er kommt mir vage bekannt vor. Aber ich kann sein Gesicht niemandem aus meiner Vergangenheit zuordnen.«

»Klaas hat bei SDWD nach dem Studium auf Wunsch seines Vaters zwölf Monate in der PR-Abteilung gearbeitet.«

SDWD war die Firma, die damals regelmäßig meine Transportdienste in Anspruch nahm, wodurch ich Melanie kennenlernte.

»Vom ersten Tag an«, entsinnt sie sich, »hatte ich den Eindruck, dass er sich für mich begeistert. Ich war freundlich zu ihm, sendete jedoch kein einziges Signal, meinerseits interessiert zu sein. Er war weder mein Typ, noch passte er in meine Welt. Trotzdem wurden seine Anmachversuche immer häufiger und plumper. Irgendwann bekam er unseren Flirt mit, und als er erfuhr, dass wir ein Paar geworden waren, gab es eine sehr unschöne Szene in der

Kaffeeküche. Na ja, ich habe niemandem davon erzählt, da sich sein Praktikum eh dem Ende zuneigte. Daher hatte sich das Thema erledigt. Dachte ich jedenfalls. Sein gegenwärtiger Rachefeldzug gegen dich ärgert mich wahnsinnig.«

»Ich verstehe bloß nicht, warum sein Vorgesetzter nicht verhindert, dass er die Zeitung für diesen Zweck nutzt.«

Sie lacht. »Er trägt den Geburtsnamen seiner Mutter, damit er sich besser in der Öffentlichkeit bewegen kann. Eigentlich heißt er Hilsdorf.«

»Was? Ist er etwa der Sohn von Josef Hilsdorf, dem Haupteigentümer der RZ?«

»Der Enkel«, seufzt Melanie. »Überleg doch, wie alt Hilsdorf senior ist. Die Familie hat einen gründlich kalkulierten Karriereplan für ihren Sprössling aufgestellt. Studium, einjährige Berufserfahrung in einer PR-Abteilung, danach mehrere Stationen als Redakteur. In absehbarer Zeit wird er zum Chefredakteur ernannt.«

»Deswegen wird er nicht daran gehindert, mich fertigzumachen«, folgere ich.

»Leider.«

Sie erkundigt sich nach meinem Befinden und teilt mir mit, dass sich ihr Sohn freuen würde, mich demnächst wiederzusehen. Mit dem Versprechen, mich im Laufe der nächsten Woche bei Daniel zu melden, beenden wir das Telefonat.

Klaas Walthers Beweggründe für die Vendetta liegen nun auf der Hand. In seinen Augen schnappte ich ihm eine attraktive Sekretärin vor der Nase weg. Dank eines Zufalls erhielt er irgendwann das Rezensionsexemplar von meinem Verlag, erinnerte sich an meinen Namen oder mein Gesicht und schrieb die erste vernichtende Kritik. Ich antwortete ihm, er verhöhnte mich. Bei unserem Treffen im Kinokomplex schlussfolgerte er, dass ich nicht mehr mit Melanie zusammen bin, sondern eine noch hübschere Frau meine Partnerin sei. Außerdem ging ich als Sieger aus unserem verbalen Schlagabtausch hervor. Daraufhin zerschmetterte er mit einer großen Keule mein gesamtes schriftstellerisches Werk. Und es gibt nichts, was ich in meinen letzten verbleibenden Tagen gegen Klaas Walther alias Hilsdorf unternehmen könnte. Mir bleibt bloß die Hoffnung, dass ihn niemand den Nachruf auf mich schreiben lässt.

***

Als es ein paar Stunden später an der Tür klingelt, ist meine schlechte Laune keineswegs verflogen. Zu allem Überfluss hat sich Arabella aufgrund einer Migräne hingelegt. Missmutig schleppe ich mich zum Eingang. Bei dem Geräusch schneller, energiegeladener Schritte blicke ich auf die Uhr und nehme an, dass es sich um Noah handelt, der aus der Schule kommt. Nun ringe ich mir doch ein Lächeln ab, als ich die Tür öffne, und stelle fest, mit meiner Vermutung richtiggelegen zu haben.

»Ich habe meinen Freunden vom Wochenende erzählt!«, ruft er. »Die waren grün vor Neid!«

Seine Jacke, seine Haare und sein Schulranzen sind nass, da sich die Regenfront bisher nicht verzogen hat. Zu meiner Verwunderung läuft er an mir vorbei.

»Ich bringe eben den Ranzen hoch und ziehe trockene Sachen an. Ich habe tolle Neuigkeiten!«

»Die kann ich gut gebrauchen«, murmle ich.

Tatsächlich gelingt es ihm, mich aufzuheitern.

»Meine Klassenkameraden lieben *Konstantin Klever*!«, teilt er mir mit. »Luca, Alex und Simon sind bereits fertig. Alex sagt, es ist sein Lieblingsbuch. Ich habe versprochen, ihnen deine anderen Romane auszuleihen, sobald Mami und ich sie gelesen haben. Ist das okay?«

»Klar«, antworte ich lächelnd. »Das sind deine Bücher. Mach damit, was du willst.«

»Ein paar der Mädchen schwärmen auch von KK«, fährt er fort, klingt dabei aber so, als sei ihm das gar nicht recht. »Sogar Frau Rudy gefällt der Roman.«

»Wer ist Frau Rudy?«

»Meine Deutschlehrerin. Die hat nach der Lesung doch ein Buch bei dir gekauft«, erklärt er in einem Tonfall, der mir signalisiert, dass ich darauf hätte allein kommen müssen.

»Ach die!«

»Sie hat mich gefragt, ob wir wirklich befreundet sind. Also habe ich ihr von unserem Wochenende erzählt. Da hat sie gestaunt. Wenn du willst, kannst du jedes neue Buch in unserer Klasse vorstellen.« Nun blickt er sich um. »Wo ist deine Freundin?«

»Liegt mit Kopfschmerzen im Bett«, erkläre ich.

»Die Arme!«, flüstert er. »Dann müssen wir leise sein. Wenn Mami mit Kopfweh im Bett liegt, bin ich immer mucksmäuschenstill.«

Ich lächle über seine Rücksichtsnahme. »Ganz so leise brauchen wir nicht sein. Sofern wir hier im Wohnzimmer bleiben, hört sie uns nicht. Was sollen wir spielen?«

»Kennst du das verrückte Labyrinth?«

»Logisch!« Ich erinnere mich an einige lustige Spieleabende, an denen Melanie, Daniel und ich viel Spaß mit diesem Klassiker hatten.

»Hast du Lust?«

»Gerne.«

Vorsichtig schiebt er seinen Stuhl nach hinten und erhebt sich. Auf Zehenspitzen läuft er zur Wohnzimmertür. Amüsiert beobachte ich, wie er beinahe lautlos die Wohnung verlässt.

Bei den ersten Partien halte ich gut mit. Nachdem Noah das zweite Mal hintereinander verloren hat, besteht er auf eine Regeländerung. Er darf sich eine beliebige Karte aussuchen, die ihm den nächsten Schatz anzeigt, während ich die vorgegebene Reihenfolge einhalten muss. Ich erkläre mich einverstanden und verliere viermal. Kurz nach dem Start einer weiteren Runde klingelt es an meiner Wohnungstür. Noah stürmt hinaus und hat dabei die Kopfschmerzpatientin allem Anschein nach vergessen. Bei der Rückkehr begleitet ihn seine Mutter.

»Hi«, begrüßt sie mich.

Ich zwinkere ihr zu. »Dein Sohn zockt mich ab.«

Sie vergewissert sich, mit welchem Spiel wir uns die Zeit vertreiben. »Hat er auf die Kindervereinfachung bestanden?«

»Erst nach seiner zweiten Niederlage.«

»Seitdem verlierst du?«, vermutet Katharina.

Ich nicke.

Sie setzt sich zu uns an den Tisch und sieht uns zu. Immer wieder suche ich ihren Blick, den sie zu meiner Freude erwidert. Viel länger als notwendig sehen wir uns dabei lächelnd in die Augen.

Knapp vor dem Ende der Partie öffnet sich die Wohnzimmertür. Arabella betritt den Raum, lediglich bekleidet mit einem weißen T-Shirt und einem Slip. Man merkt ihr deutlich an, dass sie bis gerade eben im Bett lag.

»Hallo Arabella«, sagt Noah freundlich.

»Hallo Kleiner!«

»Oh, ich, äh, wusste nicht –«, stammelt hingegen seine Mutter. Mit ihrem Stuhl rutscht sie ein Stück von mir fort.

Meine Mitbewohnerin bemerkt dies. »Nur keine Panik!«, beruhigt sie meine Nachbarin. »Wir sind kein Liebespaar. Kein Grund zur Aufregung.« Sie gähnt, dreht sich um und schlurft ins Bad.

Katharina schaut mich an, offensichtlich nähere Details erwartend.

»Noah, gehst du schon mal nach oben?«, bitte ich ihn. »Ich habe oft genug verloren.«

»Das wäre super«, unterstützt seine Mutter meinen Wunsch. »Ich muss kurz mit Sven reden, dann komme ich nach«

Er packt das Spiel ein und klemmt es sich unter den Arm. »Bis bald! Morgen habe ich um ein Uhr Schulschluss.«

»Ich bin hier.«

»Ihr seid kein Paar?«, vergewissert sie sich, sobald ihr Sohn das Zimmer verlassen hat. »Habt ihr euch getrennt?«

Da ich nicht weiß, wie sie auf die Wahrheit reagieren wird, gerate ich in Versuchung, eine Geschichte zu erfinden. Doch unter Berücksichtigung meines Karmakontos entschließe ich mich zur beinahe ungeschminkten Fassung.

»Ich habe dir erzählt, ich hätte sie im Internet kennengelernt. Das war allerdings bei keiner normalen Partnerbörse. Die Seite heißt Terminfrauen. Man kann Arabella stunden-, tage- oder wochenendweise buchen.«

»Sie ist eine Escortdame?«, hakt Katharina nach.

»Ich habe sie vorletztes Wochenende gebucht«, bestätige ich nickend. »Wir hatten eine schöne Zeit. Dann stand sie plötzlich letzten Dienstag vor meiner Tür und bat um Asyl. Sie überlegt auszusteigen, hat Probleme mit einem Zuhälter. Er kennt ihre Adresse, deswegen wohnt sie momentan bei mir.«

»Da ich euch beim Sex gehört habe, ist sie wohl keine reine Begleitperson?«

Aus ihrer Stimme lässt sich kein Rückschluss auf ihre Gefühle ziehen. Immerhin klingt sie weder aufgebracht noch entsetzt.

»Sie bietet Rundumservice. Lustigerweise haben wir an dem Wochenende, an dem ich sie gebucht −«

Meine Nachbarin unterbricht mich mit erhobener Hand. »Du schuldest mir keine Rechenschaft. Vorletztes Wochenende hielt ich dich noch für ein Riesenarschloch.«

Ihre Reaktion lässt mich hoffen, dass die Episode mit Arabella folgenlos bleibt.

»Was kostet eine solche Frau?«, will sie wissen.

»Viertausend Euro«, sage ich, ohne darüber nachzudenken.

Abrupt erhebt sich Katharina. Entsetzen steht ihr ins Gesicht geschrieben.

»Ich muss gehen«, flüstert sie.

»Was ist los?«

»Vielleicht ist es besser, wenn Noah vorübergehend nicht mehr zu dir kommt. Sorry, aber das muss ich erst mal verdauen!«

»Katharina!« Hat sie ihre Gelassenheit bloß vorgetäuscht?

Sie wendet sich ab und hastet aus meiner Wohnung. Wie ein Häufchen Elend auf meinem Stuhl hockend starre ich ihr hinterher.

»Wo sind die beiden?«, fragt Arabella, als sie sich mit einer Tasse Kaffee zu mir setzt.

»Nach oben gegangen.«

»Ich habe einen Entschluss gefasst«, informiert sie mich. »Sofern es dir nichts ausmacht, bleibe ich bis Freitagnacht hier. Samstag breche ich früh auf, packe die Sachen in meiner Bude zusammen und warte auf eine SMS. Verliert Gudrun, fange ich irgendwo von vorne an. Mit Dimitri will ich nichts zu tun haben.«

»Gute Entscheidung«, pflichte ich ihr bei. Ich versuche, mir nicht anmerken zu lassen, was das für mich bedeutet. An meinem letzten Tag werde ich allein sein. Arabella wird vorher verschwinden, und falls ich Katharinas Verhalten nicht völlig falsch einschätze, wird auch sie den Samstag nicht mit mir verbringen.

Ich werde einsam sterben.

Hoffentlich findet man meine Leiche, ehe unangenehme Gerüche in den Hausflur dringen.

***

»Warum warst du den ganzen Tag so still?«, fragt mich Arabella, als ich abends bettfertig ins Schlafzimmer trete. Sie hat sich bereits unter die Decke gekuschelt.

»Hm?«

»Bedrückt dich was?«

»Nö. Alles in Ordnung.« Ich lege mich zu ihr. »Gute Nacht.«

»Nicht so schnell. Ich habe noch eine Überraschung für dich.« Sie schlägt ihre Bettdecke beiseite. Von weißen Overknees abgesehen, ist sie splitterfasernackt. »Ich hätte Lust auf eine Wiederholung. Mit dir hat es Spaß gemacht.«

»Tut mir leid«, murmle ich. »Ich habe üble Kopfschmerzen. Fast wie eine Migräne.«

Ich drücke ihr einen Kuss auf die Wange und wende mich von ihr ab. Danach schalte ich die Nachttischlampe aus. Eine Weile später – obwohl ich hellwach bin, simuliere ich eine tiefenentspannte, gleichmäßige Atmung – höre ich sie aufstehen. Sie zieht die Strümpfe aus und ein anderes Kleidungsstück an. Dann legt sie sich wieder zu mir und schläft rasch ein. Während ich stundenlang wach liege, dämmert mir eine Erkenntnis: Selbst bei einer unfassbar attraktiven Frau klingt Schnarchen unsexy.

Die perfekte Welle

Autoren verfallen leicht zwei heimtückischen Süchten: dem Googeln des eigenen Namens und dem Überprüfen des Amazon-Verkaufsranges.

Am Anfang meiner Karriere nutzte ich häufig die Suchmaschine, um nach Internetseiten zu recherchieren, die sich mit meinem Schaffen beschäftigten. Die Vielzahl von irrelevanten Ergebnissen, die bei der Eingabe meines Namens auftauchten, kurierten mich von dieser Manie. Die zweite Abhängigkeit war ohnehin viel stärker. Gerade an den ersten Verkaufstagen nach Erscheinen eines neuen Romans rief ich alle zwanzig Minuten die entsprechende Amazonseite auf, um den Verkaufsrang zu kontrollieren. Ein Sprung von 70.984 auf 10.212 löst unbeschreibliche Euphorie aus, obwohl ich weiß, dass diese Verbesserung durch ein einziges verkauftes Exemplar zustande kommt und nur eine kurze Momentaufnahme ist. Man denkt, dass nun der Startschuss ertönt und der Erfolg unaufhaltsam sei. Sinkt der Rang dann langsam (14.040, 17.305 …) beschwört das Depressionen herauf. Natürlich tröstet man sich, mit dem Gedanken an die Millionen Druck-Erzeugnisse, die auf dieser Plattform angeboten werden und sich hinter dem eigenen Werk einreihen. Hauptsächlich jedoch wird das Denken von zwei Fragen beherrscht: Warum gibt es 17.304 besser platzierte Bücher? Was haben die, was mein Text nicht hat?

Seit meiner vorübergehenden Wiederauferstehung habe ich nicht eines meiner Kinderbücher überprüft. Der Sensenmann hat mich von dieser Sucht befreit. Mir ist die geringe Aussagekraft des Rankings bewusst geworden. Zumindest für einen Menschen, dessen schriftstellerische Ambitionen erloschen sind.

Doch jetzt, weniger als fünf Tage vor meinem Wiedersehen mit Sascha, sitze ich an meinem PC und surfe zu der Amazonseite von *Konstantin Klever*.

Arabella ist bei strahlendem Sonnenschein nach dem Frühstück spazieren gegangen. Sie liebt die Spazierwege in der näheren Umgebung. Ihrer Aufforderung, sie zu begleiten, bin ich dummerweise nicht gefolgt, was mich kurz darauf wegen aufkommender Langeweile maßlos geärgert hat. Als ich überlegt habe, womit ich mir die Zeit vertreiben könnte, ist mir meine alte Gewohnheit in den Sinn gekommen.

Die Verkaufsseite baut sich auf.

Konstantin Klever befindet sich auf Rang –

Ich schlucke und aktualisiere die Seite.

An dem Platz ändert sich nichts.

Zehn.

Zehn?

Ich war noch nie auf einem zweistelligen Rang. Selbst eine vierstellige Platzierung ist mir bisher nicht vergönnt gewesen.

Vor allem gab es bei keinem meiner Bücher bislang eine Zeile, in der ein weiterer glorreicher Fakt präsentiert wurde:

Nr. 3 in Bücher > Kinder- & Jugendbücher > Romane & Erzählungen.

Konstantin Klever ist das zehntbestverkaufte Buch bei Amazon allgemein und der drittbestverkaufte Kinderroman?

Ein Lächeln breitet sich auf meinem Gesicht aus, vorsichtshalber reibe ich mir die Augen, aber das Ergebnis verändert sich nicht.

Schnell rufe ich ein weiteres Buch von mir bei Amazon auf. *Tamara und der Fluch der hässlichen Warzenhexen.*

»Oh mein Gott«, flüstere ich. »Oh mein Gott!«, schreie ich.

Ich schalte den Tintenstrahldrucker ein, um einen Screenshot dieses historischen Moments auszudrucken.

Platz eins im allgemeinen Ranking.

Platz eins bei den Kinder- und Jugendbüchern.

Ich bin die Nummer Eins!

Endorphine durchfluten meinen Körper, gleichzeitig hat mich die Sucht wieder fest im Griff.

Dinosaurier und andere Schwierigkeiten belegt den siebten Gesamtrang und Rang zwei im Kinderbereich. Sven Frost ist definitiv der Autor der Stunde. Wären dies die Olympischen Spiele, stände ich in der Disziplin Kinderbuch auf allen drei Podesten, meine Hymne würde gespielt, meine Fahne dreimal in die Höhe gehievt.

Keines meiner Werke ist schlechter als Platz fünfzig gelistet.

KEINES SCHLECHTER ALS PLATZ FÜNFZIG!

Ich surfe zur Homepage der Buchhandelskette Thalia und gebe im Suchfeld meinen Namen ein. Auch hier bietet sich mir das gleiche Bild. Jeder meiner Romane darf sich Bestseller nennen.

Begeistert klatsche ich in die Hände.

»Geil! Geil! Geil!«

Aber womit lässt sich der unerwartete Erfolg erklären? Weiß Google eine Antwort?

Nachdem ich die Suchmaschine mit meinem Namen gefüttert habe, präsentiert sie mir eine Vielzahl aktueller Einträge. Sie alle beschäftigen sich mit dem totalen Verriss meines Schaffens in der Zeitung. Fast alle User kritisieren die selbstherrliche Art des Redakteurs, der es in ihren Augen darauf anlegt, das Lebenswerk eines Schriftstellers zu zerstören. In vielen Diskussionsforen wird dazu aufgerufen, sich ein eigenes Bild von meinen Büchern zu machen und sie anschließend öffentlich zu besprechen. Aus dem einseitigen Kampf *Klaas Walther versus Sven Frost* wurde der Fight *Internet versus RZ*.

Ich stoße auf wohlwollende Rezensionen von neuen Lesern, die sich die Bücher als E-Book heruntergeladen und sehr schnell zu Ende gelesen haben. Keiner von ihnen hat sich der Meinung von Walther angeschlossen.

»Ich bin wieder da!«, höre ich Arabellas liebreizende Stimme bei ihrer Rückkehr.

Grinsend stürme ich aus dem Raum, umarme sie fest und

drehe mit ihr Pirouetten. Lachend erkundigt sie sich, was passiert sei. Ehe ich ihr davon berichten kann, klingelt meine Büroleitung. Ich renne ins Arbeitszimmer, registriere die mir unbekannte Nummer und melde mich.

»Lothar Biernoth«, stellt sich der Anrufer vor.

Was für ein unglücklicher Name für einen Mann, denke ich.

Als er erwähnt, bei welchem Verlag er als Lektoratsleiter beschäftigt ist, schlucke ich nervös. Von einer Veröffentlichung bei diesem schätzungsweise bedeutendsten Kinderbuchverlag Deutschlands habe ich schon immer geträumt.

»Sie sind der aufgehende Stern am Buchhimmel.«

»Läuft gerade ganz gut«, erwidere ich bescheiden.

»Liegt derzeit ein fertiges Manuskript in Ihrer Schublade?«

»Ja, da gibt es eins«, informiere ich ihn, als ich mich auf den Stuhl setze. Neben dem Titel, den ich der Verlagsleiterin des DKBV letzte Woche gemailt habe, wartet ein weiterer bislang unveröffentlichter Roman auf einen Abnehmer.

»Welche Altersgruppe? Wie viele Normseiten?«

»Ab acht«, antworte ich. »Die Seitenzahl muss ich eben rausfinden.« Ich öffne meine Schreibsoftware und klicke das Dokument an. »Zweiundachtzig.«

»Zweiundachtzig Normseiten, ab acht Jahren. Mit Illustrationen etwa einhundertsechzig Druckseiten. Verkaufspreis zwölf Euro.« Mir wird bewusst, dass er nicht mit mir spricht, sondern laut überlegt. »Startauflage zehntausend Stück. Okay. Das passt. Vertritt Sie eigentlich eine Agentur?«

»Bisher nicht.«

»Wie wunderbar! Haben Sie eine Faxnummer?«

»Weswegen?«, frage ich verblüfft.

»Ich faxe Ihnen einen Buchvertrag zu. Achttausend Euro Garantiehonorar, am Ende dürfte deutlich mehr herausspringen. Die Hälfte überweisen wir direkt nach der Vertragsunterzeichnung. Schicken Sie mir bitte den Text mit dem unterschriebenen Vertrag zu.«

»Sie wollen es vorher nicht lesen?«, entfährt es mir.

»Habe ich Ihre Zusage? Unterschreiben Sie zu diesen Konditionen?«

»Klar.«

Nun lacht er. »Vorher lesen? Warum? Manchmal laufen Vampirbücher, manchmal Sadomasoromane. Und derzeit laufen eben Sven-Frost-Romane. Da muss ich nichts prüfen, sondern bloß schneller als die Konkurrenz sein. Bei mangelnder Qualität sorge ich für die Druckreife. Sie erhalten in fünf Minuten das Fax. Ich freue mich auf die Zusammenarbeit.«

»Ich mich auch«, erwidere ich perplex.

»Jetzt fehlt mir nur noch Ihre Faxnummer.«

Vier Minuten und zwanzig Sekunden später empfängt mein Faxgerät das Vertragswerk. In dem Paragrafen, in welchem normalerweise der Titel aufgeführt ist, soll ich den Arbeitstitel eintragen.

Nachdem ich nachmittags zum vierzehnten Mal festgestellt habe, dass meine Bücher noch immer ähnliche Ränge belegen – nur *Wilde Mäuse* ist auf Platz achtundfünfzig abgerutscht, was mir einen kleinen Stich versetzt –, fasse ich all meinen Mut zusammen. Ich mache mich auf den

Weg in die obere Etage und klopfe, kurz darauf wird die Tür aufgemacht.

»Sven!«, ruft Noah begeistert. »Mami hat mir erzählt, du hättest in den nächsten Tagen wenig Zeit.«

»Ist deine Mutter da? Ich würde sie gerne sprechen.«

»Sie ist in der Küche.«

Noah führt mich zu ihr. Katharina reinigt gerade einen Topf.

»Sven ist gekommen«, erklärt ihr Sohn.

Sie lächelt mich an, doch ich entdecke darin nicht mehr die reine Zuneigung, die mir vor meinem Geständnis bezüglich Arabella zuteilgeworden ist.

»Was gibt's?«, fragt sie.

»Können wir miteinander reden?«

Sie zieht ihre gelben Spülhandschuhe aus und setzt sich an den Küchentisch. Ihr Kind nimmt sich ebenfalls einen freien Stuhl.

»Schatz, lässt du uns bitte allein?«

»Erwachsenengespräch?«, folgert der Junge.

Seine Mutter nickt.

»Wie langweilig!«, brummt er und verlässt die Küche.

»Reden wir!«, fordert sie mich auf.

»Ich bin seit zwei Jahren Single«, flüstere ich stockend. »Mir hat menschliche Nähe gefehlt, mir hat Sex gefehlt.« Meine Augen werden feucht, ich versuche aber erst gar nicht, das vor ihr zu verheimlichen. »Ich gehe nicht einfach am Wochenende in eine Bar, um Frauen aufzureißen. Dafür bin ich nicht der Typ. Plötzlich ergab sich eine Situation, in der ich es mir leisten konnte, sie zu buchen. Deswegen tat ich es. Dann seid ihr in mein Leben getreten und habt mir so viel mehr geschenkt, als ich es mir erträumt hätte. Viel mehr, als mir Arabella gegeben hat.«

»Bloß keinen Sex«, wirft Katharina zwinkernd ein. Dieser Reaktion entnehme ich, dass meine Glückssträhne noch nicht beendet ist.

Ich grinse. »Zeit mit euch zu verbringen, fehlt mir. Ihr habt mich glücklich gemacht.«

Sie greift über den Tisch und berührt meine Hand. »Ich war nicht geschockt, weil sie eine Prostituierte ist«, klärt sie mich auf. »Sie ist so unfassbar attraktiv. Wäre ich ein Mann, würde ich auch für Sex mit ihr bezahlen. Ich war wegen der Summe schockiert. Viertausend Euro. Weißt du, wie viele Monate wir von viertausend Euro leben könnten? Dadurch wurde mir klar, wir bewegen uns in völlig verschiedenen Welten. Das kann nicht funktionieren. Du bist ein wohlhabender Autor, ich bin eine arme Kirchenmaus.«

»Nein! Nein! Nein!«, widerspreche ich energisch. »Ich bin nicht wohlhabend. Unter anderen Umständen hätte ich mir dieses Luxusweib nicht gegönnt.«

»Unter welchen Umständen?«

Ich zucke nur mit den Schultern, denn ich werde ihr nicht von meinem nahenden Ende berichten. »Können wir das ausklammern?«

»Kein Ding!«

»Würdet ihr euch weiter mit mir abgeben?«, frage ich mit zitternder Stimme.

Ihr Lächeln erlöst mich. »Hast du Freitag etwas vor?«

»Freitag?«, wundere ich mich.

»Noah hat aufgrund von Zeugniskonferenzen schulfrei,

ich nehme mir einen Tag Urlaub. Wir könnten shoppen gehen. Vielleicht ergibt sich ja ein Umstand, der dich großzügig macht.«

»Klar! Shoppen wir.«

Katharina seufzt. »Ironie durchschauen gehört nicht zu deinen Stärken.«

»Also willst du mich gar nicht sehen?«

Nun schüttelt sie den Kopf. »Du bist so ein Holzkopf! Natürlich will ich dich sehen, aber ich lasse mich nicht von dir aushalten. Wir verbringen den Freitag miteinander, doch die Ausgaben richten sich nach meinen Möglichkeiten.«

»Einverstanden.« Zu gerne möchte ich, dass wir ein einziges Mal als Pärchen ausgehen. Ich hadere mit mir, weil ich um unsere fehlende Perspektive weiß. Sie scheint mich wirklich zu mögen, höchstwahrscheinlich wird mein Tod sie berühren. Verschlimmere ich das alles, wenn ich sie um ein Date bitte? Obwohl es mir schwerfällt, verzichte ich auf einen solchen Vorschlag.

»Willst du uns eigentlich immer nur im Doppelpack um dich haben oder hättest du auch Lust, dich allein mit mir zu treffen?« Plötzlich wirkt sie unsicher, als fürchte sie eine Ablehnung.

Jetzt darf ich sie aus karmatechnischen Gründen definitiv nicht zurückweisen. »Jederzeit.«

»Jederzeit gestaltet sich bei einer alleinerziehenden Mutter schwierig.« Ohne weitere Erklärungen steht sie auf und holt aus dem Wohnzimmer ihr schnurloses Telefon. »Hallo Schwesterherz«, begrüßt sie kurz darauf ihre Gesprächspartnerin, mit der sie zunächst Neuigkeiten austauscht. »Hättest du heute oder morgen Zeit, auf Noah aufzupassen?« Katharina nickt, dann ergänzt sie, dass sie mit einem Mann ein paar Stunden ohne Kinderbegleitung zubringen möchte. Als ihre Schwester sie anscheinend nach mir ausquetscht, registriere ich eine leichte Rötung ihrer Haut. »Ich kann gerade nicht viel über ihn berichten, da er in meiner Küche sitzt.« Ihre Schwester ist wohl nicht zufrieden mit der Antwort. »Versprochen. Sobald er weg ist, rufe ich noch einmal an.« Sie streckt mir die Zunge heraus. »Morgen Abend?«

Ich nicke.

»Er ist einverstanden. Bis später.« Sie legt auf.

»Dürfte ich beim zweiten Gespräch mithören?«

»Vielleicht erzähle ich es dir irgendwann in einer Kurzfassung.«

»Was machen wir? Gehen wir essen?«

»Im Kino ist ein neuer Film angelaufen.« Sie nennt mir den Namen einer romantischen Komödie, über die ich schon Gutes gelesen habe. »Hast du Lust oder ist das eher ein typischer Frauenfilm?«

»Ich liebe solche Filme«, antworte ich wahrheitsgemäß.

Mit einem Brettspiel in der Hand betritt Noah den Raum. »Seid ihr endlich fertig?« Seine Geduld ist offensichtlich erschöpft.

Eine Weile später betrete ich bestens gelaunt meine Wohnung. Arabella betrachtet mich grinsend.

»Das freut mich!«

»Was freut dich?«

»Deine Fortschritte mit der süßen Nachbarin.«

Für diese Erkenntnis benötigte sie wahrscheinlich nicht

einmal weibliche Intuition. Selbst ein Mann mit zehn Dioptrien und beschlagenen Brillengläsern hätte erkannt, wie es um mich bestellt ist.

»Wir gehen morgen Abend ins Kino«, informiere ich meine Mitbewohnerin.

»Und danach?«

»Danach?«, wiederhole ich begriffsstutzig.

»Ist es dir lieber, wenn ich nicht anwesend bin? Oder soll ich für einen Dreier zur Verfügung stehen?«

»Quatsch! Woran du immer denkst! Bleib ruhig hier.« Leider nistet sich der Gedanke spontan in meinem Kopf ein. Ich sehe mich mit den beiden im Bett liegen. Glücklicherweise reißt mich das Klingeln der Büroleitung aus dieser pubertären Fantasiewelt.

»Frost!«

»Hübsch! Guten Tag.«

Oh ja, der Tag ist wirklich hübsch.

»Ich verbinde«, fährt die Sekretärin fort, ehe ich etwas erwidern kann.

Nach kurzer Warteschleifenmusik meldet sich die Programmleiterin des DKBV.

»Glückwunsch, Herr Frost! Da habe ich Sie wohl zum rechten Zeitpunkt entdeckt. Falls Sie ein Faxgerät haben, lasse ich Ihnen für das Manuskript einen Vertragsvorschlag zukommen.«

Fassungslos wegen dieser Glückssträhne nenne ich ihr die Nummer.

Minuten später halte ich den unterschriftsreifen Vertrag in den Händen. Zehntausend Euro garantiertes Honorar. Die erste Hälfte wird nach Vertragsunterzeichnung ausgezahlt, die andere nach der Buchveröffentlichung. Der Wert meines Erbes hat sich in den letzten Stunden vervielfacht. Ich hoffe, das Geld wird Katharina helfen, über meinen Tod hinwegzukommen. Um mich zu vergewissern, keinen ausufernden Traum zu träumen, kneife ich mich. Anschließend überprüfe ich die Verkaufsränge der Bücher. Sogar die wilden Mäuse sind wieder gestiegen. Mein Leben ist zwar kurz, aber eindeutig wunderschön. Und es gibt einen Mann, dem ich das verdanke.

Ich blicke auf die Uhr, um mir die Chancen auszurechnen, ihn vor Ort anzutreffen. Ein weiterer Telefonanruf unterbricht meine Überlegungen. Diesmal ruft Justus Wirth an.

»Ich wusste immer, dass Sie Potenzial haben«, lobt sich der Verleger selbst. »Ihren jetzigen Triumph hätte ich jedoch nicht für möglich gehalten. DKBV hat für beide Bücher die Taschenbuch- und die Hörbuchlizenzen erworben. Ich habe sie für fünfundzwanzigtausend Euro verkauft. Ich faxe Ihnen gleich die Vereinbarungen zu. Sie sollten sich schnellstmöglich Fortsetzungen ausdenken. Schmieden wir das Eisen, solange es heiß ist.«

Fünfundzwanzigtausend Euro, denke ich fasziniert beim Auflegen. Da es sich um Nebenrechte handelt, wird die Summe laut Vertrag zu je fünfzig Prozent zwischen Galaxia und mir aufgeteilt.

So etwas passiert höchstens einmal im Leben. Doch den Besuch bei dem dafür Verantwortlichen verschiebe ich wegen der vorgerückten Uhrzeit auf den nächsten Morgen.

Danksagung

Das in architektonischer Hinsicht mehrfach preisgekrönte Pressehaus der RZ befindet sich in einem angesagten Stadtteil. Ein zwölfstöckiges, futuristisch anmutendes Glasgebäude, in dem sowohl die regionalen als auch die überregionalen Redaktionen der Zeitung beheimatet sind. Es liegt nur unweit von dem Kinokomplex entfernt, in dem ich für heute Abend zwei Karten reserviert habe. Nachdem ich mein Auto auf einem Besucherparkplatz abgestellt habe, laufe ich zügig auf den Eingang zu. Eine Drehtür befördert mich ins Innere. Außer dem Empfang, hinter dem drei Angestellte für Auskünfte zur Verfügung stehen, ist im Erdgeschoss noch eine über die Stadtgrenzen hinaus bekannte Cafeteria untergebracht, die sogar sonntags geöffnet hat und für jedermann frei zugänglich ist. Mit Melanie habe ich hier früher so manchen Sonntagsausflug enden lassen, um die exquisiten Kaffeespezialitäten zu genießen.

Am Empfang werde ich von einer attraktiven Frau freundlich begrüßt.»Willkommen bei der RZ. Wie kann ich Ihnen behilflich sein?«

»Sind Sie so lieb und teilen Herrn Klaas Walther mit, dass ich in der Cafeteria auf ihn warte?«

»Sie sind verabredet?«, bohrt sie nach. Mit dem Enkel des Besitzers darf wohl nicht jeder reden.

»Selbstverständlich.«

Sie fragt mich nach meinem Namen und verspricht mir, ihm Bescheid zu geben.

Kaum habe ich mit einem Stück Himbeersahnetorte und einem Cappuccino an einem Vierertisch Platz genommen, stürzt Klaas Walther in den trotz seiner Größe gemütlichen Raum. Die Innenarchitekten haben die Grundsätze des Feng-Shui berücksichtigt, Walther hingegen wirkt nicht sehr ausgeglichen. Hektisch blickt er sich um, ohne mich zu entdecken.

»Hier!«, rufe ich freundlich.

Er hört mich, sieht mich, stampft auf mich zu. Angriffslustig baut er sich vor mir auf, die Hände auf die runden Hüften gestützt.

»Dass Sie sich hierher trauen!«, brüllt er. »Festnehmen sollten wir Sie!«

Verstohlen mustern uns einige der Anwesenden, andere animiert der cholerische Auftritt, ihre Kaffeepause zu beenden. Wahrscheinlich handelt es sich bei ihnen um Mitarbeiter der Kulturredaktion.

Festnehmen?, denke ich verwundert. Damit hatte ich nicht gerechnet. Ist es inzwischen ein Verbrechen, acht Bücher verfasst zu haben, die sich in den Top 75 von Amazon befinden? Der Abstieg der wilden Mäuse auf

Platz vierundsiebzig beunruhigt mich zwar, soll mir aber meinen Triumph nicht verleiden.

»Festnehmen?« Ich kann mir aus seinem Verhalten keinen Reim machen.

»Ihnen verdanken wir diesen Shitstorm!«, keift er.

Mir fällt eine gewisse Ähnlichkeit zwischen dem alten Sven Frost und Klaas Walther auf. Seine rote Gesichtsfärbung und die Schnappatmung deuten auf arge Gesundheitsprobleme hin. Wie es wohl um sein Karmakonto bestellt ist?

»Welchen Shitstorm?«

»Anonymus hat unsere Homepage gehackt. Wir waren gestern den ganzen Tag offline und heute Morgen sind unsere Seiten erneut überlastet.«

»Oh.« Ohne dass ich dafür etwas bezahlen musste.

»Unsere Hotline erhält erboste Anrufe, warum wir Sie fertigmachen. Fertigmachen!« Er spuckt das Wort förmlich aus. »Was kann ich für Ihr fehlendes Talent?«

»Was für ein Problem haben Sie eigentlich mit mir?«, erkundige ich mich. »Ich habe damals beim SDWD gar nicht mitbekommen, dass Sie Interesse an Melanie hatten. Und selbst wenn? Melanie war nicht an Ihnen interessiert. Trotz Ihres Geldes und Ihres Backgrounds. Weshalb geben Sie mir die Schuld daran?«

Mit der Erwähnung von Melanies Namen nehme ich ihm den Wind aus den Segeln. Bestimmt hat er eher vermutet, ich würde ihn mit einer erpresserischen Forderung konfrontieren, damit der Hackerangriff aufhört. Er sackt auf dem Stuhl mir gegenüber zusammen und starrt mich feindselig an.

»Sie wissen gar nicht, wie viel Glück Sie hatten, das Herz dieser Frau zu gewinnen«, zischt er. »War aber wohl nicht von Dauer.«

»Die meisten Beziehungen halten nicht ewig.«

»Was wollen Sie hier?« Nun klingt er wieder aggressiv. »Falls Sie Frieden schließen wollen, vergessen Sie's!«

»Ich wollte mich bedanken.«

»Wofür?«

»Für Ihre Artikel! Ohne die hätte ich es wohl nicht geschafft, Bestsellerautor zu werden.«

»Leiden Sie unter Realitätsverlust?«

»Sorry, wahrscheinlich konnten Sie wegen der Serverprobleme gar nicht verfolgen, welche Bücher sich derzeit auf Amazon und bei anderen Onlinebuchhändlern bestens verkaufen«, entgegne ich hämisch.

Ich hole mein Smartphone aus der Hosentasche und rufe die mobile Seite des Internetkaufhauses auf. Nach ein paar Klicks habe ich Tamara auf dem Bildschirm. Der Roman steht weiterhin auf dem Spitzenplatz. Dreiundzwanzig Rezensionen haben mittlerweile eine durchschnittliche Bewertung von viereinhalb Sternen ergeben. Schadenfroh reiche ich ihm mein Handy.

Walther fasst es nicht an, traut außerdem entweder mir oder seinen Augen nicht. Er greift zu seinem iPhone und sucht seinerseits nach meinen Werken.

»Ich versteh das nicht«, murmelt er kleinlaut.

»Ihr Schuss ging nach hinten los. In meiner nächsten Danksagung werde ich Sie erwähnen. Vielleicht widme ich Ihnen sogar meinen nächsten Roman.«

Wütend springt er auf. »Genießen Sie diesen kleinen

Triumph. Aber wir beide sind noch lange nicht fertig miteinander.«

Lässig zucke ich mit den Achseln. Wie sollte mich diese Drohung belasten? Genüsslich schiebe ich mir ein Stück Kuchen in den Mund.

Er dreht sich um und stiefelt davon. Ob mir Sascha wohl Auskunft über Walthers Karmakontostand geben wird?

***

Pünktlich um neunzehn Uhr klingelt es bei mir. In der letzten halben Stunde bin ich ein Dutzend Mal ins Badezimmer gelaufen, habe mein Aussehen überprüft, mit einem Abdeckstift von Arabella zwei Hautunreinheiten überdeckt, Aftershave neu aufgelegt und die Haare gekämmt.

»Du verhältst dich wie ein sechzehnjähriger Jüngling«, hat sich meine Mitbewohnerin irgendwann beklagt.

»Ich fühl mich auch so!«

Nun ist es so weit. Ich öffne die Tür und bewundere Katharinas Outfit. Sie trägt ein braunes, eng anliegendes Kleid kombiniert mit schwarzen Lederstiefeln. Um ihren Hals baumelt eine silberne Kette mit einem Kreuz, das fast bis zu ihrem Dekolleté reicht.

»Wow!«, flüstere ich unabsichtlich.

»Danke«, sagt sie kokett.

»Viel Spaß euch beiden!«, ruft Arabella aus dem Wohnzimmer.

Auf der Hinfahrt erzählt sie mir von ihrem Tag, danach berichte ich ihr, was in den vergangenen achtundvierzig

Stunden passiert ist. Allerdings mache ich das nicht, um sie zu beeindrucken, sondern damit sie nach meinem Tod von keinem der Verlage um die Tantiemen betrogen wird. Sie freut sich riesig für mich. Zur Feier des Tages erlaubt sie mir sogar, sie ins Kino einzuladen.

»Wir könnten Freitag shoppen gehen«, biete ich ihr an.

Lachend schüttelt sie den Kopf. »Wir wollen uns nicht den Tag verderben. Mit Noah Kleidung einzukaufen, ist keine Freude.«

Die Rolltreppe bringt uns nach oben, wir haben beide Lust auf ein Eis. Als wir uns einer der geöffneten Kassen nähern, wendet sich am Anfang der Warteschlange gerade ein Mann von der Bedientheke ab. In der linken Hand hält er einen großen Softdrinkbecher, in der rechten einen überdimensionierten Popcorneimer. Er wird auf mich aufmerksam, bemerkt meine Begleitung und lässt vor Schreck das Popcorn fallen. Fassungslos mustert mich Klaas Walther.

»Sie Ärmster!«, bedauert ihn Katharina wegen seines Missgeschicks. Hilfsbereit bückt sie sich, um den Popcornbehälter aufzuheben.

»Weg da!« Walther tritt gegen den Eimer, der in hohem Bogen davonfliegt. Der Snack breitet sich fächerförmig im ganzen Verkaufsraum aus und das Behältnis verfehlt nur knapp einen Servicemitarbeiter des Kinos.

Rasch ziehe ich meine Nachbarin von dem amoklaufenden Journalisten fort.

»So benimmt man sich nicht«, schimpft sie.

»Lass gut sein«, flüstere ich besänftigend.

Ein Kinomitarbeiter, bei dem es sich allem Anschein nach um einen Vorgesetzten handelt, nähert sich dem Zeitungsmenschen.

»Gibt es hier ein Problem?«, erkundigt er sich bei Walther.

»Ein Problem?«, kreischt mein unfreiwilliger Förderer. Wie beim Kugelstoßen holt er nun mit dem Getränkebecher aus und schleudert ihn dem Mann entgegen. Zwar kann dieser sich rechtzeitig ducken, doch weil sich der Deckel auf halbem Weg vom Rest löst, ergießt sich die klebrige Flüssigkeit trotzdem über den Angestellten, der gar nicht glücklich wirkt. Er packt sich Walther und führt ihn zur Rolltreppe.

»Lassen Sie mich los!«, brüllt der Redakteur. »Mein Großvater wird das Kino kaufen und Sie rausschmeißen!«

»Rausschmeißen trifft es sehr genau!«

Sie verschwinden aus unserem Blickfeld.

»Was war das denn?«, fragt Katharina entsetzt.

Ich verzichte auf eine nähere Erläuterung.

Im Kinosaal gerät die Episode in Vergessenheit. Bei einer besonders romantischen Szene liegt plötzlich ihre Hand auf meiner, wo sie bis zum Abspann verweilt.

Nachdem ich den Wagen auf meinem Stellplatz geparkt habe, drehen wir uns in den Sitzen so, dass wir uns ansehen können.

»Ich würde dich gerne noch zu mir bitten«, bekennt sie.

Vor Aufregung schlägt mein Herz schneller. Wie würde Sascha darüber urteilen?

»Meine Schwester wäre auch diskret genug, um sich

nach einem prüfenden Blick auf dich zu verabschieden«, fährt sie fort. »Aber ich möchte Noah nicht mit lüsternen Geräuschen wecken.«

Jedes ihrer Worte pumpt zusätzliches Blut in eine bestimmte Körperregion.

»In meiner Wohnung hält sich Arabella auf«, erinnere ich sie krächzend.

»Das ist ungünstig«, bedauert Katharina.

»Dann sollten wir warten.«

»Hast du für Sonntag Pläne?«, erkundigt sie sich.

Im besten Fall schwebe ich unsichtbar als Engel in der Luft und bewache dich. Im schlimmsten Fall trittst du mit einem Absatz auf mich, weil ich mir als Silberfischchen Zutritt zu deiner Küche verschafft habe, denke ich deprimiert.

»Bislang nicht.«

»Noah ist auf einer Geburtstagsfeier eingeladen. Er soll um vierzehn Uhr da sein, um achtzehn Uhr hole ich ihn ab. Sofern du dich gedulden kannst, hätten wir fast vier Stunden für uns.«

Tief im Inneren fühlt sich diese Lösung richtig an. »Ich gedulde mich.«

Nun steigen wir aus und schlendern durch die laue Sommernacht. Der volle Mond wacht über uns. Unsere Hände finden wieder zueinander.

Während ich vor der Haustür in meiner Hosentasche nach dem Schlüssel krame, stupst sie mir zärtlich in die Rippen.

»Weißt du, was ich dachte, als ich dich bei deinem Einzug sah?«, fragt sie mich.

»Was für ein Kotzbrocken!«, vermute ich.

Katharina grinst. »Weit gefehlt. ›Was für ein ansehnlicher Mann‹ war mein erster Gedanke. Du hast mir gefallen. Tatsächlich schlug mein Herz bei deinem Anblick etwas schneller. Zumindest in den Anfangstagen, bis du dich wegen meines Sohnes beschwert hast. Danach raste mein Puls deinetwegen lediglich aus Ärger. Du warst für mich der Beweis: Die gut aussehenden Typen haben alle einen Schaden.«

»Ich war schon immer ein großer Charmeur.«

An meiner Wohnungstür verabschieden wir uns voneinander.

»Kommt dein Kleiner morgen zu mir?«

»Würde mich wundern, wenn er sich die Gelegenheit entgehen lässt.«

»Das freut mich.«

Sie lächelt glücklich und vielleicht gibt meine Zuneigung zu ihrem Kind den Ausschlag, sich eine Geschmacksprobe vor dem Wochenende zu gönnen. Plötzlich – und ohne dass ich mich dagegen wehren könnte – presst sie sich an mich. Im nächsten Moment berühren sich unsere Lippen, ich schließe die Augen, koste dieses wertvolle Geschenk aus. Die Küsse werden rasch leidenschaftlicher, unsere Zungen erforschen einander.

Als wir uns eine Ewigkeit später lösen, stehen wir im Dunkeln.

Sie seufzt wohlig. »Schön!«

»Oh ja«, bestätige ich.

»Tust du mir einen Gefallen?«

»Jeden.«

»Mich macht es durchaus eifersüchtig, dass du gleich neben dieser Wahnsinnsfrau im Bett liegst. Ich hoffe, ihr Asyl endet bald.«

»Samstag«, unterbreche ich sie. »Sie zieht Samstag aus.«

»Perfekt!« Katharina wirkt erleichtert. »Ich habe niemanden, mit dem ich mir die Wartezeit verkürzen könnte. Denkst du daran?«

Wie ein Unschuldslamm hebe ich die Hände. »Ich verspreche hoch und heilig, Arabella nie wieder anzufassen.«

»Danke.« Sie drückt mir einen Kuss auf die Lippen und huscht nach oben.

»Balkon?«, rufe ich ihr hinterher.

»Genau dahin werde ich mich jetzt mit meiner Schwester verziehen, um mich ausquetschen zu lassen. Wehe, du lauschst!«

»Reizvoller Gedanke!«

»Ich warne dich!«

»Träum süß!«

»Du auch!«

Ich warte, bis sie ihre Wohnung betreten hat, dann öffne ich meine Tür. In diesem Augenblick kommt Arabella nackt aus dem Badezimmer.

»Schon zurück?«, begrüßt sie mich. Aufgrund ihrer professionellen Erfahrung fällt ihr unverzüglich die Ausbuchtung in meiner Jeans auf. Sie grinst anzüglich. »Schwer verliebt, was?«

Statt mich weiter zu triezen, verschwindet sie ins Schlafzimmer. Ich hingegen bleibe noch eine Weile an die Tür gelehnt stehen. Hätte mein Leben nicht immer so sein können?

Eine Viertelstunde später erliege ich der Versuchung. Ich drehe den Türgriff in die waagerechte Position und versuche, lautlos nach draußen zu treten.

»Glaubst du, wir sind taub?«, erkundigt sich Katharina.

»Ich wollte deiner Schwester nur einen schönen Abend wünschen«, verteidige ich mich. »Hallo, werte Schwester. Ich bin der Mann, von dem gerade die Rede ist.«

»Und ich bin die Frau, die Ihnen als Babysitterin gelegentlich frei verfügbare Abende verschafft«, stellt sich mir eine angenehme Stimme vor. »Insofern will ich mehr über Sie herausfinden. Gehen Sie rein!«

»Aye, aye!«

***

Im Bett erzähle ich Arabella von dem Abend inklusive der Episode mit dem Journalisten. Danach gibt sie mir einen Kuss auf die Wange und dreht sich von mir weg. Sie verzichtet aufs Kuscheln, sie verzichtet auf unmoralische Angebote. Außerdem trägt sie ein züchtiges Nachthemd. Ich bewundere ihr Einfühlungsvermögen.

Während ich auf den Schlaf warte, lasse ich die romantischen Momente der Verabredung Revue passieren. So heftig hat es mich selbst bei Melanie nicht erwischt. Wieder ist es eine alleinerziehende Mutter, doch diesmal haben wir keine gemeinsame Zukunft. Wenn sie am Sonntag bei mir klingelt, werde ich ihr nicht öffnen. Wahrscheinlich wird sie deswegen zunächst sauer sein, mich für einen wankelmütigen Feigling halten. Vielleicht wird sie irgendwann aus Sorge die Polizei rufen.

Arme Kathi, es tut mir leid, ich wollte nicht, dass wir uns ineinander verlieben.

Um mich von diesen Schuldgefühlen abzulenken, überdenke ich Arabellas Situation. Sie wirkt in den letzten Tagen angespannt, die Sache mit Dimitri beschäftigt sie stärker, als sie zugibt. Wie kann ich ihr helfen?

Mit dem Plan, ihn für mein Ableben verantwortlich zu machen, komme ich nicht weiter. Eine Obduktion würde meinen natürlichen Tod beweisen. Ob es Karmaprobleme verursacht, wenn ich ihn zu einem Messerkampf auffordere, seine Hand packe und in die Klinge laufe? Mir das Messer so oft in die Brust ramme, wie ich es schmerzensbedingt aushalte? Was ungefähr einmal der Fall sein dürfte und am Ende nur zu einem oberflächlichen, nicht tödlichen Kratzer führen würde. Also auch keine Lösung.

Damit Arabella ihr derzeitiges Leben weiterführen könnte – sofern sie sich gegen eine Beendigung ihrer Tätigkeit entscheidet –, müsste Gudrun die Pokerrunde gewinnen. Eine Ahnung sagt mir, dass sich der Russe nur auf die Revanche eingelassen hat, weil er ziemlich sicher ist, nicht zu verlieren. Ob seine Gegnerin eine schlechte Zockerin ist? Laut Arabella war sie beim Onlinepoker meist auf der Verliererstraße unterwegs. Ich hingegen habe häufig gewonnen, ohne jemals zu viel Geld zu riskieren.

Und wenn ich anstelle von Gudrun spielen würde? Eine Idee formt sich in meinem Kopf.

Der große Bluff

»Könntest du Dimitri für mich anrufen?«, bitte ich Arabella am Morgen. »Ich muss mit ihm reden.« Auch nach dem Aufwachen fühlt sich der Plan großartig an.

»Weshalb?«, wundert sie sich. »Willst du ihm drohen?« Unterschwellig gibt sie mir zu verstehen, dass ich nicht weiß, worauf ich mich einlasse.

»Wirke ich auf dich wie jemand, der Drohungen ausstößt?«

Sie lächelt. »Süß von dir, dich um meine Probleme zu sorgen, aber ich komme allein damit klar.«

»Vertrau mir. Mit etwas Glück gelingt es mir, Gudruns Eigentum zurückzugewinnen.«

»Wie?«

Ich erkläre ihr meine Gedankenspiele der letzten Nacht, ohne sie vollständig zu überzeugen.

»Du könntest verlieren.«

»Lässt er sich auf meine Konditionen ein, spielt das keine Rolle.«

»Du riskierst deine Zukunft.« Mit dem Zeigefinger deutet sie zur Decke. »Eure Zukunft.«

»Ich möchte dir nicht alles erläutern. Vertrau mir einfach. Außerdem bin ich ein verdammt guter Pokerspieler.« Was in einem echten Duell noch zu beweisen wäre.

Sie seufzt. Ein Seufzen, dem ich entnehme, dass sie lediglich einen kleinen Schubs benötigt.

Nach dem Frühstück vergewissere ich mich im Internet, dass der Hype um Sven Frost nicht aufgehört hat. Dann greift Arabella zum Handy und sucht Dimitris Nummer aus ihren Telefonbucheinträgen. »Du musst das nicht tun.«
»Ich will es so.«

Unglücklich hält sie sich das Telefon ans Ohr. »Dimitri? Arabella hier.« Sie lauscht, schüttelt den Kopf. »Nein!«, widerspricht sie ihm energisch. »So funktioniert das nicht.« Wieder redet er auf sie ein. »Stopp!«, unterbricht sie ihn irgendwann. »Deswegen melde ich mich nicht bei dir. Neben mir sitzt jemand, der sich mit dir unterhalten möchte.« Ehe er darauf reagieren kann, reicht sie mir das Smartphone.

»Hallo? Hallo?«, höre ich eine ölige Stimme mit russischem Akzent.

»Sven Frost!« Ich versuche, möglichst hart zu klingen.

»Frost? Es ist doch kein Winter!« Er lacht über seinen schalen Witz. »Wer bist du? Ihr neuer Zuhälter?«

»Ihr Freund!« Ich zwinkere Arabella zu.

»Ihr Freund? Wie süß. Verliebt in eine Nutte? Das sollte man vermeiden. Bringt nur Ärger.«

»Ich habe von der Pokerrunde gehört.«

»Pokerrunde?«, fragt er vorsichtig. »Ich weiß von keiner Pokerrunde. Bist du ein Bulle? Wenn ich mich erkundige, ob du einer bist, musst du dich zu erkennen geben.«

»Ich bin kein Polizist. Aber ich bin ein begeisterter Zocker. Und erfolgreicher Schriftsteller. Also verkauf mich nicht für dumm. Die Runde steigt am Samstag um fünfzehn Uhr in Gudruns Etablissement.«

»Hat das Vögelchen etwa gezwitschert? Na ja, ich bevorzuge Frauen mit vollem Mund. Die können nicht quatschen.« Wiederum amüsiert er sich königlich.

»Ich will an diesem Duell teilnehmen.«

»Sorry«, erwidert er gelassen. »Geschlossene Gesellschaft. Nur Gudrun und ich.«

»Dann hetze ich euch die Polizei auf den Hals!«, warne ich ihn.

Arabella reißt besorgt die Augen auf.

»Drohst du mir?«, zischt er leise.

»Nein. Ich möchte mich lediglich heute Nachmittag mit dir treffen, um die Bedingungen für meine Teilnahme auszuhandeln.«

Am anderen Ende der Leitung bleibt es still. Ich lasse ihm Zeit, meinen Vorschlag zu überdenken.

»Unter einer Voraussetzung«, sagt er schließlich.

»Welche?«

»Deine Liebste ist bei unserer Begegnung anwesend.«

»Einverstanden«, sage ich, ohne mich rückzuversichern.

»Siebzehn Uhr.« Er nennt mir den Treffpunkt.

***

Am späten Vormittag schlendere ich durch eine Thalia-Filiale. Einer Gewohnheit folgend lande ich in der Kinderbuchabteilung. Das gehört ebenfalls zu meinen Süchten: Ich kann keinen Buchladen betreten, ohne mich zu vergewissern, ob sie Bücher von mir vorrätig haben. Da ich bislang bloß in kleineren Verlagen veröffentlicht habe, endeten diese Inspektionen im Regelfall deprimierend.

Heute schlägt mein Herz vor Freude schneller, als ich das Cover von *Konstantin Klever* auf einem Stapel entdecke. *Tamara* liegt direkt daneben, zwei weitere Romane stehen zudem im Regal.

Bestens gelaunt laufe ich zur Kasse, hinter der mich eine junge Frau Anfang zwanzig freundlich anlächelt. Ich erwarte beinahe, mit Namen angesprochen zu werden, aber so weit scheint mein Ruhm noch nicht zu reichen.

»Kann ich Ihnen helfen?«

»Was machen Sie eigentlich mit den Plakaten der Spiegelbestsellerliste?«

»Aufhängen«, antwortet sie überrascht.

»Ich meinte die nicht mehr aktuellen Listen. Die aus den Vorwochen«, konkretisiere ich.

»Die entsorgen wir.«

»Gibt es welche, die sie bisher nicht entsorgt haben?«

Sie setzt kein sonderlich intelligentes Gesicht auf, bietet mir jedoch an, bei einer Kollegin nachzufragen. In der Zwischenzeit durchforste ich die preisreduzierten Mängelexemplare. Als die Buchhändlerin kurz darauf auf mich zukommt, hält sie ein Poster in der Hand.

»Von letzter Woche«, erklärt sie. »Können Sie behalten.«

Glücklich wie ein Kind an Weihnachten strahle ich sie an.

Nachdem ich die Liste zu Hause eingescannt habe, setze ich drei meiner Romane mithilfe eines professionellen Bildbearbeitungsprogrammes auf die Plätze eins, drei und sieben. Sollte sich Dimitri ein wenig auskennen, fliegt der Bluff schnell auf. Die Spiegelbestsellerliste präsentiert die meistverkauften Taschenbücher, meine Werke sind als Hardcover erschienen. Außerdem führt sie keine Kinderliteratur auf. Doch ich spekuliere, dass der Russe in dieser Hinsicht kein großes Expertenwissen vorweist. Im besten Fall kennt er nicht mal die Unterschiede zwischen Hardcover, Taschenbuch und Broschur. Im schlimmsten Fall verprügelt er mich auf der Kneipentoilette.

Mit optimaler Qualität drucke ich die neue Liste aus und überklebe damit das alte Plakat.

***

Um meinen Beweggründen Glaubwürdigkeit zu verleihen, betreten Arabella und ich die Bar Händchen haltend. Die Gefahr, dabei zufällig von Katharina beobachtet zu werden, schätze ich gering ein, deswegen riskiere ich es.

Sie entdeckt Dimitri und eine Begleitung im rechten Teil des Bistros. Er lümmelt auf einer Bank, vor ihm eine durchsichtige Flüssigkeit in einem Longdrinkglas. Spöttisch mustert er unseren Auftritt. Trotz der lässigen Sitzhaltung springt mir der perfekt sitzende Anzug, unter dem er ein weißes Hemd trägt, ins Auge. Über dem Hosenbund wölbt sich ein beträchtlicher Bauch, seine schwarzen Lederschuhe wirken kostspielig.

Der breitschultrige Leibwächter hingegen entspricht

kleidungsmäßig eher einem Schimanskidouble. Abgewetzte Jacke, Bluejeans, Cowboystiefel. Der Mann verzieht weder eine Miene noch hat er ein Getränk vor sich stehen.

»Wie süß«, verhöhnt uns der Russe.

Unaufgefordert setzen wir uns an den Tisch. Eine dunkelhaarige Kellnerin nimmt die Getränkebestellung entgegen. Für Arabella eine Apfelschorle, ich wähle zur Untermalung meines harten Images Whiskey on the rocks.

Wir tauschen zunächst Belanglosigkeiten aus, tasten einander ab. Erst nachdem uns die Bedienung die Bestellung gebracht hat, beugt sich Dimitri zu mir.

»Bei der Pokerrunde geht es um echtes Geld«, flüstert er. »Du siehst nicht so aus, als wenn du davon genug hättest.«

»Ich lege eben keinen Wert auf teure Kleidung«, verteidige ich mich mit fast denselben Worten, mit denen ich gegenüber Gudrun gerechtfertigt hatte, mir ein Wochenende mit ihrem Mädchen leisten zu können. Vorsichtshalber parke ich heute zwei Straßen entfernt, damit mein fahrbarer Untersatz den Zuhälter nicht misstrauisch macht.

»Solltest du aber«, rät er mir. »Kleider machen Leute.«

»Dann würde ich deinem Gorilla mal einen Stilberater spendieren.«

Dimitri spricht mit seinem Leibwächter russisch. Als dieser mir einen eiskalten Blick zuwirft, rutsche ich instinktiv nach hinten. Gelegentlich unterschätze ich die gesundheitserhaltende Wirkung eines nicht allzu vorlauten Mundwerkes.

»Der Einsatz beträgt eine Viertelmillion«, informiert mich der Gangster.

»Genau deshalb schlage ich dir einen Deal vor.«

»Deal?«, fragt er geringschätzig. »Ich will keinen Deal, ich will Bares sehen.«

»Mein Vorschlag lautet: Du streckst mir die Kohle vor.«

Er lacht gehässig. »Warum sollte ich das tun?«

»Weil ich dir als Sicherheit all meine Bucheinkünfte bis zu meinem Tod übertrage.«

»Bucheinkünfte? Was für Bucheinkünfte?« Über Falschgeld spräche er vermutlich nicht weniger despektierlich.

»Ich werde an diesem Turnier teilnehmen. Unserer Zukunft wegen.« Liebevoll lege ich einen Arm um Arabellas Schulter. Sie lächelt mich an und drückt mir einen Kuss auf die Lippen. Im Geiste bitte ich Katharina um Verzeihung.

»Als Schriftsteller bekomme ich leider nur einmal im Jahr die Honorare überwiesen. Doch das lohnt sich. Ich bin erfolgreich! Ich bin berühmt!« Selbstbewusst ziehe ich die gefälschte Spiegelbestsellerliste aus der Jackentasche. »In der Top 20 bin ich dreimal vertreten. Allein diese Bücher bringen mir sechsstellige Beträge. Zusätzlich das hier!« Nun zaubere ich die in den letzten Tagen abgeschlossenen Verträge hervor und reiche sie ihm.

Er überfliegt sie kurz. »Wieso sollte ich dir deswegen den Spieleinsatz leihen?«, fragt er gelangweilt. Irgendwie klingt er nicht beeindruckt. »Ich habe nachgeforscht. Okay, du bist im Internet bekannt. Aber das ist mein Onkel in der Heimat auch, seitdem ein Video von ihm und einer Ziege aufgetaucht ist. Das«, sagt er auf die Kontrakte klopfend, »ist kein Geld.«

»Jeder weiß, wie viel sich mit Bestsellern verdienen lässt«, appelliere ich an seine Gier.

»Jeder?«, entfährt es ihm. »Willst du sagen, ich bin dumm? Hältst du mich für dumm?«

»Niemand hält dich für dumm«, beruhigt ihn Arabella.

»Was ist mit Joanne K. Rowling?«, hake ich nach.

»Wer ist das? Hält die mich für dumm? Die Schlampe kenne ich nicht. Ist sie eine Nutte?«

»Eine Nutte?«, wiederhole ich fassungslos. »Du kennst Rowling nicht? Sie ist die Allergrößte. Sie hat Harry Potter geschrieben.«

»Die Filme? Mit deren Raubkopien habe ich viel Knete verdient.«

»Die Bücher«, korrigiere ich ihn.

»Dazu gibt es Bücher?«

Jemand anders möge ihn aufklären, was zuerst erschienen ist. »Rowling ist reicher als die Queen.«

Bedrohlich streckt er mir seinen wurstigen Zeigefinger entgegen. »Verarsch mich nicht! Niemand ist reicher als die Queen. Wag es nicht, sie zu beleidigen! Ich liebe das englische Königshaus.«

»Ich beweise es!«, beschwichtige ich ihn und greife nach meinem Smartphone. Bei Google tippe ich die Suchanfrage ›Rowling reicher als Queen‹ ein und öffne das erste Ergebnis. Ein Bericht aus dem Stern, etwa zehn Jahre alt. Ich gebe Dimitri das Handy, der den Artikel überrascht liest.

Schließlich lacht er laut auf. »Unfassbar!« Er schlägt seinem Leibwächter auf die Schulter. »Wir schreiben gleich ein Buch. Wie schwer kann das sein? Wer interessiert sich bloß für so einen Quatsch?«

»Mein Sohn liebt Harry Potter«, antwortet der Beschützer mit überraschend sanfter Stimme.

Angeekelt mustert ihn sein Arbeitgeber. »Ist dein Sohn schwul?«

»Er liebt die Bücher«, korrigiert sich der Mann.

»Bücher lieben ist nicht besser als schwul sein.« Nach dieser Belehrung wendet er sich wieder mir zu. »Bist du auch so reich?«

»Nicht ganz.«

»Aber du hast kein Bargeld?«

»Nein.«

»Und du willst um all deine Einkünfte pokern?«

»Um alle Einkünfte aus meinen bisherigen Romanen bis zu meinem Tod«, erinnere ich ihn. »Danach gehören sie meinen Erben. Wir werden viele Kinder in die Welt setzen.«

»Wovon willst du sie ernähren, wenn du verlierst?«, fragt er mich herablassend. »Schickst du sie dann auf den Strich?«

»Ich verliere nicht«, antworte ich selbstsicher.

»Was bringt mir dein Vorschlag, falls du demnächst stirbst?«

»Ich bin siebenunddreißig. Warum sollte ich bald sterben?« Irgendwie schaffe ich es, amüsiert zu schmunzeln.

»Vielleicht ein Autounfall, weil du dich mit den falschen Leuten eingelassen hast?«

Droht er mir? Kann ich eventuell einen anderen Plan in die Tat umsetzen? Beispielsweise Samstagnacht in mein Auto steigen und einen tödlichen Unfall verursachen? Würde man ihn wohl verdächtigen?

»Hast du ein Problem mit mir?«

»Du kommst hierher, busselst mit meiner Stute und verlangst dreist Geld von mir«, fasst er zusammen. »Weshalb sollte ich ein Problem mit dir haben?«

Offensichtlich ist er von meiner Idee nicht angetan. »Hey! Ich mache dir lediglich ein geschäftliches Angebot. Gib Arabella und mir eine Chance«, beschwöre ich ihn.

Wortlos steht er auf. Nach dem Austrinken seines Glases verschwindet er Richtung Toiletten. Der Bodyguard folgt ihm mit etwas Abstand.

Schweigend warten wir auf seine Rückkehr.

»Du unterschreibst, dass die erwähnten Honorare bis zu deinem Tod an mich fließen?«, vergewissert er sich zu meiner Überraschung, nachdem er sich wieder gesetzt hat. Ich hatte befürchtet, er würde ohne ein weiteres Wort die Bar verlassen.

»Ja«, bestätige ich.

»Dir ist klar, dass ich sehr böse werde, wenn du mich betrügst?«

»Dich möchte ich nicht zum Feind haben«, erwidere ich ehrlich.

»Klug von dir.«

Als sich die Bedienung nähert, scheucht Dimitri sie wie ein lästiges Insekt mit einer Handbewegung weg.

»Es gibt zwei Bedingungen.«

»Welche?«

»Ich leihe dir hunderttausend Euro.«

»Nur hundert? Die Rechte sind viel mehr wert!«

»Dann such dir jemand anderen, der dir bis Samstagmittag den Einsatz leiht.«

»Ihr setzt jeder eine Viertelmillion!«

Anteilslos zuckt er mit den Achseln.

Durch dieses geringere Grundkapital reduzieren sich meine Gewinnchancen erheblich. Aber was habe ich zu verlieren? Von Samstagabend bis Sonntagfrüh verdient er keinen Cent mit meinen Büchern.

»Einverstanden«, sage ich zähneknirschend.

Er wendet sich Arabella zu. »Im Gegensatz zum letzten Mal bist du bei dieser Pokerrunde anwesend. Sobald ich gewonnen habe, ziehen wir uns auf ein Zimmer zurück. Danach wirst du für mich anschaffen, sonst breche ich deinem Freund alle Knochen. Das ist meine zweite Bedingung!«

»Nein!«, widerspreche ich energisch.

Der Leibwächter legt mir seine linke Pranke auf die Schulter, Dimitri hingegen schenkt mir keine Beachtung.

Arabellas Blick huscht zwischen mir und ihm hin und her. Sie steckt in einem Dilemma. Eigentlich wollte sie verschwinden, gleichzeitig vermutet sie, dass ich ihretwegen meine Zukunft aufs Spiel setze.

»Das machen wir ni–« Weiter komme ich nicht, denn der Bodyguard quetscht schmerzhaft meine Schulter.

»Fuck!«, stöhne ich. »Lass los!«

»Einverstanden«, flüstert sie.

Dimitri grinst, der Kleiderschrank nimmt unverzüglich seine Hand von mir.

Ich bin dabei. Jedoch zu welchem Preis?

Wohlfühltag mit Hindernissen

An meiner ablehnenden Haltung gegenüber Arabellas Entscheidung hat sich auch am nächsten Tag nichts geändert. In angespannter Atmosphäre bitte ich sie, ihre Zusage zurückzunehmen.

»Das kannst du nicht tun!«, rede ich auf sie ein.

»Warum nicht?«

»Du wolltest mit ihm nichts zu schaffen haben.«

»Dann leiht er dir kein Geld für die Pokerrunde«, erinnert sie mich.

»Da wäre ich mir nicht sicher. Bestimmt hält er mich für ein leichtes Opfer.«

Nachdrücklich schüttelt sie den Kopf. »Du kennst ihn nicht! Ich kann viel Schlechtes von ihm berichten, aber er ist ein Mann mit Prinzipien. Sein Wort gilt! Das ist für ihn eine Frage der Ehre!«

»Ich verzichte auf meine Teilnahme.«

»Nein!«, widerspricht sie mir. »Es geht nicht nur um mich. Durch dich steigt die Chance meiner Freundinnen, weiter unter Gudruns Leitung arbeiten zu dürfen. Wir zählen alle auf deine Pokerkünste. Gudrun hat sich gestern Abend nur zu deiner Beteiligung überreden lassen, weil ich sie angefleht habe.«

Nachdem wir zu Hause angekommen waren, hatte Arabella ausführlich mit ihr telefoniert und sie davon überzeugt, dass meine Mitwirkung ihren Interessen dient.

»Wir zählen alle auf deine Pokerkünste«, wiederholt sie eindringlich. »Also verrate mir eins: Bist du ein gewiefter Spieler?«

In ihrem Blick liegt Hoffnung, die ich nicht enttäuschen mag. »Natürlich! Sonst hätte ich mich nicht darauf eingelassen.«

»Besieg ihn!«

»Und wenn ich eine Pechsträhne habe? Nur schlechte Karten bekomme? Ich möchte nicht, dass du mit diesem Widerling in die Kiste steigen musst.«

Liebevoll lächelt sie mich an und streichelt mein Gesicht. »Du bist ein guter Mensch!«, sagt sie. »Mach dir keine Sorgen um mich. Dimitri genießt nicht den Ruf, seine Frauen zu misshandeln. Er wird mir nichts tun. Ich ertrage ihn im Bett, schaffe danach ein paar Mal für ihn an, ehe ich auf Nimmerwiedersehen verschwinde.«

»Versprochen?«

»Versprochen!«

In ihren Augen erkenne ich jedoch die Lüge hinter ihrer Aussage. Bevor ich sie damit konfrontieren kann, klingelt es an meiner Wohnungstür. Trotzdem bleibe ich am Küchentisch sitzen.

»Geh schon«, flüstert sie. »Du riskierst morgen so viel

für mich. Deine ganzen Tantiemen. Genieße wenigstens den heutigen Tag!«

Es schellt erneut, ich rühre mich nicht von der Stelle.

»Geh! Bitte!«

Seufzend erhebe ich mich.

»Na endlich!«, begrüßt mich Noah nach dem Öffnen der Tür. »Warum hast du so lange gebraucht?«

»Ich war auf Toilette«, rechtfertige ich mich.

»Ich soll dir von Mami sagen, dass wir in zehn Minuten fertig sind.«

Eine Viertelstunde später sitzen wir in meinem Auto. Noah hat sich einen Besuch im Zoo gewünscht und da das Wetter mitspielt, können wir ihm den Wunsch erfüllen.

Allerdings bin ich mit meinen Gedanken bei Arabella. Wie überzeuge ich sie bloß?

»Am meisten freue ich mich auf die Erdmännchen«, plappert der Junge. »Die sind so süß. Weißt du noch den Film, den wir im Fernsehen gesehen haben, Mami?«

»Klar«, antwortet sie. »Wächter der Wüste.«

»Hast du den gesehen, Sven?«

Mir wird die Notwendigkeit einer Antwort bewusst. »Wen habe ich gesehen?«

»Wächter der Wüste«, erwidert er.

»Kenn ich nicht. Ist das ein Zeichentrickfilm?«

»Nein. Da sind lebendige Erdmännchen die Stars.« Er fasst für mich die Handlung zusammen, ich nicke gelegentlich, brumme zustimmend und erwähne, diese Dokumentation unbedingt anschauen zu müssen.

»Können wir ja mal bei dir gucken!«, schlägt er vor.

Danach entdeckt er auf der Autobahn einen Reisebus, der sein Interesse weckt, und ich kann mich wieder meinen Problemen widmen.

»Alles in Ordnung mit dir?«, fragt Katharina leise nach ein paar Minuten.

Ich blicke sie lächelnd an. »Natürlich!«

Als wir uns dem Kassenbereich nähern, verlangsamt sie ihren Schritt, ohne dass ihr Sohn davon etwas mitbekommt. Rasch beträgt der Abstand zwischen uns zehn Meter.

»Wenn dir das alles zu schnell geht«, sagt sie, »verstehe ich das.«

»Was soll mir zu schnell gehen?«

»Das mit uns. Ich bin keine einfache Partnerin. Alleinerziehend, verschuldet. Falls du es dir –«

»Wie kommst du darauf?«, unterbreche ich sie.

»Du wirkst, als wärst du lieber woanders.«

»Echt?«, wundere ich mich.

Sie nickt traurig.

»Kathi, das tut mir leid. Äh, ich meine, Katharina.«

Nun grinst sie. »Dir sei die Erlaubnis erteilt, Kathi zu sagen.«

Noah dreht sich zu uns um. »Wo bleibt ihr Schnecken denn?«, ruft er ungeduldig.

»Ich bin froh, dass ihr den Tag mit mir verbringt«, versichere ich.

»Warum bist du dann so abwesend?«

»Arabella ist bei mir untergetaucht, weil sie mit dem Gedanken gespielt hat, auszusteigen. Nun überlegt sie, sich stattdessen auf einen schmierigen Ganoven einzulassen.«

»Als Zuhälter?«

»So etwas in der Art. Ich sorge mich um sie.«

»Liebst du sie?«

»Nein. Ich bin noch nicht einmal verliebt. Zumindest nicht in sie.« Ich hoffe, meine Botschaft wird verstanden. Tatsächlich entspannen sich ihre Gesichtszüge. »Sie erregt mich selbst nackt nicht mehr«, füge ich hinzu.

Ohne Vorwarnung boxt sie mir auf den Oberarm.

»Autsch«, empöre ich mich theatralisch. »Was soll das?«

»Das war fürs Lügen!«

»Ich lüge nicht!«

»Kein Mann dieser Welt wäre nicht erregt, wenn sie nackt vor ihm steht.«

»Manchmal habe ich den Eindruck, du hast dich in sie verguckt.«

Noch einmal boxt sie mir auf die gleiche Stelle.

»Aua! Das tat jetzt wirklich weh!«

»Das hast du verdient, weil du ihr nicht verbietest, unbekleidet vor dir herumzulaufen.«

Noah stellt sich ans Ende einer überschaubaren Schlange. Erwartungsvoll blickt er zu uns herüber. Unterdessen ziehe ich seine Mutter an mich und lege meinen Arm um ihre Schulter.

»Um weitere Bestrafungen zu vermeiden.«

Leider habe ich nicht an ihren Ellenbogen gedacht, den sie mir unverzüglich in die Seite rammt.

»Wofür war das?«, stöhne ich.

»Wegen der Angst, du hättest es dir anders überlegt.«

»Mami!«, protestiert Noah. »Warum machst du das?«

»Tut mir leid. Ich hatte eine Zuckung. Hab ich dich

schlimm erwischt?«, fragt sie übertrieben bekümmert und streichelt dabei zärtlich mein Gesicht.

»Geht schon«, antworte ich, während ich mich schmerzverzerrt krümme.

»Ihr seid komisch!«

Wir wenden uns vom Haupteingang des Zoos nach rechts, schlendern gemütlich an den Patentafeln vorbei und erreichen nach einem kurzen Spaziergang das Erdmännchengehege.

»Da sind ganz viele draußen!«, jubelt der Junge.

Fasziniert folgt er dem Treiben der gut organisierten Tiergemeinschaft. Wir beobachten einige Erdmännchen, die Wache halten, und als Noah auf besonders kleine Exemplare deutet, spüre ich Katharinas Hand, die sanft meine eigene umfasst. Nachdem uns ihr Sohn das Versprechen abgerungen hat, am Ende des Besuchs hierhin zurückzukehren, ist er nach einer Viertelstunde bereit, mit uns weiterzugehen.

Händchen haltend erkunden wir andere Bereiche. Als wir bei den Ameisenbären ankommen und uns Noah keine Beachtung schenkt, drückt Katharina mir einen Kuss auf die Lippen. Sie wiederholt dies bei den Pinguinen und den Elefanten, völlig überzeugt, dass der Junge nichts davon mitbekommt.

Eine Weile später macht er uns auf zwei schnäbelnde Vögel aufmerksam.

»Die sind wie ihr«, kichert er vergnügt.

Erstaunlich, was Kinder alles mitbekommen, wenn sie einem den Rücken zukehren.

***

Spätnachmittags kehren wir erschöpft heim.

»Ich geh schon mal hoch«, sagt Noah. »Tschüss Sven!«

»Tschüss Großer!«

Ich warte, bis er in die Wohnung gegangen ist, ehe ich seine Mutter umarme.

»Vielen Dank für diesen wundervollen Tag«, flüstere ich.

»Ich habe zu danken«, murmelt sie. »Was machst du morgen?«

»Ich treffe mich nachmittags mit ein paar alten Freunden.«, Ich entschließe mich, ihre Toleranz bezüglich eines Pokerduells nicht zu testen.

»Wie lange dauert das?«

»Meistens ziemlich lange. Wir spielen Karten oder kickern. Letztes Mal bin ich erst kurz vor Mitternacht zu Hause eingetroffen.«

»Dann wünsche ich dir viel Spaß.«

Ihre Lippen schmecken nach dem Popcorn, das wir uns im Zoo gegönnt haben.

»Ich freue mich auf Sonntag«, wispert sie, als sie sich von mir löst.

»Oh ja! Ich mich noch mehr!«

Anscheinend nimmt sie mir meinen lüsternen Tonfall ab, denn sie erklärt mir, dass sie darauf nicht wetten würde. Immerhin sei sie länger abstinent gewesen als ich. Ein zärtlicher Abschiedskuss, bevor sie ihrem Sohn nach oben folgt.

»Arabella?«, rufe ich beim Betreten der Wohnung.

Das Fehlen jeglicher Geräusche deutet auf ihre Abwesenheit hin. Das Ausbleiben einer Antwort verstärkt meinen Verdacht.

Mein Weg führt mich ins Badezimmer, wo die Ablageflächen wieder so frei wie vor ihrem Einzug sind. Also ist sie nicht bloß für ein paar Stunden ausgeflogen. Trotzdem vergewissere ich mich im Schlafzimmer. Sie hat ihre Bettwäsche abgezogen, in den Wäschekorb gesteckt und die Bettdecke ordentlich zusammengefaltet. Die Hälfte des Schrankes, in der sie ihre Kleidung untergebracht hatte, wirkt trostlos.

Arabella ist verschwunden, doch ich kann mir nicht vorstellen, dass sie gegangen ist, ohne mir eine Nachricht zu hinterlassen. Ich laufe ins Wohnzimmer, wo auf dem Beistelltisch ein Zettel liegt.

Lieber Sven,
ich habe über deine Bedenken nachgedacht. Wahrscheinlich hast du recht. Wahrscheinlich ist es besser für mich, wenn ich zu neuen Ufern aufbreche und das alles hinter mir lasse. Je länger ich darüber nachdenke, ob Dimitri dir das versprochene Geld dennoch leihen wird, desto mehr tendiere ich zu deiner Meinung.
Zeig ihm, dass du kein leichtes Opfer bist. Besieg ihn!
Ich danke dir für die letzten zwei Wochen. Du bist ein liebenswerter Mensch. Ich wünsche dir alles Gute mit Katharina. Ihr seid ein schönes Paar. Ich hoffe, ihr werdet glücklich miteinander.
Ihr Sohn vergöttert dich. Sei ihm ein guter Vater.
Alles Liebe
Arabella

Bei diesen Abschiedsworten wird mein Herz schwer. Sie verdeutlichen mir, wie nah mein Ende bevorsteht. Leider wird ihr Wunsch nach einer glücklichen Zukunft für Katharina und mich nicht in Erfüllung gehen. Leider muss Noah zumindest vorläufig seinen Weg ohne männliches Vorbild finden.

Trotz dieser schwermütigen Gedanken bin ich froh über ihre Entscheidung.

***

Während es draußen langsam dämmert, setze ich mich auf den Balkon. Auf dem gegenüberliegenden Bürgersteig unterhalten sich zwei Frauen, gleichzeitig bellt ein Hund.

Ich fläze mich auf den Stuhl und öffne eine Flasche Bier. Der Geruch zieht in meine Nase, der Geschmack des Gerstensaftes zergeht auf meiner Zunge, die gekühlte Flüssigkeit rinnt wohltuend meine Kehle entlang.

»Herrlich!«, seufze ich beim Absetzen.

In ungefähr dreißig Stunden werde ich Sascha wiederbegegnen. Dann existiere ich nur noch als Erinnerung in den Köpfen der Personen, die mich gekannt haben.

Obwohl ich Angst vor meinem Tod verspüre, fühle ich mich ausgeglichener als an jedem Tag der letzten Jahre vor dem Herzinfarkt.

Die Nachspielzeit hat mir den Wert des Lebens ins Gedächtnis gerufen. Ich bin dankbar für dieses Privileg. Nun hoffe ich, genug gutes Karma gesammelt zu haben, um nicht als niedere Lebensform auf die Erde zurückzukehren.

»Ich habe mir wirklich Mühe gegeben«, wispere ich.

»Hoffentlich honorierst du das.«

Wie als Antwort auf mein Flüstern öffnet sich über mir die Balkontür.

»Jemand zum Quatschen anwesend?«, erkundigt sich Katharina.

»Ich warte schon auf dich«, erwidere ich.

Wir reden stundenlang. Unser Gespräch wird lediglich von einem Gang zur Toilette unterbrochen, nach dem ich mir ein weiteres Bier genehmige. Gegen drei Uhr morgens verabschiedet sie sich. Ich verdränge den Gedanken, dass es ein Abschied für immer ist, und wünsche ihr süße Träume.

»Vielleicht träume ich ja von dir«, sagt sie wie ein verliebtes Schulmädchen.

Ich schicke ein Gebet zu Sascha: Bitte lass nicht zu, dass ihr das Herz durch meinen Tod bricht.

All-in

Auf dem Besucherparkplatz vor Gudruns Etablissement steht ein schwarzer Porsche 911 Carrera 4. Wahrscheinlich kostet er in der Grundausstattung als Neuwagen einen sechsstelligen Betrag.

Taucht man mit diesem Fahrzeug hier auf, wird man wohl kaum gefragt, ob man sich ein Wochenende mit einem der Mädchen überhaupt leisten kann.

Aus Sorge, versehentlich mit meiner Tür einen Kratzer in der Karosserie zu hinterlassen, parke ich nicht direkt neben dem Luxusschlitten. Dann wird mir jedoch die Bedeutung psychologischer Aspekte in den folgenden Stunden bewusst. Ich lasse mich nicht von einem teuren Auto beeindrucken. Also starte ich meinen Motor erneut, setze zurück und stelle meinen Besitz in die Parklücke daneben. Vorsichtig steige ich aus. Zwischen Respekt vor dem Eigentum anderer und Angst aufgrund dieses Eigentums besteht ein deutlicher Unterschied.

An der Eichentür hängt ein einfaches, weißes Schild:

Wegen einer Privatveranstaltung geschlossen.

Nach meinem Klingeln dauert es eine Weile, bis mir geöffnet wird. Gudrun hat sich selbst zum Eingang bequemt und lächelt mir zu. Sofort fällt mir das Fehlen von Schmuck an ihren Händen auf. Ob sie diesen als Sicherheit hinterlegen musste oder ob er sie beim Pokern ablenken würde? Ihr braunes Kleid hingegen ähnelt jenem, in dem ich sie das erste Mal gesehen habe.

»Sven«, begrüßt sie mich übertrieben freundlich. »Wir warten schon auf dich.«

Wie bei unserer letzten Begegnung richtet sich ihr Blick auf meinen Polo, der im Vergleich zu dem 911er noch armseliger wirkt. Missfällig hebt sie ihre Augenbrauen. Offensichtlich ihre Standardreaktion, sobald sie einen minderwertigen Wagen entdeckt.

»Erinnerst du dich? Auf protzige Autos lege ich keinen Wert.«

Nickend bittet sie mich hinein. Ich bin überrascht, dass sie Arabellas Nichterscheinen mit keinem Wort erwähnt. Bestimmt hat diese sie telefonisch informiert und um Absolution gebeten.

Sie führt mich wieder in den großen Empfangsraum. In der Mitte steht diesmal allerdings ein runder walnussfarbener Tisch mit vier Stühlen. Auf der massiven Holzplatte befindet sich bereits ein professionelles Kartendeck. Außerdem liegen dort beeindruckende Geldbündel und haufenweise Spielchips, die mir den Atem rauben.

Einige von Gudruns Mädchen halten sich ebenfalls in dem Zimmer auf. Sie tragen weiße oder schwarze Dessous, alle laufen auf Stilettos, deren Absätze man wahrscheinlich als tödliche Waffe einsetzen könnte. Die Frauen lächeln mir zur Begrüßung zu, wahren aber körperlichen Abstand, was mir sehr gelegen kommt. In den nächsten Stunden darf sich mein Denken ausschließlich ums Pokern drehen.

»Möchtest du etwas trinken?«, erkundigt sich Gudrun.

»Wasser«, antworte ich. »Ohne Kohlensäure.«

Sie nickt einem ihrer Mädchen zu, das sich auf den Weg zur Küche macht. Gleichzeitig tritt Dimitri aus einem Nebenraum zu uns. Er ist erneut mit einem maßgeschneiderten Anzug bekleidet. Da dies absehbar war, habe ich mich für ein bewusst legeres Outfit entschieden: dünne Stoffhose, einfaches Hemd. Meine Anzüge hätten unmöglich mit seinen konkurrieren können. Dem Russen folgt sein Leibwächter, der mich nicht zur Kenntnis zu nehmen scheint.

Verblüfft bleibt Dimitri stehen. »Ich sehe keine Arabella.«

Bevor ich ihre Abwesenheit verteidigen kann, hebt er schmunzelnd die Hand.

»Glaubst du, dass ich damit nicht gerechnet habe?«, fragt er. »Sie ist so launenhaft! Eine lästige Eigenschaft von hübschen Stuten.« Mit diesen Worten zieht er ein Blatt Papier aus seiner Anzugsjacke und deutet zum Tisch. »Setzen wir uns.«

Verwundert wegen seiner gleichgültigen Reaktion folge ich ihm. Wir wählen die einander gegenüberstehenden Stühle, deren Sitzflächen und hohen Rückenlehnen außerordentlich bequem sind.

Mit einer langsamen Bewegung schiebt er den Zettel zu mir hin. In fetten Buchstaben ist darauf das Wort ›Schuldschein‹ gedruckt. Der Text darunter gibt unsere mündlich getroffene Vereinbarung wieder. Dimitri überlässt mir einhunderttausend Euro, dafür gehören ihm alle kürzlich zugesagten Garantiehonorare und die Tantiemen der bereits erschienenen Werke, die sogar einzeln aufgelistet sind. Mit meinem Tod erlischt der Kontrakt.

»Einverstanden?« Er reicht mir einen Mont-Blanc-Füller.

Vorsichtig ziehe ich dessen Kappe ab. Die vergoldete Feder gleitet beim Unterschreiben sanft übers Papier.

Nachdem ich den Vertrag und das Schreibgerät zurückgegeben habe, stapelt Dimitri zehn Geldbündel vor mir.

»Einhunderttausend Euro. Das kannst du in Ruhe nachzählen.«

»Nicht nötig.«

Eine der Frauen bringt mir eine geschlossene Flasche Wasser ohne Kohlensäure und ein Glas. Zusammen mit ihr betritt eine weitere Terminfrau den Raum, die jedoch die typische Kleidung eines Croupiers trägt: weiße Bluse, schwarze Weste, schwarzer Rock. Um ihren Hals ist eine Krawatte gebunden. Ich erinnere mich an sie, bei ihr handelt es sich um Jelena, zu deren Spezialitäten unter anderem das Tragen von Fetisch-Outfits gehört. Ob manche Kunden auf diese Verkleidung abfahren?

Gudrun nimmt links von mir Platz, Jelena rechts.

»Beginnen wir mit dem Tausch des Geldes in Chips«, schlägt sie vor.

Dimitri deutet großspurig auf mich. »Der Gast zuerst.«

Natürlich will er mich demotivieren, denn mein Haufen wird der kleinste sein. Ich schiebe Jelena die Eurobündel zu, sie wechselt sie in die gleiche Spielgeldsumme. Möglicherweise hat sie diese Aufgabe übertragen bekommen, weil auch Rechnen zu ihren Qualitäten zählt.

Während Gudrun ihr Vermögen eintauscht, beobachte ich den Russen, der selbstgefällig wirkt. Er bemerkt meinen Blick und zwinkert mir zu.

Plötzlich wird mir bewusst, dass ich Opfer eines Bluffs geworden bin. Ich erkenne es an seinem arroganten Auftreten.

»Arabella!«, rufe ich laut. »Ich weiß, du bist hier!«

Überrascht hebt mein Gegner die Augenbrauen.

»Verarsch mich nicht!«, raunze ich ihn an.

Amüsiert lacht er. »Auf dich muss ich aufpassen.« Er klatscht zweimal in die Hände, daraufhin verlässt sein Leibwächter das Zimmer. Bis zu seiner Rückkehr spricht keiner ein Wort. Schließlich tritt Arabella zu uns. Lediglich ein cremefarbener mit japanischen Schriftzeichen verzierter Kimono bedeckt ihren Körper.

»Tut mir leid«, flüstert sie.

»Warum?«, will ich von ihr wissen.

»Sie kennt den Wert einer mündlich mit mir getroffenen Vereinbarung«, funkt Dimitri dazwischen.

»Warum?«, wiederhole ich.

»Diese Runde hätte sonst ohne dich stattgefunden«, erklärt sie mir. »Du wärst nicht gekommen, falls ich darauf bestanden hätte, dich zu begleiten.«

»Aber –«

»Kein aber. Sie ist meine Trophäe. Finde dich damit ab! Oder verzichte auf das Spiel!« Herausfordernd schiebt er mir den Schuldschein hin.

Ich könnte ihn zerreißen, aufstehen und das Gebäude verlassen. Doch Arabella tue ich damit keinen Gefallen. Sie befindet sich in diesem Haus, der Gangster wird sie sich nehmen, sobald Gudrun pleite ist.

»Pack den Schein ein!«

Was würde ich dafür geben, ihm sein selbstgefälliges Grinsen vom Gesicht wischen zu können.

Nachdem der Russe sein Bargeld in Chips umgetauscht hat, reißt Jelena ein eingeschweißtes französisches Blatt auf, mischt es professionell und steckt es in den Spender.

»Wir spielen ohne Limit«, erläutert sie. »Der Grundeinsatz beträgt fünfhundert.«

Gudrun wirft als Erste einen Chip der entsprechenden Höhe in die Mitte, Dimitri und ich folgen ihr fast zeitgleich. Kaum hat er seinen Einsatz bezahlt, setzt er eine Sonnenbrille auf. Offenbar fürchtet er, seine Augen könnten ihn verraten.

Jelena teilt jedem drei Karten zu: zwei verdeckte und eine offene. Weil meine sichtbare Spielkarte den niedrigsten Wert hat, eröffne ich die erste von fünf Wettrunden.

Anfangs wogt es hin und her. Nach zwei Stunden beträgt mein Vermögen gut zehn Prozent mehr als zu Beginn, auch der Russe hat ein wenig gewonnen. Demzufolge liegt Gudrun im Verlustbereich. Bei Dimitri habe ich noch keine Schwäche feststellen können, doch dass die Puffmutter gegen ihn verloren hat, wundert mich keineswegs. Sie verrät sich durch kleine Anzeichen. Verfügt sie über ein vielversprechendes Blatt, starrt sie ihre verdeckten Karten lange an, als müsse sie sich überzeugen, keinen

Rechenfehler begangen zu haben. Außerdem berührt sie dann kurz ihre Nasenspitze oder ihr Ohrläppchen. Nun gibt es zwei Möglichkeiten: Entweder ist sie sich ihrer Macke nicht bewusst oder sie blufft. Ich vermute Ersteres.

Gegen neunzehn Uhr dreißig – ich bin inzwischen von Wasser auf Cola umgestiegen – verfügen wir nach der dritten Wettrunde alle über verheißungsvolle offene Karten und haben entsprechende Einsätze getätigt. In der Mitte liegen Chips im Wert von einhunderttausend Euro. Jelena reicht uns die vorletzten Spielkarten. Wir erhöhen in mehreren Geboten jeder um dreißigtausend und steigen in die letzte Runde ein.

Als ich die neue Karte lüfte, fällt es mir schwer, das Pokerface beizubehalten. Gleichzeitig befingert Gudrun ihre Nasenspitze. In dieser finalen Runde erhöhe ich zuerst und setze weitere zehntausend. Dimitri steigt aus, Gudrun steigert den Pot ihrerseits. Wir überbieten uns so lange, bis ich mit meinen letzten Chips gleichziehe und den Showdown verlange. Siegessicher deckt sie ein Full House auf, ihr Gesicht wird gleichwohl kalkweiß, als sie meinen höherwertigen Vierling betrachtet. Während ich die Chips staple – ich besitze nun mit 275.000 das größte Vermögen aller Anwesenden –, mache ich mir Gedanken über Gudruns mangelnde Spielqualität. Anscheinend fehlt ihr fürs Pokern der Überblick.

Die nächsten Partien laufen gegen mich, ich verliere jedoch allenfalls zehn Prozent, da ich keine hohen Einsätze auf schlechte Startblätter tätige. Damit verrate ich zwar

Dimitri einen Teil meiner Strategie, in meiner daheim zurechtgelegten Taktik habe ich diesen Aspekt allerdings berücksichtigt. Er soll ruhig einen Spieler in mir sehen, der nur auf gute Kombinationen zockt.

Für Gudrun verläuft es dramatisch. Sie versucht verzweifelt, den verlorenen Einsatz zurückzugewinnen, aber die meisten ihrer Chips landen auf Dimitris Haufen. Kurz nach halb zehn setzt sie ihren letzten Tausender und verliert.

Fassungslos schlägt sie die Hände vors Gesicht. Ein Schluchzer entfährt ihrer Kehle.

»Machen wir eine kurze Pause und schnappen Sauerstoff«, regt Dimitri an. »Eine Viertelstunde?«

Unser Kapital betrachtend nicke ich. Der Russe führt wieder, er dürfte gut einhunderttausend mehr besitzen als ich. Trotzdem haben sich meine Gewinnchancen seit Beginn des Turniers verbessert.

Auf der Terrasse atme ich frische Luft ein. Anhand von Stöckelschuhgeräuschen höre ich eine der Frauen näher kommen.

»Fünfzehn Minuten reichen für ein kostenloses Vergnügen«, flüstert sie mir ins Ohr, als sie sich von hinten an mich presst. Ihre Lippen saugen an einem Ohrläppchen.

»Kein Interesse«, murmle ich. Dabei denke ich nicht mal an Katharina, sondern nur daran, geistig angespannt zu bleiben. Zu viel Entspannung schadet beim Pokern.

Nachdem mir Dimitri im Laufe der nächsten Partien dreißigtausend Euro abluchst, ändere ich mein Vorgehen. Ich zocke auf ein mäßiges Blatt (ein Paar mit Achtern), er fällt darauf herein und steigt aus. Um ihm klarzumachen, dass er mir auf den Leim gegangen ist, drehe ich die verdeckten Spielkarten um.

Wegen seiner Sonnenbrille kann ich mir den Ausdruck seiner Augen nur vorstellen. Nun weiß er, dass ich das Bluffen beherrsche.

Nach dem Tätigen des Grundeinsatzes erhalten wir unsere Karten. Den Regeln entsprechend eröffnet Dimitri, ich erhöhe seinen Einsatz, er schließt mit einer weiteren Steigerung die Wettrunde.

Neue Karten werden verteilt, weitere Einsätze getätigt, bis mir Jelena meine letzte offene Karte präsentiert. Eine Herzdame, die perfekt zu meinem unverdeckten Herzbuben passt.

Beim Setzen schrumpft der Haufen meiner Chips bedrohlich. Entweder hat Dimitri ebenfalls ein gutes Blatt oder er will die Schmach des vorherigen Spiels tilgen und mich zum Aussteigen bewegen.

Die letzte Runde, die letzte Karte.

Jelena schiebt sie mir verdeckt zu. Ich lüfte sie an einer Ecke und warte auf seinen Zug.

»Ich erhöhe um vierzigtausend.«

Ich zähle die erforderlichen Jetons ab und steigere den Einsatz nochmals um zwanzigtausend. Nun habe ich noch siebzigtausend in Reserve.

»Du bluffst«, behauptet er. Er bietet meine zwanzig und weitere dreißig.

»Sicher?«, frage ich herausfordernd. »Deine dreißig und mein ganzer Rest.« Ich schiebe das Spielgeld komplett in die Mitte des Tisches. Die Spannung im Raum steigt spürbar. Die Frauen einschließlich Gudrun starren auf den Tisch, selbst der Leibwächter heuchelt nun kein Desinteresse mehr. Ich bin all-in. Wenn er das bessere Blatt besitzt, habe ich alles verloren.

Er wirft einen letzten Blick auf seine verdeckten Karten und zieht mit meinem Einsatz gleich. »Lass die Hosen runter!«

Ich decke die erste Karte auf: Herzass.

Die zweite: Herzkönig.

Dimitri nimmt seine Sonnenbrille ab und starrt auf meine Finger. Ich beobachte seine Augen, während ich meine dritte Spielkarte langsam umdrehe: Herzzehn.

Er schließt die Lider und brüllt auf Russisch seinen Frust hinaus. Doch nach dieser spontanen Regung hat er seine Emotionen rasch im Griff.

»Glückwunsch!«, sagt er. Obwohl dies nicht notwendig ist, zeigt er mir seine Kombination. Er hat einen Straight Flush gesammelt. Hätte ich die Herzzehn nicht bekommen, wäre alles verloren gewesen.

Ich staple die Chips und komme auf einen Gegenwert von 505.000. Damit verfügt er noch über 95.000. Mit einem Blick auf die Uhr stelle ich fest, dass es kurz nach elf ist. In gut fünf Stunden werde ich Sascha begegnen.

»Du bist ein gewiefter Geschäftsmann«, schmiere ich meinem Kontrahenten Honig ums Maul. Mit einer Handbewegung fordert er mich zum Weitersprechen auf.

»Ich habe einen geschäftlichen Vorschlag für dich.« Ich schiebe ihm Chips im Wert von einhunderttausend Euro zu. »Mit denen möchte ich den Schuldschein zurückzahlen.«

Das nächste Abzählen dauert länger, bis ich bei einer

Viertelmillion ankomme. »Damit möchte ich dieses Etablissement erwerben.«

Überrascht sieht er mich an, aber ehe er etwas sagen kann, sortiere ich erneut Jetons. »Und mit diesen 105.000 will ich dir den Deal schmackhaft machen.«

»455.000«, fasst er zusammen. »Für deinen Schuldschein und den Einstieg ins Lustgewerbe?«

Aus den Augenwinkeln sehe ich Arabella den Raum betreten. Offensichtlich hat ihr jemand wegen der anstehenden Entscheidung Bescheid gegeben.

»Mir wurde gesagt, du seist ein Ehrenmann. Ich möchte keinen Ärger mit dir haben, die Mädchen sollen keinen Ärger kriegen und Gudrun erst recht nicht.«

»455«, murmelt er leise.

Er weiß, dass es sich dabei um ein gutes Angebot handelt. Dafür würde er mir das Haus sowie die zukünftigen Einnahmen aus meinen Büchern überlassen.

Schließlich zieht er den Kontrakt aus der Tasche und zerreißt ihn. »Einverstanden«, brummt er. »Du hast heute Nacht meinen Respekt gewonnen!«

Er reicht mir seine Hand und zerquetscht meine beinahe. Dann lässt er Jelena die Chips in Geld umtauschen. Sein Leibwächter zaubert wie aus dem Nichts einen Lederkoffer hervor, in den er die Scheine packt.

»Ich werde Gudrun übrigens über ihren Tick aufklären«, informiere ich ihn. »Beim nächsten Mal wird sie nicht so leicht zu durchschauen sein.«

»Welcher Tick?«, fragt sie entsetzt.

Dimitri hingegen lacht laut. »Ist es dir also auch aufgefallen.«

»Welcher Tick?«, wiederholt sie hysterisch.

»Gehen wir!«, weist der Russe seinen Leibwächter an. Er klopft mir auf die Schulter und verlässt das Gebäude.

Kaum hat sich die Haustür geschlossen, jubeln meine Quasi-Angestellten.

Arabella fällt mir um den Hals. »Du hast uns gerettet!«, schluchzt sie mit tränenerstickter Stimme.

Nachdem sie sich von mir gelöst hat, wende ich mich der unglückseligen Verliererin zu, um ihr die verräterische Angewohnheit zu offenbaren.

»Das mache ich nicht!«, behauptet sie.

»Ich versichere es dir.«

In meinem Rücken haben sich inzwischen alle Schönheiten aufgestellt. Als sich eine von ihnen räuspert, drehe ich mich um.

Vor einigen Wochen auf meinem Bildschirm führte ihr Anblick zu einer spontanen Reaktion. Sie nun in natura betrachten zu dürfen, löst nichts mehr in mir aus. Ich denke an Katharina und dass ich nur noch wenig Zeit für die Rückkehr nach Hause und das Verfassen eines Testamentes habe.

»Wenn du uns gut behandelst«, sagt eine von ihnen, »werden wir für deine Wünsche immer aufgeschlossen sein.«

»Jeden Tag«, fügt eine andere hinzu.

»Zu jeder Stunde«, erwähnt Jelena.

»In allen Stellungen, die dir vorschweben.«

»Und in manchen, die du dir in deinen feuchtesten Träumen nicht ausmalen kannst.«

»Zu zweit, zu dritt, zu viert.«

»Oder mit uns allen.«

Damit scheint die Präsentation abgeschlossen zu sein, denn sie erwarten lächelnd eine Auswahl, mit wem ich mich zuerst vergnügen möchte.

Ich deute auf das übrig gebliebene Geld. »Kann mir bitte jemand eine Plastiktüte besorgen?« Wie standhaft würde ich wohl bleiben, falls mein Tod nicht so unmittelbar bevorstände? Ich hoffe, dass ich zu keiner anderen Entscheidung gekommen wäre, weil ich mich dann auf mein erstes Mal mit Katharina freuen würde.

»Arabella hat mir erzählt, du seist für viele der Mädchen wie eine Mutter«, wende ich mich wieder Gudrun zu.

»Darf ich hier wohnen bleiben?«, fragt sie zuversichtlich. »Ich würde mich um alles kümmern und mit dir abrechnen.«

»Sofern du mir versprichst, nie wieder Karten anzurühren, darfst du das alles hier behalten. Ich benötige es nicht.«

Fassungslos sieht sie mich an. »Ist das dein Ernst?«

»Mein völliger!«

Spontan wirft sie sich mir um den Hals. Aufgrund ihrer Körpermaße stolpere ich nach hinten und halte nur mühselig das Gleichgewicht.

»Versprichst du es?«

»Natürlich!«, antwortet sie glücklich.

Kurz darauf verabschiede ich mich von jeder Frau mit einem Wangenkuss. Sie versichern mir, jederzeit willkommen zu sein. Es klingt so, als müsste ich nichts bezahlen. Manche Angebote kommen einfach zum falschen

Zeitpunkt. Ich verlasse das Haus, schließe den Polo auf, werfe die Plastiktüte trotz ihres wertvollen Inhalts achtlos auf den Beifahrersitz und steige ein. Mit Lichthupen sage ich Lebwohl.

Der letzte Wille

Ich, Sven Frost, verfasse meinen letzten Willen im Vollbesitz meiner geistigen Kräfte.
Mein Erbe vermache ich Katharina Wagner und ihrem Sohn Noah, beide wohnhaft Kastanienallee vierzehn. Zu diesem Erbe gehören das Guthaben auf meinem Girokonto, alle zukünftigen Tantiemen meiner Bücher und die auf meinem Küchentisch liegende Tüte. Das darin befindliche Geld habe ich legal im Kasino gewonnen. Der Saldo auf meinem Rahmenkreditkonto wird durch eine Ausfallversicherung automatisch getilgt.

Obwohl Schreiben mein Handwerk ist, fällt es mir an meinem Arbeitsplatz sitzend unfassbar schwer, die richtigen Worte zu formulieren. Dies ist der dritte Versuch, zwei liegen zerrissen im Papierkorb.

Nachdem ich den Text zweimal durchgelesen habe, bin ich einigermaßen zufrieden. Die kleine Schwindelei wegen des Bargeldes erscheint mir nötig, damit sie keine

Bedenken hat, es anzunehmen.

Ich setze Datum und Ort darunter und unterschreibe das Testament.

Zusätzlich werde ich Katharina einen Brief in den Briefkasten legen. So kann ich verhindern, dass meine Leiche wochenlang nicht gefunden wird, außerdem werde ich darin auf die Plastiktüte hinweisen. Nicht, dass ein unehrlicher Rettungssanitäter sie vor ihr entdeckt und sie für sich behält.

Ein Potpourri verschiedener Parfüms steigt mir in die Nase. Ich wundere mich über diese Geruchsmischung. Ist das bereits eine Nahtodhalluzination? Dann wird mir die Herkunft klar. Jede der Frauen in Gudruns Etablissement hat bei den Dankesbekundungen und der Verabschiedung ihre Duftspur auf meinem Hemd hinterlassen.

Mit einem Blick auf die Uhr stelle ich fest, genügend Zeit zu haben, um erst zu duschen und danach den Brief aufzusetzen. Man soll mich nicht nach Freudenhaus riechend auffinden.

Als ich zwanzig Minuten später aus dem Badezimmer trete, trage ich einen kuschligen Frotteemantel. Unpassend für die sommerlichen Temperaturen, trotzdem fühlt er sich angenehm auf der Haut an. Ein letzter Luxus in meinem Leben.

Plötzlich klingelt es.

Da es für Sascha noch zu früh ist und er kaum höflich anklingeln würde, kann dort draußen nur eine Person stehen. Mein Herz schlägt vor Freude schneller, dennoch überlege ich, ihr nicht zu öffnen. Doch meine Füße werden wie magisch von der Tür angezogen. Ich überzeuge mich mithilfe des Spions, dass nicht der Sensenmann oder Dimitri unangekündigt aufgetaucht sind.

»Hi«, sagt Katharina flüsternd, nachdem ich ihr geöffnet habe. »Anhand des laufenden Wassers habe ich deine Rückkehr mitbekommen.«

»Meine Freunde sind Raucher«, erkläre ich die nächtliche Dusche. »Ich wollte nicht verqualmt ins Bett steigen.«

Sie sieht wundervoll aus, obwohl sie nur ein schlichtes rosa T-Shirt, einen knielangen weißen Rock und flache Schuhe trägt.

»Darf ich kurz rein?«, bittet sie mich.

Ich bringe es nicht übers Herz, ihr diesen Wunsch abzuschlagen. Also trete ich beiseite. Sie schlüpft in meine Wohnung und schließt leise die Tür.

»Ist dir kalt?«, fragt sie.

»Nö. Aber ich liebe diesen Bademantel.«

»Die morgige Party wurde um eine Woche verschoben«, informiert sie mich. »Das Geburtstagskind hat einen Magen-Darm-Virus.«

»Oh weh«, bedaure ich das mir unbekannte Kind.

»Das bedeutet, wir haben morgen keine Zeit für uns allein.«

»Dann nutzen wir eben die nächste Gelegenheit«, erwidere ich gelassen.

»Ich bewundere deine Geduld, doch ich will nicht länger warten.«

Sie packt mich am Revers und zieht mich zu sich. Für den Bruchteil einer Sekunde spiele ich mit dem Gedanken, mir eine Ausrede einfallen zu lassen. Als ich ihre Lippen spüre, ist es um meine Widerstandskraft geschehen. Nach dem ersten leidenschaftlichen Kuss begeben wir uns ins Schlafzimmer.

»Ich werde wegen Noah nicht die ganze Nacht bleiben können«, wispert sie. »Hoffentlich hältst du mich deswegen nicht für unromantisch.«

Mein schlechtes Gewissen löst sich schlagartig in Luft auf.

»Kein Problem«, antworte ich, als ich ihr das T-Shirt ausziehe.

Sie entknotet meinen Bademantel und im nächsten Moment liegen wir auf dem Bett. Es folgen zahlreiche Küsse, Streicheleinheiten, das gegenseitige Kennenlernen unserer Körper. Unser Vorspiel scheint ewig zu dauern. Ein paar Mal zögere ich die Vereinigung absichtlich hinaus, bis ich mich irgendwann nicht mehr zurückhalten kann und ein Kondom überstreife. Ihre Hand führt mich in sie ein, dabei sehen wir uns tief in die Augen. Anfangs bewege ich mich vorsichtig in ihr. Aber ihr Verlangen nach mir reißt mich mit, wir steigern das Tempo und die Heftigkeit des Aktes. Wir verlieren niemals den Augenkontakt. Es ist, als würden wir uns auf zwei Arten erforschen. Körperlich und seelisch.

Als sie den Höhepunkt erreicht, lächelt sie verzückt und stöhnt gleichzeitig auf sehr animalische Weise. Diese Kombination bringt mich um den Verstand. Ich stoße fest zu, genieße den besten Orgasmus meines Lebens und spüre trotz des bevorstehenden Todes unendliche Lebendigkeit in mir. Auch ich verziehe meine Lippen und sehe hoffentlich nicht zu grotesk aus. Schwer atmend sacke ich auf sie. Mein Mund liegt oberhalb ihres Schlüsselbeins, meine Atmung beruhigt sich nur langsam. Beim Einatmen versuche ich, ihren Duft abzuspeichern. Vielleicht tröstet er mich auf dem Weg ins Jenseits.

»Nur kurz kuscheln«, flüstert sie, als sie ihren Kopf auf meine Schulter legt. »Du darfst nicht einschlafen.«
»Werde ich nicht«, verspreche ich.
Ihre linke Hand streichelt meine Brust, die monotone Bewegung wirkt einschläfernd.
»Wir sollten aufstehen«, murmle ich.
»Sollten wir«, antwortet sie träge.
Ohne dass ich mich dagegen wehren kann, fallen mir die Augen zu.

Saschas Entscheidung

Zunächst blendet mich Helligkeit. Als wenn ich mitten in der Nacht durch das Einschalten einer grellen Deckenlampe geweckt würde. Schützend halte ich meine Hand vors Gesicht, das Licht reguliert sich allmählich bis zur Erträglichkeit.

Grashalme kitzeln meine nackten Fußsohlen. Überrascht stelle ich fest, auf einer Wiese zu stehen. Erst dann bemerke ich Sascha neben mir.

»Da bin ich wieder«, begrüße ich ihn flapsig.

»Dein Fall hat für einiges Aufsehen gesorgt.«

»Inwiefern?«

»Jedes Mal diese lästigen Diskussionen, sobald wir jemanden zurückschicken.«

»Ich war keine Ausnahme?«

»Kennst du keine Berichte von klinisch toten Menschen, die reanimiert wurden? Erinnerst du dich nicht an ihre Erzählungen über eine tröstliche Lichtquelle?«, fragt er. »Wir Jenseitsbegleiter besitzen die Macht, euch eine zweite

Chance zu geben. Unseligerweise müssen wir uns deswegen rechtfertigen. Ich habe seit Jahrhunderten darauf verzichtet. Dich fand ich allerdings verlockend. Beinahe ausgeglichenes Karmakonto, fünfundzwanzig Tage Zeit, die Waagschale in die eine oder andere Richtung zu bewegen.«

»Vierundzwanzig Tage, neunzehn Stunden, achtzehn Minuten und dreißig Sekunden«, korrigiere ich ihn.

»Du solltest meinen Alltag auflockern«, ignoriert er meinen Einwand. »Stattdessen hast du mich zunächst mit deinem öden Verhalten im Krankenhaus unfassbar gelangweilt. Dank Arabella wurde es lustig. Wie du ihr krampfhaft widerstanden hast. Herrlich!« Er grinst schadenfroh.

Hat er mich also diesbezüglich angelogen!

»Leider fing daraufhin der Ärger an.«

Verständnislos schaue ich ihn an. Er schüttelt jedoch seinen Kopf und verdeutlicht mir, dass Nachfragen zwecklos wären. Gemütlich schlendern wir durch das knöchelhohe Gras, um uns herum befindet sich eine endlose grüne Fläche.

»Ist das das Paradies?«, wundere ich mich.

»Ein Vorplatz.«

Misstrauisch beäuge ich ihn. Verwandelt er mich gleich in einen Regenwurm?

»Wie lautet das endgültige Urteil?«

»Du hast genügend gutes Karma gesammelt, um über dem Strich zu landen.«

»Folglich gewährst du mir den Zutritt zum Himmel?«, vergewissere ich mich, denn irgendwie klingt er so, als existiere trotz dieses Ergebnisses eine Zugangsbeschränkung.

»Es gibt ein Problem«, sagt er wie zur Bestätigung meines Verdachtes.

Ich weigere mich, die genaue Herkunft dieser Komplikation zu erfragen. Immerhin habe ich mich an seinen Rat gehalten und aufgepasst, dass auf meinem Karmakonto kein Minusbetrag entstanden ist.

Nach einer Weile seufzt er theatralisch.

»Nun rede schon!«, entfährt es mir wütend. »Um was für eine Schwierigkeit handelt es sich?«

»Sofern ein guter Mensch ein Herzensanliegen an uns richtet, versuchen wir es eher zu erfüllen, als wenn ein weniger Rechtschaffener eine Bitte vorträgt. Auch für den Fall, dass es auf der Erde nicht immer so wirkt: Das Schicksal ist den Gütigen wohlgesonnener.«

Hoffnung erwacht in mir. Ich erinnere mich an den Balkonabend, an dem ich die Sternschnuppe entdeckt und mir ein längeres Leben gewünscht habe.

»Heißt das«, beginne ich vorsichtig, »ihr gebt mir mehr Zeit?«

Überrascht bleibt Sascha stehen und mustert mich. »Wie kommst du darauf?«

»Zuletzt war ich ja ein guter Mensch. Ich würde so wahnsinnig gerne weiterleben.«

»Du hältst dich für erwähnenswert redlich?« Er amüsiert sich königlich auf meine Kosten. Tatsächlich befürchte ich, dass er einen schmerzhaften Bauchkrampf vor Lachen bekommt.

Beleidigt laufe ich weiter. Schließlich stemme ich die Arme in die Seiten und schaue ihn herausfordernd an. »Genug gegackert?«

Er schüttelt den Kopf, doch wenigstens verschwindet sein widerliches Grinsen. »Du warst die letzten vierundzwanzig Tage vorzeigbar«, korrigiert er mich. »Davor allenfalls unterer Durchschnitt. Es gibt Leute, die verhalten sich stets so selbstlos wie du in den vergangenen drei Wochen. Von diesen Menschen spreche ich.«

»Was habe ich damit zu tun?«

»Eine solche Person hat kurz vor deinem Tod einen Wunsch an uns gerichtet, der im direkten Zusammenhang mit dir steht.«

Mir wird klar, er spricht von Katharina.

»Du hast es erfasst«, bestätigt er. »Die Frau, die gerade mit deinem Leichnam kuschelt, bat kurz vorm Einschlafen darum, dass es mit euch beiden funktioniert. Verstehst du mein Dilemma? Sie sehnt sich nach etwas, was wir ihr unter normalen Umständen nicht erfüllen können. Was passiert also? Innerhalb der nächsten Minuten oder Stunden wacht sie auf und stellt fest, dass du tot bist. Sie wird sich Vorwürfe machen, sie wird annehmen, die Schuld daran zu tragen, dich zu hart rangenommen zu haben.«

»Oh nein!«

»Das trifft es ziemlich genau. Oh nein! Das hat sie einfach nicht verdient! Zumal ihr dein Testament Scherereien bereiten könnte. Die Polizei wird sich fragen, ob sie dich ermordet hat.«

Entsetzt schlage ich die Hand vor den Mund.

»Nur, weil du nicht die Augen offenhalten konntest«, redet er sich in Rage. »Ein Karmadrama der obersten Kategorie. Wer trägt dafür die Verantwortung? Ich tendiere dazu, sie dir zuzuweisen. Du hättest wach bleiben und sie wegschicken müssen, denn du wusstest, dass du stirbst! Also sind deine Bemühungen der letzten Wochen zunichtegemacht.«

»Weil ich eingeschlafen bin?«

»Weil du im falschen Moment eingeschlafen bist«, korrigiert er mich.

Deswegen also die Wiese, folgere ich. Er wird mich in ein Insekt verwandeln. Zu allem Überfluss wird es Katharina das Herz brechen, von der unangenehmen Polizeiermittlung ganz zu schweigen.

»Aber das ist ja noch nicht alles«, fährt Sascha fort. »Zusätzlich haben wir den Wunsch eines kleinen Jungen empfangen, der sich ebenfalls Tag für Tag bemüht, ein guter Mensch zu sein. Er träumt davon, dass du sein neuer Vater wirst. Doch selbst damit ist die Geschichte nicht zu Ende erzählt. Plötzlich gehen hier fünfzehn Fürbitten für eine glückliche Beziehung zwischen dir und Katharina ein.«

»Von wem?«, wundere ich mich.

Wie eine Fata Morgana taucht Gudruns Haus mit durchsichtigen Wänden vor uns auf. Arabella erklärt ihren Kolleginnen, warum ich nicht auf ihre verlockenden Angebote eingegangen bin.

»Hoffentlich haben die beiden ein Happy End«, flüstert Jelena gerührt.

Andere Frauen nicken oder schließen sich diesem Anliegen mit ähnlichen Worten an.

Das Bild verblasst.

»Also sind hier eine Menge Wünsche eingegangen, die dich betreffen«, fasst er zusammen. »Von Menschen, die dem Himmel wichtig sind.« Unglücklich seufzt er. »Ausgerechnet dir hätte ich diese Nachspielzeit nicht gewähren dürfen.«

Eine Weile laufen wir gedankenverloren durchs Gras.

»Was soll's?«, sagt er schließlich resignierend. »Ich kann mich davor nicht verschließen.«

»Schickst du mich zurück?«, platzt es aus mir heraus.

Sascha nickt. Spontan presse ich ihn an mich.

»Du wirst es niemals bereuen«, verspreche ich ihm. »Ich sammle ausschließlich gutes Karma, ich mache Kathi glücklich und werde für Noah der bestmögliche Ersatzvater sein!« Nachdem wir eine Pirouette gedreht haben, lasse ich ihn los. »Wie viel Zeit bleibt mir diesmal?«, erkundige ich mich, während um uns herum die Helligkeit langsam erlischt.

»Das zu wissen, steht dir nicht zu«, erklingt seine Stimme in meinem Ohr.

Der Nachhall dieses Satzes weckt mich. Die Morgendämmerung taucht mein Schlafzimmer in ein warmes Licht. Da uns die Lust überwältigt hat, hat keiner von uns daran gedacht, den Rollladen herunterzukurbeln. Ihr Kopf liegt auf meiner Brust. Sanft bewege ich mich zur Seite, sie rutscht im Zeitlupentempo von mir herab und ich überprüfe die Uhrzeit. Es ist Viertel vor sechs. Der anvisierte Zeitpunkt meines Todes ist längst überschritten.

»Danke«, flüstere ich ergriffen.

Ich betrachte meine hübsche Bettgenossin. Verliebt streichle ich ihr eine Haarsträhne aus dem Gesicht und küsse ihre Wange.

»Hey Schlafmütze. Wach auf!«, wispere ich ihr ins Ohr.

Müde schlägt sie die Augen auf.

»Wasnlos?«, nuschelt sie.

»Wir sind eingeschlafen.«

Diese Info wirkt wie ein Schwall kaltes Wasser. Hellwach richtet sie sich auf.

»Wie spät ist es?«, erkundigt sie sich.

»Viertel vor sechs.«

»Gott sei Dank! Dann schläft er noch.« Zärtlich drückt sie mir einen Kuss auf den Mund. »Du hast mich gerettet.«

»Nein!«, widerspreche ich. »*Du* hast mich gerettet. Mehr als du jemals ahnen kannst.«

Sie steht auf, sucht ihre Sachen zusammen und streift sie sich über. »Du bist nicht sauer, wenn ich dich jetzt verlasse?«, vergewissert sie sich.

»Ich habe einen anderen Vorschlag.«

»Welchen?«

»Darf ich mitkommen? Oder würde es dich stören, falls mich Noah in deinem Bett vorfindet?«

Mit ihren wunderschönen Augen sieht sie mich an und streckt mir lächelnd eine Hand entgegen. »Komm!«

Ich hüpfe von der Matratze und spüre eine unglaubliche Leichtigkeit. Aus meinem Schrank hole ich frische Sachen. Nachdem ich mich angezogen habe, gehen wir zu ihr hinauf. Die Wohnung liegt im Dunkeln. Trotzdem wirft Katharina einen prüfenden Blick ins Kinderzimmer. Der Anblick ihres schlafenden Sohnes zaubert ein Lächeln auf ihr Gesicht, das mich veranlasst, an diesem Moment teilhaben zu wollen. Also stelle ich mich direkt hinter ihr auf die Zehenspitzen und fühle mich um Jahre zurückversetzt. Ich habe es geliebt, Melanies Sohn beim Schlafen zuzusehen. Noah löst spontan die gleichen Gefühle bei mir aus. Vielleicht, weil auch er mich gerettet hat; vielleicht, weil ein schlummerndes Kind die pure Friedfertigkeit ausstrahlt.

Vorsichtig schließt sie seine Tür.

»In meinem Bett ist es enger als bei dir«, warnt sie mich, während wir Händchen haltend das Wohnzimmer betreten.

»Umso besser«, entgegne ich. »Denn eigentlich will ich dich nie wieder loslassen!«

ENDE

Der Autor

Jo C. Parker ist ein Pseudonym, unter dem Marcus Hünnebeck humorvolle Bücher schreibt.

Hünnebeck wurde 1971 in Bochum geboren und lebt inzwischen als freier Autor im Rheinland. Er studierte an der Ruhr-Universität Bochum Wirtschaftswissenschaften.

Unter seinem richtigen Namen sind bisher folgende Thriller erschienen:

Wenn jede Minute zählt
Die Rache des Stalkers
Verräterisches Profil

Printed in Poland
by Amazon Fulfillment
Poland Sp. z o.o., Wrocław